徒然道草

目魁 影老

東京図書出版

徒然道草◇目次

徒然道草１

目《め》魁《さき》影《かげ》老《ろう》と申します

１９４５年夏は、太平洋戦争に敗れて、日本が滅びた年である。
明治維新から「77年」後のことである。徳川幕府という武士の支配する日本から士農工商という身分社会をやめて、欧米を真似た近代国家へと脱皮を目指し、憲法をつくり、国会を開設し、富国強兵を成し遂げ、清国やロシアとの戦争に勝利し、アメリカに次ぐ世界第２位の海軍大国になったものの、欧米との覇権争いに敗れて第二次世界大戦に追い込まれた。亡国はその野望の果てであった。

しかし、国家は亡びても民族は絶滅しなかった。植民地をすべて失い、国土は四つの島だけになったが、国家の軍事力保持や戦争行為を放棄して経済復興に集中するという国民の針路を定めた。かつての海外領土からすべての日本人６６０万人は引き揚げてきたため国民は食べるものにも窮する極貧国家に陥った。アメリカの支援もあり、幸いにも国民は餓死することは無かった。その後人口も７０００万人から急増をつづけて、ピーク時には１億２０００万人を超え、世界第２位の経済大国として復興した。だが、驕れるもの久しからず、あっという間に衰退が始まった。

またしても「77年」後に日本は滅びるのではないか。2022年夏に安倍晋三氏が亡くなった。戦後レジームからの脱却を訴えた元首相の新たな国づくりは躓き、狂ったロシアにより、世界は核戦争の危機の時代が始まった。核兵器により日本が滅びた年の11月に広島に生まれた私は、「77年」を超えて生きている。人生100歳時代だとしたら、幸いにも核戦争さえ起きなければ、いま少し生きながらえるだろう。人生とは、「残された時間」のことである。では、その生きている時をどのようにして過ごすかを考えた。これまで学んだことを、随想にでも綴ろうと思い立った。

◇　◇

さて、ペンネームである。トンボのように360度見渡せる大きな目玉で世の中を眺める。だが、トンボのようにスイスイと飛び回る元気はない。65歳で仕事を引退してからは、「徘徊老人」を演じながら世界各地を65カ国余り回ってきたが、さすがに草臥れた。これからは、せいぜいヨタヨタと木陰を飛び回る蜻蛉がいいところであろう。

そこで目魁影老《めさきかげろう》と名乗ります。

この随想にも名前があった方が良いだろう。世にいう三大随筆（枕草子・方丈記・徒然草）を真似るなどという恐れ多いことを考えているわけではないが、ふと頭に浮かんだのが、目魁影老という後期高齢者のこれまで生きてきた道は、いつも失敗の「道草」ばかりであったという想いである。ということで吉田兼好さんに勝手にお許しを頂いて、その随筆集の名前とくっつけて、「徒然道草」と呼ぶことにした。

◇　◇

この文章は、これまで書き留めた雑文を読み直して、修正を加えたものである。乏しい知識を、ネットや新聞で補いつつ綴った随想であり、学問的にみて正しいものかどうか自信はない。私が頭の中で、気ままに考えた異論であり、読者からは、むしろ暴論である、とお叱りを受けるものもあるだろう。どうかご承知下さい。

徒然道草2

日本人として生まれました

私は日本人である。この思いはどこから来るのだろうか。

日本は歴史始まって以来、一度も滅びたことがない、世界でも唯一の民族であり、その痕跡をたどれば旧石器時代までさかのぼることができる。キリスト誕生により始まる西暦元年の地球上の全人類はおよそ1億人であった。では、ホモ・サピエンスという人類は、いつどこで生まれたのか、およそ30万年前に旧類人猿から分岐して進化を始めたサルの一種であり、5万年前にアフリカの草原地帯から、当時は砂漠ではなくて緑豊かだったアラビア半島に渡り、そこからさらに、アジア、ヨーロッパ、アメリカ大陸へと広がっていった。

なぜ、ゴリラやチンパンジーと違って、ホモ・サピエンスだけが地球全体に住めるようになったのか、それは二足歩行により頭脳が大きくなり、火や道具を使えることを知り、食べ物を備蓄することを覚え、寒さに耐える衣類を身に着ける術を取得し、洞窟から出て「家」をつくって暮らすようになったからである。一方、どうして他の動物たちは、脳を発達させたり、火や道具を使うことを覚えたりしないのか、不思議でならない。

ホモ・サピエンスが二足歩行をなぜ始めたのか。それは地球の気候変動によりアフリカの森が減って草原に変わっていき、猿のままでは生き辛くなったからであろう。草原で食べ物を確保しなければならなくなり、より多くの獲物を求めてアラビア半島に渡ったところが、新天地も乾燥化が進んで、食料が必ずしも豊富ではなくなった。ではどうするか。アフリカより北の寒い地域に棲む生き物を食べ物として狙うようになった。この時、人類に「革新」が起こった。羊の皮を衣服として身に纏い、寒さを凌ぐ方法を見つけたのである。

ゴリラやチンパンジーと人類の最大の違いは、この「火」や「衣服」によって寒さに耐えうる生き方を見つけたことにある。木や石を道具として使うことを学んだ人類は、次に毛皮を寒さを凌ぐ道具として使い始め、食料の獣の腱や骨から糸と針を発明し、毛皮を縫い合わせるやり方を習得した。糸は木の皮や草から作る方法も覚えた。この「衣服の発明」こそが、地球上のすべての地域に人類が住むようになった文明のビッグバンである。農業を始める前の人類が移動するのは、食べ物となる木の実や果物や動物や魚の豊かな地を目指したからではなく、衣服となる毛皮を羊や獣に求めたのが第一の理由である、と私は思っている。毛皮こそが、食料にも勝る獲物、それがゴリラやチンパンジーと人類の決定的な違いである。

こうして、日本列島にも人類が住むようになったが、旧石器時代に人類が最も多く住み着いたのは暖かい九州ではなく、東北エリアである。東北には至る所に栗、ドングリ、クルミといった木の実が豊かであるが、九州の山には栗の木が全くない（？）。東北は獣が多く、鮭もいる、魚や貝も豊富であった。

人類が移住するとき、一人ひとりが好き勝手に移り住むのではない。民族ごとに、あるいは部族ごとに集団で移る。寒さを克服する術を身に付けた人類が移動するのは、豊かな地を目指したからであると思うが、文明人にとって豊かな地とは「太陽の上るところ」であったはずである。つまり部族や集団の賢い指導者が「東にこそ太陽の恵みに満ちた理想の里がある」と考え、神も宗教もないころ、人々を誘導したに違いない。東へ東へと進むと、行きつく果ては日本であり、さらに東北であった。もうこれ以上は東へと進めないと悟った人々が住み着いたのが東北であり、旧石器時代に世界で最も輝かしい地域であった、と思っている。

さらに何千年も経て、日本の古墳から出土する帽子姿の埴輪は、遥か昔にメソポタミアから伝わった文明の名残ではないだろうか。日本人の始祖は、決して中国や朝鮮半島から渡って来た人々ではないと私は考えている。

徒然道草3

人生とはいかに「演じるか」である

織田信長は、生涯「大うつけ」を演じ、本能寺で遺体を残さず「忽然と消え去った」。

父親の織田信秀は「尾張の虎」と恐れられ、生涯を戦場で過ごした下剋上の武士であった。尾張の守護大名は室町幕府の管領になれる細川、畠山とともに名門中の名門の斯波氏であったが、次第に尾張の実権は守護代の織田家に奪われており、その拠点である清洲城に仕える織田一門の三人の奉行の一人が、織田信秀である。42歳で病死した。信長19歳であった。

織田信秀の嫡男の信長は、父親の背中を否応なく眺めながら成長するが、その過酷過ぎる運命にどう立ち向かうかに、怖れを抱き続けた。火縄銃を抱え、荒縄で刀を腰にくくり付け、栗や柿や瓜をかじりながら城下をうろつく姿は、家臣や農民からは「大うつけ」とみなされても平気で、武力で生き延びる男の強さを身に纏おうとする生き様そのものであった。

父親の葬儀に「大うつけ」そのままの姿で遅れやって来た信長は、父の位牌に抹香を投げつけて、そのまま立ち去った。

「この若造に、乱世の後片付けを押しつけて、親父は死んじまった」この怒りをぶちまけたのだ。

織田信長は家督を継ぐと、尾張国内のライバルを次々と破り、東の強敵の今川義元、北の美濃の斎藤一族を滅ぼした。尾張、美濃は武田信玄や上杉謙信の領地に比べて兵糧は遥かに豊かであり、稲葉山城を「岐阜城」と命名し、「天下布武」の印を使い、「天下人」になる志を世に知らしめた。徳川家康と浅井長政と同盟を結び、足利義昭の室町幕府再興の悲願に呼応し、上洛を果たした。三好一族の暴れ回る畿内を平定すると、周辺の武力勢力や一向宗の西本願寺、比叡山の天台宗を壊滅させ、支配地域を広げ、将軍や天皇をも操り、安土城を建てて、「天下人」の野望を着々と為し遂げていった。

織田信長にとって、西国の毛利、四国の長曾我部、九州の島津、関東の北条、東北の伊達といった日本中の残された武力勢力を次々と征伐することは、いわば「ゲーム」のようなものだった。

万全の軍備を整えて「自ら出陣」するために、安土城を発ち、家督を引き継いだ長男の織田信忠とともに、京都の朝廷や公家たちに天下人の威厳を見せつけて、本能寺で眠っている深夜、まさかの明智光秀の裏切りに襲われた。織田信長は、「大うつけのまま人間50年」を演じ切り、焼け落ちる本能寺に「遺体」を残さず49歳で消え去った。

◇　◇

田所康雄とはだれであろうか？　1928年3月10日、東京下町の下谷区車坂町に生まれた。戦争を挟む混乱の時代を欠食児童として貧しい家庭で育った。1954年には肺結核で右肺を切除し、1956年にも胃腸病を患って入院、その後は酒も煙草もコーヒーも飲まなかった。

金属窃盗の不良グループのボスだった若いころ、歩道の鎖を盗んで売ろうとして警察に補導され、そのとき刑事に「お前の顔は個性が強すぎて、一度見たら忘れられない。その顔を生かして、犯罪者になるより役者になれ」と言われた。このことがきっかけになり、コメディアンの道を歩み始め、国民栄誉賞をもらう俳優となったが、1996年8月4日肝臓がんが肺に転移して亡くなった。

芸名は渥美清、演じた役は「フーテンの寅」である。帝釈天で産湯を使い、葛飾柴又の団子や「くるまや」に妹さくらを残し、テキ屋の風来坊として日本各地をさ迷い、行く先々で美人に惚れて珍道中を演じる、毎年の正月興行のヒット作「寅さん」を48作も演じた俳優である。

人呼んで「車寅次郎」と発します。

渥美清は41歳で1969年に正子夫人と出雲大社で内々の結婚式をあげているが、生涯を

「寅さん」として演じることに徹し、内輪の話は一切外に出さなかった。

徒然道草4

英傑は「50歳」で死ぬ

人生とは、叶うならば苦しみや恨みの少ない、心豊かな過ごし方をしたいと思っている。幸せとか不幸とかを願ってはいないが、日々「ワクワクどきどき」「面白おかしく」暮らせるように心がけてきた。戦争のない世界をつくるために、どのような貢献ができるかと若いころは懸命に考えた。特に大学生のころは、社会正義のために学生運動に身を投じた。田舎の父や母は心配しただろうが、叔父は「ハシカと同じで誰もが一度は罹る。その内治る」と語って悠然としていた。

後期高齢者となって「人生とは残された時間である」と悟り、楽しい時の過ごし方を考えるようにしているが、最大の懸念は「人生最期の大仕事は如何に死ぬべきか」である。

私たちは16年間の学校教育を受けてきたが、さて何を学んできたのであろうか。肝心の人の生涯について何も知らないことに驚く。聖徳太子が何歳で亡くなったか。天智天皇は？　源頼朝は？　後醍醐天皇は？　誰もが70歳・80歳まで生きていたと、誤解している。

英雄傑物は50歳にして死ぬ――。

聖徳太子49歳、天智天皇47歳、藤原道長62歳、平清盛64歳、源頼朝53歳、源義経31歳、足利尊氏54歳、後醍醐天皇52歳、楠木正成43歳、武田信玄53歳、上杉謙信49歳、織田信長49歳（満年齢47歳）、豊臣秀吉62歳、徳川家康75歳、加藤清正50歳、真田幸村49歳、阿部正弘39歳、井伊直弼46歳、藤田東湖50歳、島津斉彬50歳、徳川斉昭61歳、毛利敬親53歳、山内容堂46歳、松平春嶽63歳、島津久光71歳、坂本龍馬33歳、大村益次郎45歳、木戸孝允45歳、西郷隆盛49歳、大久保利通47歳、岩倉具視57歳、伊藤博文68歳。

始皇帝50歳、カエサル・シーザー55歳、ナポレオン51歳、リンカーン56歳、ジョン・F・ケネディー46歳。

夏目漱石49歳、岩崎弥太郎50歳、五代友厚49歳、野口英世51歳、石原裕次郎と美空ひばり52歳（年齢は享年、始皇帝以降は満年齢）。

呪われた42歳、達人たちを襲った運命――。

50歳は若過ぎるが、さらに悲劇に襲われた達人たちに「42歳」が多い。室町幕府を簒奪した三好長慶は絶頂期に42歳で病死した。織田信長の父親で尾張の虎と恐れられた信秀も42歳で死んだ。信長に奇襲され不覚をとった今川義元も42歳であった。幕末の大動乱期に42歳で死んだ傑物には、周布政之助、小栗忠順、河井継之助がいる。長州藩の執政となり若者を留学させて正義派の志士たちを育てた周布政之助は、幕府恭順派に襲われて自害した。徳川幕府を支え続け横須賀造船所を造った小栗忠順は、官軍の土佐兵によって有無を言わさず斬首された。家老に抜擢され長岡藩を最強雄藩につくり変え官軍を破った河井継之助は、膝に流れ弾が当たり会津へ逃避中に病死した。木戸孝允と決別した前原一誠は、萩の乱の首謀者を演じ殺された。そして、中国共産党から「人民の心を奪った」テレサ・テンはタイのチェンマイで急死した。自宅前で銃で撃たれ、世界中を驚愕させたビートルズのジョン・レノンは40歳であった。

◇　◇

普通の教師は「ただ教える」、良い教師は「考えさせる」、優れた教師は「心に火をつける」。毛利藩は藩校の明倫館を1718年に開設し熱心に人材育成に取り組み、日本三大学府（他に水戸弘道館と岡山閑谷学校）の一つとして称えられた。士族のみを対象にした明倫館であったが、吉田松陰も若くして塾頭を務めた。

アヘン戦争で清が西洋列強に大敗したことを知って山鹿流兵学が時代遅れになったことを痛感した吉田松陰は、日本を救うために、志を立て動くことを決意する。脱藩して津軽海峡まで旅して外国船を見ようとし、1854年に浦賀にやってきたペリーの黒船に国禁を犯して乗り込むも、乗船を拒否され、下田奉行所に出頭して逮捕される。政治犯として萩の牢獄に移されるが、松下村塾での学問再開だけは許され、士族身分以外の若者も含め50人ほどと、この国の行く末を論じ合った。

吉田松陰が松下村塾で若者に教えたのは、わずか2年余りでしかなかった。吉田松陰は、自らの目と耳で世界を知るために、ひたすら動き、考えた。鋭い感性と知識によって、世界情勢を見極めようとした。しかし安政の大獄によって、江戸で処刑された。志を果たせぬまま29歳にして獄死であった。吉田松陰は、その死をもって、萩の若者たちの心に火をつけた。「自らの目と耳で世界情勢を知り、考え抜き、決死の覚悟を持って行動せよ」

老中阿部正弘によって始まった、鎖国政策からの転換は、天皇を崇める水戸学の浸透もあって、朝廷をも政治の前面に引き出す動きとなり、討幕か、公武合体か、大論争が日本中に巻き起こることになった。萩の若者は藩の重臣の思惑を超えて暴発し、2度にわたる長州征伐戦争となった。

幕府の手に負えなくなった事態を克服するため、徳川慶喜は江戸から京に移って、公武合体をめざして大政奉還に踏み切ったが、島津久光、山内容堂、松平春嶽ら有力大名を纏め切れなかった。「殿様による政治」も「公家による復古政権」ももはや機能せず、松下村塾の若者のつけた火の手は下級武士の台頭となって、戊辰戦争へと大きく時代の流れを変えていった。

徒然道草5

入江一子さん、100歳の画家です

入江一子さんは、1916年5月生まれ、先祖は萩の毛利藩の藩士です。今でも毎日、絵筆をとり色彩を極める道を歩み続けています。

2015年7月15日にお会いしました。

梅雨の合間、青空の広がるとても暑い日でした。午後2時〜4時まで、杉並区阿佐ヶ谷にあるシルクロード記念館で「至福の語らい」のひと時を過ごして参りました。地域に密着した美術館（週末のみ開館、500円）である。

一子さんは朝鮮の大邱《テグ》に生まれ、「物心つくころから絵を描くのが非常に好きで、小学校1年生のころには毎日学校が終わると校庭でスケッチをしていました。6年生のときには私の静物画が昭和の御大典で天皇陛下に奉納されました」と語られた。

17歳の時に女子美術専門学校師範学科西洋画部に入学するために、初めて日本の地を踏んだ。「日本は緑が多いのにびっくりしました。まるで箱庭のようでした」「私は父親の仕事の関係で大邱で育ちました。その影響でしょうか、大陸の土の匂い、荒野に咲く花々、市場の雑踏や聞こえてくる民族楽器の調べにとても郷愁を感じるのです」「私は満州の赤い夕日に感激し、色感のひときわ強いシルクロードの旅を続けてきたわけです。写生旅行を始めるきっかけは日中国交回復の6年後の1978年に日中友好美術家訪問団の一人として北京や雲崗石窟を見て回ったことです。翌年には敦煌の石窟の壁画を懐中電灯で照らしながら写生しました」

「絵を描く基本として、一般的には、まず素描を基にして絵を描きますが、私は素描することより物を描写するとき、描く対象を目にしたとき、色彩の占める割合が圧倒的に大きいと思います。先ず色彩に心を奪われ、描く意欲が起こるということではないでしょうか」「シルクロードを写生旅行すると、太陽の光が素晴らしい。川面は真っ赤に染まる。日本の太陽とは全然違う。衣装も色が素晴らしい。色彩にあこがれる」

40年間にわたる30カ国もの写生旅行で集めてきたパステルや水彩で描いたスケッチと、録音機に残る砂漠の風やシルクロードの街並みのざわめきをアトリエで聴きながら、あふれ出るモチーフを200号もの大作に描き、残すことに挑む。「今が一番絵が分かる」「今が一番幸せ」まるで少女のように瞳を輝かせながら。

目も耳も言葉も何の不自由も無く、一人で自活し、ホームヘルパーに世話になるが、食事も作る。7歳の時に肺炎で死ぬほどの大病をしたが、それからは病気にかかったことはない。何よりも驚かされるのは、明晰な頭脳である。一枚一枚の絵をいつどこで写生したかを克明に記憶しており、絨毯や人形までも入手した時のことを話される。

足も元気で、さすがに5年前からは車輪の付いたシルバーカーを使って歩くそうですが、2

時間にわたり、入江一子さんは、淀むことなく生涯99年の想い出、中国から西の果てのモロッコ、南のイエメンまで続けた写生旅行のことなどを、話して下さった。

お茶と和菓子を頂きながら、妙齢の御婦人の夢物語を奏でるような、筆舌に尽くせないおもてなしの時間でした。


（入江一子さんは２０２１年8月10日に１０５歳で永眠されました）

徒然道草6

アラブ海洋交易の覇者オマーン物語

アラビア半島の東南端、日本から見れば中東の入り口にあるオマーン国は、日本ととても親密な国である。２０１２年には日本との国交樹立40周年を迎え、２０１４年に訪問した安倍首相とカブース国王の間で「包括的なパートナーシップ」を共同声明で謳い、経済関係の強化発展にとどまらず、教育、文化を含む幅広い交流を進めている。今回は、その人口４５０万人のオマーン国の話である。

日本には多くの縄文遺跡がある。オマーンにも居住遺跡や丘の上に並ぶ墳墓あるいはメソポタミア文明の青銅器に使われた銅の採掘跡が残っている。ホルムズ海峡から東南端のアラビア海にかけて3000メートル級の岩山を頂く山脈が連なり、かつてはペルシャの支配する地域であった。2世紀ころイエメンからアズド族が移動してきたことにより始まるオマーンとは、アラブ人の部族が定住した内陸部を指す呼称で、都はオアシスのニズワであった。7世紀には6000人のアラブ人が、4万人ものペルシャ人と戦って勝利して、オマーンから彼らを駆逐した。

メッカに興ったイスラーム共同体は、原始宗教や異教徒との戦いに勝ち急速にその支配地域を広げた。しかしオマーンに住むアラブ部族は、征服や布教によってではなく、預言者ムハンマドが派遣した使者の説得により、イスラーム教をいち早く受け入れた。イスラーム最大の帝国を築いたアッバース朝（750年~1258年）の都バグダッドが世界最大の100万人都市として繁栄を極めた時代には、アラビア湾交易が盛んになりオマーンはその恩恵を享受した。中継貿易の拠点ソハールは、千一夜物語（アラビアンナイト）の「シンドバッド」たちが往来し、インドや東アフリカから象牙・香料・木材・食糧・奴隷などをもたらした。

アメリカという新大陸の征服を狙うスペインに対して、アフリカの喜望峰を回ってインド洋に進出してきたポルトガルは、1508年にオマーンのマスカットを占領し要塞を築いた。100トンを超す大型帆船にとって水深の深いマスカットは天然の良港であった。周囲は砂漠で岩山に囲まれていて外敵に襲われる恐れもなく、インド洋のモンスーン直撃からも外れている場所にあり、オマーン部族の住む内陸部オアシス集落から離れていて、いわば孤立した港に過ぎなかった。そのためオマーン全域を統治する拠点としては難点があったが、インドから遠く日本にまで交易網を築こうとするポルトガルは、オマーン内陸部の植民地支配には全く関心が無かった。

１６５０年にポルトガルが築いた要塞を陥落させてマスカットを奪回したヤアーリバ朝は、内陸部と沿海部の統合支配を進め、木材資源を求めてインドと交易を行い、自ら大型帆船を建造して海洋民族へと進化を続け、ポルトガルと交戦して、海洋交易の覇権を奪還した。１７４１年に興ったブーサイード朝は１７４９年には内陸部からマスカットに遷都し、海洋国家へと変貌を遂げていった。１８０７年に国王となったサイード大王は１８００トンもの大型帆船と船団を保有し、支配地域は広くインド沿岸から東アフリカに及び、海洋帝国オマーンは最盛期を迎えた。１８３２年には都をマスカットから遥か遠い東アフリカのザンジバルに移した。その距離は東京と香港ほども離れていた。

１８５６年にサイード大王が死去すると、オマーンはマスカットとザンジバルに国家が分裂して競い合うようになり、陰りが見え始めた。大型帆船に代わって西洋の蒸気船が海洋貿易の主役の時代になると、インド洋交易の覇権はオランダへ、そしてイギリスへと奪われていった。植民地支配を世界中に広めるイギリスにより１８９１年には外交権を奪われ保護国にされてしまった。

イギリスに留学したことのあるカブース皇太子は、１９７０年にクーデターで父親である国王を追放して新国王に就任すると、国名をマスカット・オマーンからオマーンに変え、鎖国を止めて開国し、翌１９７１年にはイギリスからの独立を果たし、国連にも加盟した。

＊カブース国王は２０２０年1月10日、79歳で死去した。翌日、いとこのハイサム・ビン・ターリク・アール＝サイード遺産文化相が新国王に就任した。

徒然道草7

バイクで１２１カ国を回りました

無料の市民講座で愉快な話を聞きました。目魁影老は日本・オマーン協会の会員として、ホームページのお手伝いをしています。その中の２０１６年のレポートの一つを転載します。

皆さんこんにちは、バイクの松尾です。

これまで15年間かけ１２１カ国、37万キロを走破してきました。日本から１５００cc

の大型オートバイ（ホンダ・ワルキューレ）を船便で運び、ノルウエーの北の端からアルゼンチンの南の果てまで、そして海面下４１０メートルのイスラエルの死海から標高５２００メートルのチベットの峠まで、またある時は西サハラの２０００キロメートルの砂漠では死ぬ思いで走り、さらにモスクワからサハリンまで途中モンゴルを回ってシベリアを横断し、５大陸を縦横無尽に、バイクで一人旅。オーストラリアを一周し、ニュージーランドも走りました。

メキシコから中米を縦断してパナマまで走った時は、その先のコロンビアへは航空便でバイクを運ばざるを得なくなり、運賃７万円を支払った。フランスからイギリスへドーバー海峡を渡るときはユーロトンネルを使った。客車やトラック専用の列車の他にオートバイと乗用車を運ぶ列車が走っていた。

アマゾン川では夜空に北斗七星と南十字星の両方が輝いていた。赤道直下ではものすごい雷に襲われた。赤道というから広い道の様なものかと思ったら、道路に細い黄色い線が引いてあり、モニュメントが立っているだけだった。その赤道を挟み、水の回転が違うというのを実際に見た。例えば風呂の栓を抜くと北半球では水は右回りに落ちていく。ところが南半球では左回りに渦巻く。そして赤道上では、回転しないで吸い込まれていく。皆さんは信じられますか？

ペルーではインカ帝国の遺跡マチュピチュも訪れ、背後の山ワイナ・ピチュに登り、麓の露天温泉（実際は温泉プール）のある町では2泊した。アルゼンチンで見たペリトモレノ氷河は幅4キロもあり、一番美しかった。北米のナイアガラの滝、南アフリカのヴィクトリアの滝、そして世界最大の南米のイグアスの滝にも行った。

イラク湾岸戦争のときには、ヨルダンのアンマンからバグダッドまでタクシーで出掛けてみた。ガソリンが安いためタクシー料金は1万円であった。アメリカは大量破壊兵器を隠し持っているとしてフセインを非難していたが、バグダッドは平穏な雰囲気の都市だった。北京経由で飛行機に乗って北朝鮮を訪れたこともあるが、上空から眺めた北朝鮮は、かつて回ってきた不毛の砂漠とは全く異なり、緑に覆われており、この国が飢えることはないと感じた。

大型バイクで走るときは、大量のガソリンや生活用品を満載しており、重量は450kgにもなる。転ぶと、自分ではバイクを起こすことが出来ない。誰かの助けが必要になる。無人地帯を走るときには、力を貸してくれる車が通りかかるのを待つしかない。強風の吹き荒れる砂漠では道路が砂で覆われて見えなくなる。そんな時は、大型トラックの後ろについて走る。

アラスカでは交通事故にあった。12本あるあばら骨のうち10本が骨折した。頭も10針縫った。一か月くらい入院しなければならないかと思ったら、病院は10日間で退院しろという。ところが、何しろアメリカは医療費が高い。740万円も支払った。幸い保険に入っていたので助かった。アラスカから日本までのオートバイ輸送代は30万円掛かった。日本でオートバイを修理して、また、一人旅に出掛ける。

２０１４年2月にはアラブ首長国連邦のドバイを出発、オマーンまで走り、その国に3月、4月と2カ月滞在した。オマーン男性と結婚して移住した日本女性、スワードさん、丸山さんたちに、マスカットでは大変お世話になった。オマーン南西の都市サラーラまで、砂漠の中に真っすぐに整備された１０００キロの道路を2日間掛けてひたすら走った。世界中の国々を回り、とても良い国だと気に入ったところには、数カ月滞在した。そんな国の中で、オマーンはそれまで感じたことのない安らぎを味わった。それは「この地こそ竜宮城だ」という不思議な感覚であった。一時中断をはさみ、イランやアルメニアを経てシベリアを横断し、２０１５年9月に帰国した。

◇　◇

松尾さんは旅の途中の南米で、アフリカから来た人に出会ったとき、随分遠くから旅するなと思ったそうだ。ところが、大西洋を真ん中にした地図で見ると、何と南米とアフリカはすぐ隣ではないかと気付き、驚いた。松尾さんは、それから以後は日本を真ん中とした地図で世界を見ることはやめたそうだ。

松尾さんは72歳（２０１６年4月現在）、佐賀県嬉野の出身で、旧国鉄時代は車掌として働いていたが、定年が迫った57歳の時にふと「体を動かせるのもあと少し、それなら世界の果てを見てみたい」という思いに駆られて、JRを早期退社した。英語は全く話せないが、佐賀弁と少し習った手話で押し通し、ビザや国境検問所の入国書類も日本語の平仮名で記載する。出費は1日5000円以下と決めて、ヨーロッパでもアメリカでも中東でもアフリカでもオートバイで一人旅をする。ナビもない時代から地図を頼りに、道に迷いながらも、笑われて、笑わせながら、人々の親切に泣き、走り続けている。

徒然道草8

ニュージーランドを回りました

私と妻は2012年の2月（向こうは夏です）に、丸1カ月ニュージーランドの娘夫妻の家で過ごしました。あの地震被災地のクライストチャーチです。

南島で最大の都市のクライストチャーチは人口37万人（ニュージーランド第2位）、赤道からの距離は北半球でいえば札幌くらいです。しかし、周りに大陸が無く、海の中の孤島みたいなところですから、真夏とはいえ、日本から持って行った冬の上着で過ごさなければならない日が多く、海水浴どころではありませんでした。

２月22日は大地震から丸1年ということで、セレモニーが市の中心にある広い公園で開かれました。その日は日本人28名の犠牲者のうち24人の遺族およそ80人が日本からも来ていたようです。町の中心部は未だ立ち入り禁止で、遅々として再建は進んでいません。２階建て〜10階建ての高層ビルはわずかで、周りはみんな庭付き一戸建て平屋住宅の広がっている町です。観光名所でもあるカテドラルは崩壊し、博物館やホテルもヒビが入って、余震が来ればいつ崩壊するかもしれないために立ち入り禁止にして、取り壊すのか再利用するのか様子を探っている状況のようです。それでも生活していかなければならない市民のために、鉄製の巨大な貨物コンテナをそのまま並べて、或いは２階建てに積み上げて簡易商店をあちこちにつくって、営業を再開していました。

ニュージーランドでは、娘夫婦と４人で南島をほぼ1周する5日間のドライブにも出かけました。突然、海底火山の隆起によって生まれたニュージーランドは最高峰３７５４メートルのマウントクックを中心に高い山脈が続き、その後の氷河の浸食によって広い谷や湖や平原がつくられていった姿がうかがえます。しかし土壌は氷河がもたらした砂利畑ばかりで、水はけが良すぎて、牧草を育てるためには地下水をくみ上げて巨大な散水機で水を絶えず撒いてやらなければならない、ある意味では厳しい自然環境です。しかも、オーストラリア側の西岸は雨が多くて山も緑でしたが、高い山脈で遮られている太平洋側は雨が少なくて、どの山も草しか生えていませんでした。

南島の西岸で最も有名なフィヨルドであるミルフォードサウンドでは船で2時間ほど遊覧をし、巨大氷河はマウントクックの東側と西側から3カ所で眺め、夏でもあちこちに雪の残る巨大岩山の姿に圧倒されながら、多くの湖や絶景を眺めて走り、夜は飛び込みでモーテルを探して泊まる。もちろん、自炊です。料理は車の運転のできない私の出番です。ワインもたっぷり飲みました。モーテルは2ベッドルーム1キッチンとシャワー付きで200ドル（1ドル70円）ほど。食材は数少ないスーパーや道路わきの野菜売り場を見つけて入手します。

道路は片側一車線ですがよく整備されており、キャンピングカーに出会うくらいで、数十キロも人家のないほとんど無人の地を、時速120キロで疾走する面白い旅でした。

娘の夫は3週間の休暇を取っていましたから、毎日、車で200キロひとっ走り。牧草地で放牧されている羊や牛や鹿やアルパカを眺めながら、昨日は東、今日は北、明日は南と、家でおとなしくする暇もないくらい愉快に過ごしました。手のひらほどの大きいアワビが獲り放題（12・5センチより大きいものなら10個まで持ち帰りOK）、20センチもあるムール貝も獲り放題、砂浜を歩いて貝拾い。遊覧船でペンギン・アザラシ・イルカのウオッチング、ワイナリーを訪れて試飲。

クライストチャーチ周辺は、地震で多くの人が逃げ出したのでしょう、「フォー・セール」の家が至る所に見られ、安いものは庭付き一戸建てで2000万円、高くても5000万円くらいです。しかし、国民５００万人の小さな経済規模の国ですから、生活物資も食品も輸入品が多いらしく結構高い、必ずしも住みよいかどうか分かりません。しかも、魚を食べない国民ですから、スーパーでも皮と骨を取り除いた鮭や鱈のようなものしか売っていません。ヒラメだけは超お買い得の方法がありました。クライストチャーチから２キロもある長いトンネルを抜けた港には、毎週金曜日に一人の漁師が３トンほどの漁船に乗って、ヒラメを売りに来ていました。１キロ近い大きなものが10ドルです。日本では考えられない安さですから、バケツを持って行って一度に５～６匹も買って帰り、刺身にしたり、ガーリックオイル焼きにしたり。アワビやムール貝は無料で手に入れましたが、獲り過ぎて食べるのに苦労しました。ニュージーランドは羊が３０００万頭もいる放し飼いの国で、牛も多くいて、肉とチーズとワインばかりの食卓のようでしたが、日本人にとっては高級食材のアワビ、ヒラメが好きなだけ食べられる夢のような国でした。

徒然道草9

秀吉の「中国大返し」物語①（天下人を演じる）

豊臣秀吉の天下人への運命を切り拓く節目となったのが、明智光秀を破った山崎の戦いである。

この戦いに勝利できた最大の要因として語られるのが「中国大返し」を成し遂げた秀吉の行動である。毛利氏との決戦場の「備中高松城」から京都南郊の「山崎」までの230キロを、兵士2万人を引き連れて7日間で駆け抜けることがいかにして可能であったのか、その詳細な記録は残されていない。

この文章はその「中国大返し」を読み解こうとした、目魁影老の異論である。

◇　◇

1582年6月2日未明に、明智光秀は1万5000人の兵で、織田信長の寝所である本能寺を襲撃した。天下人として絶頂期にあった織田信長はわずか70人にも満たない身の回り衆を連れ、全く無警戒で本能寺で眠りについていた未明の午前2時のことであった。京に上洛するときは、警護兵に守られ妙覚寺を寝所としてきた信長は、1577年にすぐ近くに二条新御所を造って移り住んだが、2年後にはその新御所を正親町天皇の皇太子である誠仁親王に譲った。

ではなぜ信長は妙覚寺や二条新御所から離れた本能寺に入ったのか。

信長は1575年11月には岐阜城を長男信忠に与え織田家の家督を譲っていた（1576年1月から安土城建設を開始、1579年5月に完成。その間は譜代家老の佐久間信盛＝高野山に追放＝の屋敷を在所とした）が、その信忠（26歳）が甲州征伐の総大将として1582年3月11日に武田勝頼（37歳）を自害させると、公家の太政大臣近衛前久《さきひさ》らを従えてゆっくりと甲斐に入った信長は、14日に勝頼の首実検を行い、総大将信忠を讃え「天下の儀も御与奪」と述べ、天下人の後継にする旨を表明した。

信長は4月10日には徳川家康の接待を受け富士山を眺め、12日に武田攻めに加勢した北条氏政の饗応を受け、16日には浜松城、21日に安土城に帰還した。5月15日には駿河の国を与えられた徳川家康がお礼のため安土城を訪れ、その時の接待役を命じられたのが明智光秀である。17日には徳川家康は信長に勧められ、わずか100名ほどの供を従え、安土から堺漫遊へと向かっている。

この5月に朝廷は信長に「太政大臣、関白、征夷大将軍」のいずれかに就任するよう推任勅使を安土に送っているが、信長のために近衛前久は太政大臣の位を退き、家康との饗宴に参列している。

羽柴秀吉は1577年10月に信長から毛利征伐を命じられて5年近くも播磨の姫路城を拠点

に、毛利側の軍勢と転戦を続け、ジリジリと支配地域を広げ、岡山市の西郊にある備中高松城を攻めていた。清水家治が３０００人から５０００人の兵で立て籠もる高松城は水田や湿地帯に囲まれた難攻不落の平城であった。清水家治は降伏すれば備中・備後２カ国を与えるという秀吉の誘いを撥ね付けて、毛利側に忠誠を誓った。そこで秀吉は備前の宇喜多秀家を味方に引き入れ、それぞれ2万と1万あわせて3万人で高松城を包囲したが、攻めあぐねていた。秀吉は5月1日に水攻めに踏み切って、士卒や農民を高い報酬でかき集め、８日に長さ4キロ、高さ8メートルの土塁造りを開始し、わずか12日間で完成させた。築堤の総費用は銭63万貫文、米６万石余りという莫大なものであった。

押し込まれた毛利輝元は吉川元春、小早川隆景とともに総兵力5万から8万人の大動員（この数字は後に秀吉が盛った？　実数は1万人？）で「高松城」を救うために迫って来た。しかし折しもの雨で川が増水し、高松城は孤島と化してしまった。高松城の救済は絶望的となった毛利軍は5月21日には吉川、小早川軍を動かし秀吉と直接対峙する新布陣を敷いた。軍師の黒田長政と毛利の安国寺恵瓊による和睦交渉を進める一方、秀吉は5月15日に安土城に使者を送った。この訴状は17日に信長のもとに届いた。直ちに信長は明智光秀の家康接待役を解き、織田軍の「エース」に出陣を命じ、自ら総大将として、中国、四国さらには九州までも征伐することを秀吉に伝えた。

＊羽柴秀吉は、窮地を救うように援軍を求めたのではない。毛利輝元の誘き出しに成功したことを伝え、織田信長に「自ら最後の出陣」の晴れ舞台が整ったことを訴えたのである。

徒然道草10

秀吉の「中国大返し」物語②（三好長慶の下剋上）

武家政権はいつ始まったか。源頼朝が平家を滅ぼし、武士の棟梁として国司や荘園領主とは別に守護・地頭の配置を朝廷から認められた時（１１８５年）、あるいは頼朝が征夷大将軍に任じられた時（１１９２年）、と教科書では学んだ。だが、実態から言えば、平清盛が太政大臣として朝廷から実権を奪い「天下人」となった時（１１６７年）こそ、武家政権の始まりであった。

室町幕府が滅び、戦国時代が終わったのは、織田信長が15代将軍の足利義昭を追放した１５７３年であると思っていた。しかしそれよりも四半世紀早い１５４９年に三好長慶が、室町幕府管領の細川晴元と将軍足利義晴・義輝親子を京から追い出し「天下人」となった時点、というのが正しいようである。細川晴元を裏切って、その配下からのし上がり、三好長慶は15年間にわたって京都を支配する三好政権を樹立した。南摂津の越水城、北摂津の芥川山城、河内の飯盛山城と拠点を移しながら畿内各地で「モグラ叩き」の如き激しい戦いを続け、最盛期には山城・丹波・摂津・播磨・淡路・阿波・讃岐・伊予・和泉・河内・大和・若狭・丹後の一部など13カ国以上に及ぶ大領国を形成している。

三好長慶は足利将軍や管領細川家を壊滅させることはせず、細川氏が守護を務める阿波の国から三好一門の援軍を仰ぎながら畿内に割拠する武士勢力と離合集散を繰り返し、京支配を続けた。しかし相次ぐ兄弟の死でその政権は陰りを見せ始め、１５６４年7月4日に42歳で病死する。長慶の嫡男義興は1年前の8月に22歳で病死しており、三好家当主には甥の十河重存を養子に迎え、政権は三好長逸・三好政康・岩成友通（三人衆）や松永久秀らが支える形になった。

室町幕府は、3代将軍の足利義満の時に最盛期を迎えるが、幕府の実権は、一門の三管領（細川、畠山、斯波）が握っていた。管領家は畿内周辺の守護を兼ね、中でも細川家が強大であった。

第11代将軍の足利義澄の長男足利義晴は、京が不穏だったため幼少期を播磨守護の赤松義村に預けられ播磨で過ごしたが、管領細川高国（摂津・丹波・山城・讃岐・土佐の守護、細川京兆家15代当主）によって呼び戻され、１５２１年12月25日に幸運にも11歳で12代将軍の座に就いた。義晴の兄弟の義維は阿波に落ち延びた元管領の細川澄元のもとに送られ、その庇護の下で成長した。

一方、細川家では当主の座を巡る内紛がしばしば起きた。細川高国に敗れ1520年に死亡した細川澄元（32歳）の長男晴元は阿波に落ち延びていた。1526年8月、細川高国が讒言を信じ重臣を謀殺したことをきっかけに戦闘になり、これを好機として細川晴元と部下の三好元長は足利義維を擁立して挙兵し、阿波から淡路、畿内へと進軍し1527年2月12日に高国を破った。先鋒の三好政長らは堺を経て上京し、翌13日に桂川原の戦いで細川高国を破り足利義晴とともに近江坂本に放逐した。

3月22日、細川晴元と足利義維は三好元長に奉じられ、堺へと入った。その後、義維は入京せず、堺に滞在しながら、晴元とともに京を支配した。7月13日には足利義維は朝廷より従五位左馬頭に叙任され、義維を戴く「堺公方府」という擬似幕府が生まれた。近江の足利義晴とともに畿内に将軍が二人いる様相となった。1531年に細川高国が死亡し、細川晴元が12代将軍足利義晴と和睦すると、見捨てられた堺公方の足利義維は、上洛の夢を果たせぬまま細川晴元の元を離れ阿波に戻った（後に、阿波に逼塞していた足利義維の嫡男の足利義栄が、三好三人衆によって呼び戻され、室町幕府の14代将軍の座に就く）。

12代将軍足利義晴は、1546年12月19日に嫡男で11歳の足利義輝を近江の日吉神社で元服させ、翌日には13代将軍に就任させた。月末に京の東山慈照寺（銀閣）に戻った。この時に烏帽子親には管領の細川晴元ではなく、慣例を破って近江守護の六角定頼を管領代に任じて務めさせた。翌年正月26日に義輝は父とともに後奈良天皇に拝謁し、六角氏の兵３０００を率いて洛中を行進、その武威を示した。将軍職を譲った足利義晴であったが、管領細川晴元と抗争を続け、畿内の実権を三好長慶が細川晴元から奪うと、京奪回を果たせぬまま、１５５０年5月4日、40歳で病死した。

徒然道草11

秀吉の「中国大返し」物語③（足利義昭に呼応）

13代将軍の足利義輝は諸大名に呼びかけ将軍親政による室町幕府の再興を進めたが、三好一門の当主の重存は１５６５年5月1日に義輝から「義」の字を賜って三好義重と改名、義輝の奏請により左京大夫に任官された。その三好義重が配下の松永久秀らと5月19日に幕府御所を襲い、13代将軍義輝（30歳）を暗殺した。身の危険を感じて義輝は堀と石垣に囲まれた二条御所を造成中であったが、その完成直前であった。直後に三好義重は「義継」と名前を改め、自らが「将軍」になる意欲を示した。しかし14代足利将軍の座を巡っては、足利義輝の弟の義昭と、阿波に逼塞していた義輝の従弟の足利義栄が名乗りを上げることになる。

足利義昭は6歳の時に、兄義輝との跡目争いを避けるために、慣例に従い興福寺に預けられ、僧として二十数年修行を続けていた。義輝を殺害した時に、松永久秀らは義昭を殺さず興福寺に幽閉した。大和一国の国主である興福寺を敵に回すことを恐れたからである。越前の朝倉義景が三好・松永側と義昭救出の交渉を行ったが、不調に終わり、兄義輝の遺臣の細川藤孝らが謀略で番兵に酒を勧めて酔わせ1565年7月28日夜、脱出に成功した。松永久秀は義昭に逃亡された不手際により、三好三人衆との間に亀裂が生じ、内紛へと発展していく。

義昭は、翌日には近江甲賀郡の豪族である和田惟政の居城に入り、足利将軍家の当主になることを宣言し、各地の大名らに御内書を送った。関東管領の上杉謙信らに室町幕府の再興を訴え、安芸の毛利元就らにも出兵を要請した。11月21日、近江守護の六角義賢の勧めで京に近い野洲郡矢島村に移った。和田惟政は織田信長に上洛への協力要請を取り付けるため、尾張に滞在中であった。

三好三人衆の好き勝手を許すのか、それとも室町幕府の再興を目指すのか、あるいは新たな政権争いへと動いていくのか。戦国時代は末期的症状に陥り、畿内に止まらず、日本中に武力衝突は拡散した。貴族も荘園も、名門武家も守護大名も没落した。下剋上で領土を広げた戦国大名の中から、だれが覇者となるのか、戦い・凋落・和睦・同盟・裏切り……泥沼の争いが繰り広げられた。

足利義昭の派兵要求に応え、織田信長はまだ美濃征服の前の1565年12月に、すぐに細川藤孝に書状を送り、義昭の上洛に協力する旨を約束した。

義昭は兄義輝の旧臣に擁立され1566年2月に還俗し、4月21日には吉田神社の神主吉田兼右の斡旋で従五位左馬頭の叙位・任官を受けた。武家伝奏を経て朝廷に申請するのが正式な手続きであったが、吉田兼右らにより隠密に行われた。これは将軍就任を約束されたに等しい官位であった。その直後の5月22日に足利義栄が阿波から渡海して畿内に入り、12月24日には従五位左馬頭に任じられた。一方で翌1567年2月16日には、三好家当主義継は三好三人衆を離れ、松永久秀の元に走った。これに対し三好三人衆は阿波からの援軍を受け、足利義栄の将軍就任に向けて活発に朝廷工作を進め、1568年2月8日には、義栄が14代将軍に任じられた。

そのころ足利義昭は上洛を果たせぬまま、越前の朝倉義景を頼ったが、義景は背後に一向衆や上杉謙信という強敵を抱え派兵に踏み切れなかった。義昭は長期滞在したが成果なく、朝倉兵2000人に国境まで送られ、浅井軍2000人が出迎え、1568年7月に織田信長の美濃に入った。

織田信長は「天下布武」を掲げ、その年9月7日に岐阜城を出発した。北近江の浅井長政とは妹お市を輿入れさせて同盟を結んでおり、三好義継や松永久秀も上洛に協力した。南近江の守護六角氏は三好三人衆と同盟を結んでおり信長の上洛を阻もうとしたが、12日に本拠の観音寺城を放棄して甲賀郡に後退、以降はゲリラ戦を展開するにとどまり、足利義昭は9月26日に京に入った。義昭と信長は瞬く間に三好三人衆を駆逐して10月18日に足利義昭は室町幕府15代将軍に叙任された。

一方の14代将軍の足利義栄は幕府再興に向け奮闘を続けたが、先代義輝の組織も人材も引き継ぐことが叶わず、上洛さえできぬままわずか半年余り、31歳で病死した（場所は不明）。

徒然道草12

秀吉の「中国大返し」物語④（桶狭間の戦い）

織田信長はいつから「天下人」になり、日本全体を征服してのち、何を目指したのであろうか。

父親の織田信秀は、尾張守護の斯波氏の守護代で尾張下4郡を支配する織田大和守家の奉行の一人に過ぎなかったが、勝幡城（父親から継承）・那古野城（謀略で奪う）・古渡城（1539年築城）・末森城（1548年築城）と拠点を移し、熱田支配などで経済力を高め主家を凌ぐ勢力にのし上がった。隣国の斎藤道三、今川義元ともしばしば戦闘を繰り広げ、美濃の大垣城を奪ったり、三河の岡崎城を攻め落とし城主の松平広忠を降伏させ、その嫡男竹千代（後の徳川家康）を人質にした。１５４９年には斎藤道三の娘の帰蝶が織田信秀の嫡男信長に輿入れし、美濃とは親戚になり大垣城は斎藤道三の支配下に戻された。同じ年に西三河では信秀の庶子・信広（信長の兄）が守る織田方の牙城の安祥城が今川義元に敗れ、その時の人質交換で信広を取り戻すと、代わりに松平竹千代は駿河に送られた。

信長は信秀の嫡男として１５３４年に生まれ、１５５２年に信秀が病死（42歳）し、信長は19歳で家督を継いだ。「大うつけ」とみなされ奇行の多かった信長は家臣団から必ずしも支持されてはいなかったが、守護代である織田大和守家と尾張上４郡支配の守護代織田伊勢守家を滅ぼし、さらに信長と当主の座を争った弟の織田信行を暗殺して、１５５９年には尾張一国の支配を固めた（25歳）。

一方、今川義元は１５１９年に駿河守護の氏親の３男として生まれ、４歳で仏門に出され京都で修行していたが、１５３６年駿河に戻った直後に兄二人が急死した。今川家の家督を巡る内乱の果て当主の座を引き継ぎ、12代将軍足利義晴から偏諱を賜り、義元と名乗った。今川家は源頼朝の御家人であった足利義兼の孫の吉良長氏の次男である国氏に始まる足利一門の分家で「足利将軍家が絶えたら吉良が継ぎ、吉良が絶えたら今川が継ぐ」と言われた名門である。

今川義元は翌１５３７年には隣国甲斐の守護武田信虎の娘を正室として迎え、甲駿同盟を結んだ。ところが、このことに反発した北条氏綱が駿相同盟を破棄して今川領に攻め込んできた。

1541年に氏綱が亡くなり氏康に代替わりするまで今川と北条の抗争は続いた。同じ年に武田信玄は父親の信虎を駿河に追放して甲斐の実権を握ると信濃侵攻・上杉謙信との5度にわたる川中島の戦いを繰り広げ、相模の北条氏康は関東平定に追われた。この三者はお互いの娘を輿入れさせ、1554年に甲相駿三国同盟を結んだ（1552年に今川義元の娘嶺松院が武田信玄の子武田義信に：1553年に武田信玄の娘黄梅院が北条氏康の子北条氏政に：1554年に北条氏康の娘早川殿が今川義元の子今川氏真に）。

こうして背後の憂いを克服した「海道一の弓取り」と呼ばれる今川義元は領国を遠江、三河から尾張へと拡大する外征に力を注いだ。そして1560年の梅雨の季節、今川義元は2万5000人の軍勢を率いて織田信長の討伐に踏み切った。窮地に陥った織田陣営は籠城か、出撃か、清洲城で侃々諤々の論争となったが、信長は沈黙したままであった。6月12日（旧暦5月19日）3時ころ今川軍先鋒の松平元康（徳川家康）の部隊が織田陣の丸根砦、鷲津砦に攻撃を開始した。織田信長はこの知らせを聞いて飛び起き、幸若舞の「敦盛」の一節（人間五十年　下天の内をくらぶれば、夢幻のごとくなり。一度生を得て滅せぬ者のあるべきか）を舞い、ホラ貝を吹かせ、具足を着けて、立ったまま湯漬を食い、小姓衆5騎のみを従え午前4時ころ清洲城を開門して駆け出し、8時ころ熱田神宮に到着、後続の兵たちの到着を待って熱田神宮に戦勝祈願を行った（『信長公記』）。

10時ころ織田信長は鳴海城を囲む砦である善照寺砦に入って軍勢を整え、わずかに2000

の兵で今川義元を襲った。大雨の中を音もたてずに間道を進み、今川軍に気付かれぬまま、急襲を予想だにせず、桶狭間で休息中の本陣を攻め、義元の首をとった。今川義元42歳（父織田信秀と同じ年齢）、織田信長27歳であった。松平元康（19歳）は駿府に戻らず今川軍の残兵が退くと岡崎城に入って今川氏から自立、1561年には信長と清洲同盟を結んだ。今川家当主は嫡男氏真（23歳）が継いだが、反撃の出陣もままならず、同じ足利一族の武田信玄に敗れ、8年後の1568年に、名門の守護大名は滅んだ（氏真は78歳まで存命）。

徒然道草13

秀吉の「中国大返し」物語⑤（律令制の格付け）

古代大和政権は、地方豪族の勢力を抑えて支配下に置くために、中国に学び律令制を導入した。土地の私有を認めず公地公民として、国府を設け国分寺をたてて、国司を派遣して統治する中央集権国家づくりを推し進めた。それまでの地方豪族たちを国司の下に郡司として取り込む分国制を敷いたが、平安中期の927年に完成し改訂を重ね967年に施行された延喜式《えんぎしき》によると、国府を置く分国は、国力により大国・上国・中国・下国に格付けされている。さらに京都からの距離により、畿内（山城・大和・河内・摂津・和泉5国）を中心とし、近国・中国・遠国に4分類されている。

大国13国＝畿内の大和、河内、（近国）伊勢、近江、播磨、（中国）越前、（遠国）武蔵、上総、下総、常陸、上野、陸奥、肥後

上国35国＝畿内の山城、摂津、（近国）尾張、三河、美濃、備前、美作、但馬、因幡、丹波、紀伊、（中国）遠江、駿河、甲斐、信濃、加賀、越中、伯耆、出雲、備中、備後、阿波、讃岐、（遠国）相模、下野、出羽、越後、安芸、周防、伊予、筑前、筑後、豊前、豊後、肥前

中国11国＝畿内は無し、（近国）若狭、丹後、（中国）能登、（遠国）安房、佐渡、長門、石見、土佐、日向、大隅、薩摩

下国9国＝畿内は和泉、（近国）伊賀、志摩、淡路、（中国）伊豆、飛騨、（遠国）壱岐、対馬、隠岐

律令制で701年には戸籍が作られ、農民に農地を与え租庸調の税を課した。①租は与えられた口分田に対する課税で主に国府の財源に当てた（死ぬと口分田は国司に返却？）②庸は男性に対する人頭税で徴用して様々な強制労働をさせた③調は絹・麻・綿などの織物や特産品を

供出させた。そして食糧・布・塩・燃料などを国府の倉庫、さらには都の大蔵寮まで運ぶことも②の庸の一つであった。都までは荷物を担いで歩いて往復した。その時の食料も野宿する時のゴザも自弁であった。仲間とはぐれると餓死することもあった。この過酷な任務を遂行するため朝廷は、真っ直ぐな道路を国府から都まで整備した。標準道幅は2間（3・6メートル）で、川は橋を造る力が無かったため船で渡った？

やがてこの過酷な律令制度を逃れるために農民が逃亡すると、その抑止策として新規開墾地を私有と認めることを法律で定めた。ここに目を付けた都の貴族は逃亡農民を使って私有地の開墾を進めた。最初は租税を納めていたが、「ここは別荘の庭園であり、田畑ではない」といって強引に免税を朝廷に認めさせた。天皇になれない皇子やその子孫、有力公家は、公地公民の時代から私有地を認められたり税免除されたりする国司を凌ぐ力を持った特権階級であった。

初期荘園は、貴族たちが自ら拓いた「自墾地系荘園」と、買収した「既墾地系荘園」があったが、公家や寺院に寄進して名義を変更し、租税を逃れて低い名義料を払う「寄進系荘園」が増えていった。国司側はそれを阻止しようとしたが、有力貴族たちは国司の立ち入りを禁止する「不入権」を獲得した。こうして、国司との争いが広がると、荘園領主側は平氏、源氏と名乗る貴族の後裔たちを迎え、その権威を借りて自衛力を強化していった。次第に土着化した貴族の子供たちから武士階級が生まれた。荘園領の拡大とともに荘官である武士の支配力が強まり、国司は任期4年の交代制であったが、朝廷も国司に統治を丸投げ（?）することが起き始め、国司の腐敗が進んだ。そこで公領でも犯罪の取り締まりや年貢の取り立てを武士に頼るようになり、律令制は崩れていった。そのため朝廷は、武士の棟梁の源頼朝の力を借りるために守護、地頭の任命を認めた。朝廷から支配力を獲得した武士は、公領だけでなく荘園領も侵食していき、荘園制までも崩壊が進んだ。

室町幕府は、足利一門や有力御家人を管領や守護大名に任じ、鎌倉幕府とは違う武家支配を確立しようとしたが、越前、尾張、遠江の守護大名で管領の家柄の斯波氏は、越前を守護代に奪われ朝倉氏が戦国大名となり、尾張は守護代の配下の奉行に過ぎない織田氏に下剋上で敗れた。美濃の守護大名の土岐氏にいたっては身分不明の斎藤氏が実権を奪い戦国大名となっていった。

徒然道草14

秀吉の「中国大返し」物語⑥（足利義昭と決別）

斎藤道三は主君の守護土岐氏やその一族を「追放」「暗殺」「毒殺」「裏切り」などありとあら

ゆる知略・謀略で滅ぼし美濃一国を奪い取った下剋上の戦国大名である（後にマムシと呼ばれた）。尾張の織田信秀と争ったが、1549年には斎藤道三の娘の帰蝶が織田信長に輿入れし和解、1554年に嫡男の義龍に家督を譲った。義龍の母親の深芳野《みよしの》は守護の土岐頼芸の愛妾で1526年12月に主君から下贈されて斎藤道三の側室になり、翌年6月に義龍を生んだ。そのため道三の子供ではなく頼芸の子供ではないかと疑う者も多かった。道三と義龍が親子不和になり1556年4月に長良川の戦いが起こると、旧土岐家の家臣たちのほとんどが義龍に味方にして総兵力1万7500人、対する道三は兵2500人の劣勢で、娘婿の信長からの援軍が間に合わず、道三は63歳で敗死した。

斎藤義龍は1559年に13代将軍足利義輝に謁見し御相伴衆に任じられ、一色氏への改姓を認められ一色義龍と称した。一色氏は足利一門に属し、かつての主君土岐氏よりも格上の家柄であった。織田信長や北近江の浅井氏と抗争を続けたが領土の拡張を果たせぬまま、1561年5月に35歳で病死した。義龍の嫡男龍興が15歳で斎藤家の家督を継いだが、祖父道三や父親義龍に比べて凡庸で家臣の信望を得られず、森可成、明智光秀など有力家臣の流出が相次ぎ、1567年8月、稲葉山城を織田信長に奪われた（21歳）。その後も龍興は越前の朝倉義景の元に身を寄せ客将として信長と戦ったが、美濃奪回を果たせぬまま27歳で戦死した。

美濃と尾張という豊かな「上国」2カ所の戦国大名となった織田信長は、稲葉山城に拠点を移し、岐阜城と名称を変えた。これは中国の故事にならったもので、周が岐山に都を置き殷を滅ぼした縁起のいい地名で、岐山は西安近くの山、「岐」は枝道とか分かれるという意味で、「阜」は大きいとか丘の意味である。それに先立つこと2年前の1565年5月に13代将軍足利義輝が三好三人衆に殺害されると、義輝の弟足利義昭は兄の遺臣細川藤孝らの手助けで興福寺を脱出し、直ぐに足利将軍家の当主になることを宣言し、各地の大名らに御内書を送り、14代足利将軍就任を目指して活発な工作を開始した。この呼びかけに呼応して、1565年暮れに織田信長は細川藤孝に書状を送り、いずれ機会がくれば足利義昭の上洛に向け兵を派遣することを約束している。1566年8月の織田信長は、一度目の上洛の兵を起こしたが、この時は斎藤龍興の襲撃に敗れて失敗し撤退をした。

足利義昭は御内書を乱発し、上杉謙信・武田信玄・北条氏政らに和睦を呼び掛けたり、毛利元就に派兵を促したりと盛んに上洛の機会を窺ったが、三好側が御座所の矢島を襲撃するという風聞も流れ、若狭の武田氏を経て越前の朝倉氏の元へ後退を余儀なくされた。畿内支配のままならぬ室町幕府にとって、越前はやや離れてはいたが豊かな「大国」であり、斯波氏に取って代わったとはいえ戦国大名の朝倉氏は足利義昭が最も期待を寄せる武家であった。大きな軍事力を持ち、織田家や浅井家に比べ格式も高かった。しかし、朝倉家11代当主である義景は背後に一向宗という強敵を抱えており動けなかった。それに比べて、織田信長だけは反応は早かった。斎藤氏から美濃を奪い、翌年には北伊勢も攻略し、北近江の浅井長政とは同盟を結び、松永久秀の協力も取り付け上洛の障害を次々となくしていった。足利義昭は朝倉氏を見限り織田信長に焦点を切り替えた。細川藤孝を使って信長と交渉、明智光秀を信長の家臣に送り込むことに成功し、越前を離れ、美濃に入って信長と接見した。ついに義昭は上洛軍の確保に漕ぎつけた。室町幕府のかつての重臣や奉行衆だけでなく、織田信長という強力な援軍を得たのである。

1568年9月7日、織田信長は尾張・美濃・伊勢の兵や浅井長政の兵、徳川家康の派遣した援軍などを連れ、京へ向けて発進した。この時から信長は「天下布武」という印を使いはじめている。しかしこれは自らが天下人を目指すという決意を込めたものではなく、京の静謐を取り戻し、足利義昭を将軍に就け、軍事面で織田信長が室町幕府を支えるというものであった。

9月12日、信長は近江の六角氏の居城観音寺城を攻めたが、六角氏は夜陰に乗じて甲賀に逃げており難なく城を攻略。義昭に近江平定を報告し、義昭もまた織田軍に警護されて上洛を開始した。

9月23日、信長が園城寺極楽院に入り、義昭も琵琶湖を渡海し、園城寺光浄院に入った。

9月26日、信長は東福寺に陣を移した。義昭も東山の清水寺に入り、遂に上洛を果たした。

9月28日、信長は三好長逸と細川昭元（晴元の後継者）が籠もる畿内支配の拠点・芥川山城に軍を進め、翌29日にはその麓に放火し、30日に義昭も芥川山城に入城し、将軍家の旗を掲げ、摂津・大和・河内の敵対勢力への征討を行った。この日、病気を患っていた14代将軍足利義栄が死去した。

10月2日、三好方の飯盛山城と高屋城が降伏し、摂津と河内の制圧が進んだ。

10月4日、松永久秀、三好義継らが芥川山城に出仕し、松永久秀には大和一国の支配が認められた。多数の寺社も安堵を求めて芥川山城に集まり、五畿内は義昭と信長に制圧された。

10月6日、朝廷は戦勝奉賀の勅使を芥川山城に派遣、義昭に太刀、信長に十肴十荷が下賜された。

10月14日、義昭は信長による畿内平定を受けて本圀寺に入った。

10月18日、義昭は朝廷から将軍宣下を受けて、室町幕府の第15代将軍に就任し、従四位下、参議・左近衛中将にも昇叙・任官された（32歳）。直ちに足利義昭は室町幕府の旧臣を中心に、考え続けた適材を次々に要所に任命し、幕府の再興に取り掛かった。

10月24日、義昭は信長を最大の功労者として認め、「天下武勇第一」と称え、幕閣と協議した末、信長に「室町殿御父《むろまちどのおんちち》」の称号を与えて報いた。副将軍か管領への任命、斯波氏の家督継承、五畿内の知行などを授けようとしたが、信長はそのほとんどを謝絶した。

その一方で、信長は、堺・草津・大津を自身の直轄地とすることを求めている。堺は当時、最大の商業地であり火縄銃や弾丸の確保には必要不可欠な港町であったためであろう。また、大津と草津は京と岐阜を結ぶ要所であり、京の様子を探り、岐阜へ伝達するための間者の替え馬を常備する情報拠点としたのではなかろうか。さらに信長の緊急上洛に備えて兵糧や武具や火縄銃・弾薬と馬を備蓄する最前線の拠点を設けるために、ここを直轄地としたと考えられる。

早くも10月26日、信長は京に一部の宿将とわずかな手勢を残し美濃に帰還した（35歳）。三好勢を駆逐してわずか1カ月もたたないうちに、なぜ京を離れたのであろうか。本拠地の美濃、尾張、伊勢の守りが万全でなく、兵も疲れ切っており、兵糧にも不安があったのではなかろうか。

一方、将軍復活を成し遂げた足利義昭は意欲満々であった。京の本圀寺を室町幕府の御所とし、論功行賞を行い、摂津では、池田城主の池田勝正、伊丹城主の伊丹親興に本領を安堵し、さらには和田惟政に芥川山城を与え、彼らを摂津三守護とした。河内では、かつての三好家の当主の三好義継を半国守護とし、大和は松永久秀に一国の支配を委ね、山城国には守護を置かず、兄の義輝が持っていた山城の御料所を取り返した。幕府の実務には、兄の義輝と同じく摂津晴門を政所執事に起用し、細川藤孝ら奉行衆も職務に復帰させ、伊勢氏当主も14代将軍足利義栄に出仕した伊勢貞為を廃し、弟の貞興に代えて仕えさせた。また義昭は関白左大臣の近衛前久を、兄義輝の殺害や義栄の将軍襲職に便宜を働いた容疑で追放した（天皇の権限を超えて？）。

織田信長が京を離れると三好三人衆は、翌年1月5日に京に進軍し義昭の本圀寺を包囲・襲撃した。これを奉公衆、摂津三守護、河内の三好義継らが駆けつけて6日に撃退した。織田信長も1月10日に京に戻った。2月2日、義昭は信長に兄義輝も本拠を置いた二条御所の再建を命じ、信長は突貫工事で本圀寺の資材を解体して移し、4月14日に堀と石垣で守られた二条御所を完成させた。

＊その後の足利義昭は、織田信長に京を追われた以降も将軍職のままであり、毛利の庇護のもと「鞆幕府」として亡命政権をつくった。豊臣秀吉が関白太政大臣の1587年に15年ぶりに京に戻り、翌年1月13日に将軍職を辞し足利幕府は終わった。山城の国に1万石の領地を貰って、秀吉の御伽衆《おとぎしゅう》に加えられ、1597年に大阪で死んだ（61歳）。豊臣秀吉は翌年9月、桃山城で死去した（62歳）。

徒然道草15

秀吉の「中国大返し」物語⑦（秀吉の決断）

織田信長は、無敵ではなかった。しばしば戦に敗れている。あっという間に、田舎武士に過ぎないと見くびられていた美濃、尾張の戦国大名がなぜ「天下人」にのし上がることができたのであろうか。妹や娘を政略結婚させ、息子たちを人質や養子として押し付けて敵を乗っ取り、室町幕府の15代将軍足利義昭の助けを借り、正親町天皇を操って強敵との和解や和睦を取り付けて窮地を脱することを繰り返し、戦闘の最前線で戦うこともあったが敵の銃弾が逸れ、いざとなったら味方を見捨てて逃げ、幸いにも戦死しないで生き延びたからである。

「尾張の虎」と恐れられた父親の織田信秀。その後継者となる宿命を背負った織田信長は、父の築いた基盤を周囲からボロボロにされ「張り子の虎」となって死ぬ――その恐怖心の中で育った。着ているものも髪も、銃を担ぎ刀を荒縄で腰にくくり付け、栗や柿や瓜をかじりながら城下や浜辺をうろつく姿も、家臣たちには「大うつけ」としか映らなかった。1552年3月に父は42歳で病死、その葬儀に遅刻した19歳の信長は、位牌に向かって抹香を投げ付け、そのまま立ち去った。

「親父はこんな若造に乱世の後始末を押しつけて死んじまった」と怒りが込み上げたからである。

織田信長は「大うつけ」を生涯にわたって演じ、本能寺で遺体を残さず「49歳で忽然と消えた」。

①1553年に信長の奇行を諫めるため、織田家の宿老である平手政秀が自害。信長は寺を建て霊を弔う。

②この年、舅の道三が信長を美濃に招き「首実検」。道三は「いずれ美濃を奪う男」と器量

を見抜く。

③1557年長男が誕生し「奇妙丸」（信忠）と名付けた。秀吉を「禿ネズミ」、光秀を「キンカン」とアダ名で呼んだ。

④1558年、織田家当主の座を守るため弟信行を、仮病で清洲城に見舞いに来させて暗殺。

⑤1567年、美濃の稲葉山城を奪うと中国式に岐阜城と改名、「天下布武」の印を使い虚勢を張る。

⑥1570年4月、朝倉攻めの途中、妹お市を嫁がせた浅井長政の裏切りに遭い、軍勢を放り出し京に逃げ延びる。

⑦その直後、京から浅井勢を避けるため回り道をして岐阜に戻る途中に山中で、六角義賢の雇った鉄砲の名手の杉谷善住坊に2発狙撃される。幸運にもかすり傷であった。

⑧1571年、敵対する延暦寺を焼き討ちさせ、僧侶、学僧、上人、児童の首をことごとく刎ねた。

⑨1571年・73年・74年と長島一向一揆を攻め、最後は2万の男女を柵で囲み、焼き殺した。

⑩1573年、三方ヶ原の戦いで武田信玄に完敗。徳川家康に送った信長の援軍わずか兵3000人。

⑪1574年の正月の宴で、朝倉義景・浅井久政・長政三人の頭蓋骨に金箔を貼って披露し

た。

⑫1575年、武田側から東美濃の岩村城を奪回し叔母のおつやの方（城主と再婚）を逆さ礫で虐殺。

⑬1576年に石山本願寺と和睦すると4年も攻略できなかった重臣の佐久間信盛を高野山に追放。

⑭1577年、一度味方につけた裏切り者の松永久秀を攻め滅ぼした。何人もの裏切りに苦しんだ。

⑮足利義昭に離反され何度も「信長包囲網」で攻められ続け、滅亡寸前の危機に陥った。

⑯最強の敵が上洛目前に病死。武田信玄（1573年53歳）、上杉謙信（1578年49歳）。

⑰1579年5月、安土城を完成させると最上階に『天主』（天守ではない）を設けて、金や朱で世界の宗教画を描かせ、教祖や神々に囲まれて眠った。

⑱同年10月5日、娘婿の徳川信康（20歳）を切腹させた。今川に内通の罪で？

⑲正親町天皇に退位し皇太子に譲位するように迫り、安土城二の丸には天皇を迎える「御幸の御間」をつくった。信長は、天皇や上皇をも凌ぐ、『天空帝』になろうとしたと、私は考えている。

⑳本能寺の変の10年前、毛利家臣の安国寺恵瓊は「信長は高転びするかも」と予想している。

＊織田信長は「天下人」の絶頂期に最後の仕上げとして、6月4日に京から出陣し、毛利や長曾我部や、大友や薩摩を討つと公家に語った。2万人を超える兵を迎える秀吉は、奉行の石田三成に命じて、京から備前までの道々に、食事の場所も泊まる場所も万全の備えをした。秀吉はこの道を逆走し、姫路城には決して戻らぬ覚悟で、兵も武器も、金銀も兵糧も全部を持って、光秀との決戦に向かった。

徒然道草16

私は「近衛前久」が大好きである

室町時代の末期に、戦国時代を終焉させ天下静謐を回復する道を考え続け、行動した「大うつけ」が織田信長の他に、もう一人いた。近衛前久《さきひさ》、この男が大好きである。異論を綴ってみる。

日本の天皇制を育て守った最大の功労者が、藤原不比等を祖とする藤原氏である。父の藤原鎌足亡き後に11歳で後継者（天智天皇の落胤説もある）となり、下級官人からスタートしたが、蘇我連子の娘蘇我娼子を妻とし、蘇我氏の地位も継承した。その後、草壁皇子↓持統天皇↓文武天皇→元明天皇→元正天皇に仕えて、不比等の子孫のみが藤原姓を名乗り、太政官の官職に就くことができるとされた。平安末期1121年に藤原氏長者となった忠通は、25歳で鳥羽天皇の関白になり、さらに崇徳→近衛→後白河天皇にわたって摂政、関白を務めた。この忠通の4男（実質的な長男：正二位摂政、関白）の基実が近衛家を起こし、その子孫が鎌倉時代中期には五摂家（近衛・一条・九条・鷹司・二条＝序列順）と分かれた。筆頭の近衛家の14代目当主が近衛前久（1536年－1612年）であり、近衛家当主は2代目以降は全員が正二位より上の従一位関白に任じられている。

近衛前久は1547年に12歳で内大臣、1553年に右大臣、1554年に関白左大臣となり1555年1月13日には従一位になった。近衛前久は公家でありながら武芸にも優れ、1559年に越後から兵500人を連れて長尾景虎（上杉謙信）が上洛した際には大酒を飲み合い、血書の起請文を交わし盟約を結んだ。景虎が関東を平定し、前久が関東公方に就任して、関東の兵力を結集して上洛して京を握るという壮大な「大うつけ」戦略である。1560年には近衛前久は関白の職にありながら、景虎を頼り越後に下向し、雪解けを待ち1561年初夏に前久は景虎とともに関東に進軍した。冬を前に景虎が越後に帰っても古河城に残り、情勢を逐一、越後に伝える大胆かつ豪胆な人物であった。しかし景虎の関東平定が立ち行かなくなり、近衛前久は1562年8月に失意のうちに関東を離れ京に戻った。

1565年5月に13代将軍足利義輝を殺害した三好三人衆は、近衛前久を頼った。前久は義輝の従兄弟であったが、三好側に協力し、足利義栄の14代将軍就任を助けた。１５６８年10月に織田信長が足利義昭を奉じ上洛を果たすと、15代将軍になった足利義昭は前久の罪を追及し、前久を朝廷から追放した。丹波に落ち延び、顕如を頼って石山本願寺に移り、顕如の長男教如を自分の猶子とした。そして「信長包囲網」の動きが出てくると、前久も担ぎ出されて三好三人衆や顕如とともにこれに加わった。しかし織田信長に対して敵意は無く、１５７３年に足利義昭が信長によって京を追放されると、１５７５年2月に、信長の奏上により許されて、京に戻った。

藤原氏嫡流の五摂家筆頭の当主の近衛前久は、和歌・連歌・書道・有職故実・馬術にも抜群の力量を持っており、織田信長と親交を深め、特に鷹狩りではしばしば互いの獲物を自慢しあった。また近衛家は鎌倉時代から薩摩の島津氏と親戚関係にあり、毛利輝元を背後から牽制するために信長に要請されて九州に下向し、大友氏・伊東氏・相良氏・島津氏の和議を図っている。また１５８０年には信長と本願寺の調停に乗り出し、その功績をたたえた信長から「天下平定の暁には近衛家に一国を献上する」と約束されており、１５８２年には信長の甲州征伐にも同行した。

松平家康が朝廷に１５６６年に出自不明の松平氏からの改姓を願い出て「徳川」と名乗ることに成功するが、その祖先に「得川」という名前を見つけた近衛前久が手助けした。この時の縁で、１５８２年の本能寺の変の後に羽柴秀吉から詰問された前久は、徳川家康を頼り浜松城に避難している。

その後さらに、羽柴秀吉の要請で公家筆頭の近衛前久の猶子に秀吉を迎え入れ、朝廷から公家扱いを受ける形で、豊臣という「天下人」の家柄を創設して関白に就任するという離れ業の舞台回しを演じて、豊臣政権の誕生と権威確立を行っている。１５８７年以降は住職無しの状態であった慈照寺東求堂に隠棲した。関ケ原の戦いでは中立を保ち、１６１２年5月8日に享年77歳で亡くなった。

（近衛家30代目当主が近衛文麿で、太平洋戦争直前に第34代・第38代・第39代首相になった）

徒然道草17

水を張った田んぼから生まれた「水平目線文化」

古代日本は稲作を取り入れ、山野を開墾して水田文明をつくり上げてきた。水を張った農地は平らであり、川の流れは人間の手で制御され、狭い国土には、棚田も多く整備されたが、どこまでも文明の根本は「水平」である。ヨーロッパや中国の畑作文明や、草原の放牧文明は全く違う。弧を描く丘陵に暮らす民族の目線は「起伏」である。イタリアの中世都市や教会は見晴らしのいい丘の上につくられ、交通や農作業に不便であっても、敵からの防御が最大限に優先されている。

中国の万里の長城の北側に広がる地域は、河は蛇行して山野を削ったそのままの姿で、護岸工事やため池で水の流れを制御した痕跡はどこにも見られない。平地もあるが、斜面の農地も多い。

中東のオマーンは日本の85%の広さの国土を持つが人口は450万人の国であり、首都マスカット旧市街は人口2万人の小さい港町で、近郊の砂漠に広がる都市圏に100万人が集中している。それ以外は人口まばらな乾燥地で、どこまで車で走っても木のない岩山が続く。農地は国土の0・3%しかない。所々にヤシに囲まれたオアシス集落があり、人々は羊やヤギと昔ながらの暮らしをしている。今では海水淡水化の真水や電気や燃料はマスカットから内陸へパイプラインで運ばれている。緑あふれる水田文明に育った日本人にとっては、人寂しく悲しくなる風景であった。

ニュージーランドは赤道を挟んで日本から見れば反対側にある南太平洋の孤立した二つの島からなる。国土は日本の75%の広さだが、人口は500万人に過ぎない（これは日本の聖徳太子のころと同じ人口）。オランダ人により1642年に発見され、1769年にイギリス人探検家ジェームズ・クックが初めてヨーロッパ人として上陸すると、イギリス人はまるでコロンブス時代のように、先住民を殺しまくって土地を奪い取り、木を伐採して羊の放牧を始めてイギリス領に組み込み、1947年になってイギリス国王を君主とする英連邦の国家として独立した。

北島のオークランドには165万人（2020年）もの人口が集中しており、南島のクライストチャーチは第2位の都市とはいえ、わずかに37万人しか住んでいない。郊外に出ると目に入るのは羊ばかりで、人口の6倍の3000万頭も飼っている（1982年のピーク時には7000万頭いた？）。ところが蒙古高原と違い土地はどこまでも細い鉄条網で囲まれていた。羊は草さえあれば放置していても育つ。牛はオスばかりでメスが見当たらない。みな肉用だ。子育てや搾乳という面倒な作業をするには人手がいない。時々見かける農家も家庭菜園は無い、手抜き暮らしだ。肉食獣のライオンやワニや蛇もいないのに鉄条網で囲むのは家畜の逃亡を防ぎ、所有地の境界を誇示するためであろう、と思った。

この自分の所有地を囲い込むという文明は、イギリスから来たようである。中世にフランスから渡って来た支配者たちは、先住のケルト人をスコットランドに追い払い、羊を飼い、境界線に木を植えて囲った。今でも湖水地方を訪れると、農地には高さ1メートル余りの石積みの壁が延々と張り巡らされている。大きな森は無いのに、そのわずかの木々の中にウサギや鳥といった野生動物の姿も見える。領主以外の禁猟が徹底されているからだろうか。水田文明は共同作業で水の管理をし、狭い農地に稲を根深く植える。それに比べて他者を排除して住民を少なくし、牧草地やウサギやキツネの狩猟場を守る、この方法は奪った土地を管理しやすかったに違いない。また、米の収量は、麦に比べて1・5倍である。つまり同じ人口を養うには、水田の1・5倍の広さの畑を耕さなければならない。農民が密集して耕作する面倒を嫌った粗放農業の伝統こそがヨーロッパであると感じた。

イギリスの最高峰はスコットランドの標高1344メートルのベン・ネビス山であり、ヨーロッパも高地はアルプスやスペインのピレネーなどごくわずかで、ほとんどが平地か丘陵地である。従って森を切り拓いて農地にし易かったが、日本は国土の80%が山である。河口の堆積平野だけでは農地が不足する。水田で米を作るには水を張らなければならない。どんな山奥の棚田でも水平につくる、こうして、山や川を制御して、国土をそっくり「水平」につくり変えた水田文明こそが日本である。

徒然道草18

世界の人口は地球にとって多すぎる

ヨーロッパ人は、時の流れを考えるときに、キリストの誕生前と、それより後を分けて捉えた。

では、紀元元年はいつから始まったのであろうか。キリストの生まれたのが「ゼロ年」であり、翌年の誕生日を迎えて「1年」が始まったと思っていたが、キリスト教の神父たちは、どうもそうではないようだ。キリストは12月25日（すなわち冬至）に生まれ、8日後に神の前で「割礼の儀式」を行った——すなわちその「1月1日」をもって紀元1年が始まったと考えたようである。つまり「紀元ゼロ年」は存在しない。それより前は、紀元前1年と数えた。

＊数字の「ゼロ」が発明されたのは七世紀のインドである。何もない「無＝ゼロ」は無神論の考えであり、ギリシャ人は受け入れなかった。

では、その当時の地球には、どのくらいの人類が暮らしていたのか。ざっと1億人である。古代ローマ時代も、古代ギリシャ時代も、今の80億人よりは人口は少なかった。縄文時代の日本の人口は30万人、このころの中国の人口は600万人に過ぎない。日本は獣や、海の貝や魚、山の栗やドングリの実が多くあり、縄文人たちは農耕をしないでも、狩猟や漁労だけでも豊かに暮らせた、というのは本当であろうか。氷河期時代には、人口が1万人を割ったこともあり、青森の三内丸山遺跡からは、猪やシカといった大型動物の骨はほとんど出てこない。もう獲りつくしたと考えられているし、栗や豆、ゴボウなどを植えて育てていたことも分かっている。

それでも、弥生時代、古墳時代、大和朝廷時代と、時を経るごとに日本の人口は順調に増えていった。外国の侵攻や王朝交代といった政権争いや大量殺戮が起こらず、島国という地政学的に恵まれた日本は、世界史的に見ても、とても平和な国土だったからである。聖徳太子のころは人口500万人で平安時代まで横ばい、鎌倉初期には700万人で室町時代に入ると1000万人を超えて、戦国時代は盛んに農地開発が進められ、大量殺人が一部見られたものの、人口は増え続けて、江戸初期には1500万人になった。諸藩は熱心に農地開墾を行い明治初年の人口は3300万人を超え、欧米との覇権を競った時代には「産めよ増やせよ」の号令の下に100年を経ずして7000万人に達した。太平洋戦争では330万人の人々が犠牲となったが、戦後の日本は海外植民地を失ったものの、驚くべき経済発展で、世界第2位にまで国力を押し上げ、人口1億2000万人の大国になった。

これに対して、中国は広く豊かな国土を持ちながら、古代から人口の激しい増減を繰り返す不安定な国であった。人口6000万の大国が、覇権争いによって一挙に3000万人に落ち込む。朝廷が安定を取り戻し6000万人にまで国力を回復すると、今度は異民族の侵攻によって殺し合いとなり、朝廷は滅亡し、あっという間に人口は3000万人以下になってしまう。こんな攻防はまれなことではなく、清朝まで度々起こっている。穀倉地帯の「中原」の人口扶養力はせいぜい6000万であったと考えられ、人口が7000万人を超えることは無かった。中国に共産党政権が生まれた時の人口は5億人であったが、毛沢東は大躍進の失敗で5000万人を飢え死にさせた。しかし今でも中国では「人民を飢えることのないように救った」として毛沢東を称える。

21世紀に入り中国の人口は14億人を超えた。一人っ子政策なのに、なぜ人口は急増し続けたか。その原因は死亡する人間が減ったからである。70年前の平均寿命は35歳であったが、今は77歳である。しかも老人ばかり増えると国の生産力は落ちる。独裁政権の習近平に中国を「人民を世界一豊かにする」「世界一の軍事力を実現する」という道は開けるのだろうか。

私たちは過去の実態を正確に見ることはできない。現代という「色眼鏡」を掛けたまま、歴史を読み解こうとするからである。鎌倉時代に、鎌倉にどれだけの人が住んでいたかを、私たちは即答できない。人口10万？　その住居は？　食生活は？　衣服は？　物流は？　水まわりや糞尿の処理は？　死者の埋葬は？　――どれも現代の知識や感覚にとらわれて、当時の人と同じ目線で見ることはできない。

徒然道草19

大量殺戮は人類の抱えた「宿命」か

種を維持するため、動物は様々な行動をとる。

カマキリのメスは、オスと交尾したあと、オスを襲って食べることがある。受精した卵のために、オスはメスの栄養となって死ぬ。カマキリの子孫を残すための行為である。ゴリラや熊や多くの高等動物の中には、オスがメスの育てている他のオスの子供を殺して食べる習性がある。子育て中のメスは発情しないからである。子供を殺されたメスは再び発情し、子供を殺したオスを受け入れて、すぐに妊娠して、新たな子供を産む。オス同士が殺し合いメスを奪い合うのは、強い遺伝子を残すためである。しかし人類はこれまで、「共食い」したかどうかは定かではない。

織田信長は何万人も戦いで殺し、自らは20人以上の子供を産ませた。オンナの子は政略結婚させ、オトコの子は人質や養子にして服属させたり支配したりする有力な手段として使った。子供たちに様々な試練を与えて育てるが、それは「家系」を守るためで、可愛がったわけではない。

羊やヤギや馬とともにゆっくりと草原地帯を進んだ蒙古軍は、兵站の心配がなかった。草が有れば子を産んで育て肉やミルクを提供してくれる家畜や、敵を急襲する兵器となる馬を一緒に連れて行ったからである。中央アジアに暮らす集落や都市を襲い皆殺しや焼き尽くしを躊躇せず、家財や武具や金銀を奪い、西へ西へと侵略を行い、東ヨーロッパや北ヨーロッパの人々を震え上がらせた。13世紀初めから200年余り、ほぼドナウ川以東の広大な地域を支配する帝国を築いた。この時のことをロシアでは、タタールの頸木《くびき》という。この屈辱から国土解放を為し遂げたのが北の辺境に在ったモスクワ公国である。日本ほどの小さな国土のモスクワ公国だったがタタール人を駆逐し、周辺国を攻め、シベリアの未開地を奪い、瞬時に世界最大の領土を持つロシア帝国へと飛躍した。

東スラブ民族、ギリシャ正教のロシアの人口は1億4600万人を超えているが、ヨーロッパに含まれるかそうでないか、未だ見解は分かれる。ソ連の独裁者となったスターリンは1000万人の自国民を粛清し、ヒットラー侵攻からソ連を守った。ドイツ第三帝国総統のヒットラーは600万人のユダヤ人を殺し、全資産を奪い戦費としたが、ドイツ人も戦争で900万人が犠牲になっている。

明治を築いた薩長藩閥政府は、中国を侵略し2000万人(?)を殺し、太平洋戦争で日本人330万人を見殺しにした。死んだ日本兵の半分は無謀な作戦の失敗による餓死であり、その兵站確保のために徴用した民間の船舶や漁船は、ほとんどアメリカの潜水艦に撃沈され多くの船員や漁民は海の藻屑と消えた。破れかぶれの特攻作戦で戦死した航空兵や潜航艇の若者は5800人(?)。さらには、アメリカ軍の大空襲で日本中の都市は焼き尽くされ、東京だけでも10万人、軍需工場ばかりとなっていた日立市でさえ1500人が死んだ。沖縄戦では人口の半分の10万人が殺され、女子学生や男子学生も戦闘に駆り出され犠牲になった。

本土決戦にアメリカを引きずり込もうとする日本を降伏させるため、米大統領トルーマンはスターリンに日本との中立条約を破棄し日本を攻撃するよう求めた。ヒットラーを自殺させ5月9日にドイツを降伏させたばかりのスターリンは、ソ連軍を極東へ反転させ、8月9日に千島列島に布陣する日本軍を急襲した。北海道を奪い取ろうと狙っていた。日本陸軍の抵抗と、スターリンの野望を挫くため、トルーマンは原爆投下を命じた。広島に1945年8月6日、長崎に8月9日、2発の原子爆弾を投下、瞬時に30万人もの日本人を焼き殺し、アメリカの力を世界中に見せつけた。

◇　◇

プーチンの引き起こした侵攻作戦では、ウクライナは焦土とされ未曾有の大量殺戮の危機に脅かされ、ソ連側も20万人を超す兵の死者が出ている。第二次世界大戦時のユダヤ人虐殺の反省からヨーロッパやアメリカがユダヤ人国家をつくったが、その国境線の中に取り残されたアラブ人はパレスチナと名乗る独立国家の成立を目指したものの70年以上も解決の兆しさえ見えない。

徒然道草20

坂上田村麻呂はなぜ、征夷大将軍と呼ばれるのか

江戸時代の日本は農民が9割、武士が1割を占め、そのほかの商人たちは僅かしかいなかっ

た。江戸時代が始まった時の日本の人口は１５００万人であり、明治維新を迎えた時の人口は３３００万人である。従って総人口２０００万人時代の武士の数は２００万人、農民は１８００万人ということになる。

目魁影老は、数字にやたらとこだわる癖がある。江戸時代は「五公五民」といって、農民は収穫したコメの半分を武士に搾取された。では、１８００万人の農民が生産したコメの半分を、２００万人の武士が全部食べてしまったのだろうか——という答えの謎が分からず困っている。当時は鎖国時代であったから、海外にコメを輸出することはできない。大阪や江戸では、大名がコメを売って盛んに取引が行われた、と社会科の歴史で習ったが、では誰が買って、何に消費したのか。武士の給料はコメであったから、自分で食べるだけでなく、コメを金に換えて生活必需品を買わなければ、生きていけなかったはずであるが……。

桓武天皇は、奈良から長岡さらに京都へと都を移した。平安時代がこうして７９４年から始まった。当時の日本は、中国に真似た律令制度を設け、九州、四国、本州を支配地域としていたが、関東以北は十分知られておらず、福島から青森まではひとくくりで陸奥（みちのく、後にむつと呼ばれる）という広大な辺境の地であった。しかし律令国家の支配が及ぶのは宮城県松島の丘陵地域までで、それ以北の地は中央政府に服従していなかった。新しい時代を切り開こうとする桓武天皇にとって、この陸奥の地すべてを律令国家に編入することは悲願であった。しかし征討軍は７８９年にアテルイの率いる蝦夷《えみし》軍に大敗してしまった。そこで天皇は、

793年に新たな蝦夷討伐軍を派遣し、坂上田村麻呂は征討副使四人の一人として参戦した。この時の功績により、朝廷から坂上田村麻呂は796年に陸奥按察使、陸奥守、鎮守将軍に任じられ、征討軍を指揮する全官職を兼務することになった。加えて翌797年に桓武天皇により征夷大将軍に任じられた。この名称は、かつて存在したことのない臨時の官位であった。住民を兵として徴用し、兵糧米や武具を調達し、戦闘を命じる全権限を天皇から与えられたのである。

坂上田村麻呂は、801年に遠征に出た。802年には降伏したアテルイを連れて京に凱旋した。坂上田村麻呂は蝦夷を服属させるために、アテルイの延命を望んだが、朝廷はそれを認めずアテルイは斬殺された。804年に再び征夷大将軍に任命され、三度目の蝦夷討伐に遠征をすることになった。しかし、参議の藤原緒嗣が「軍事と都の建造が民の負担になっている」と主張し、桓武天皇がこの意見を受け入れて、蝦夷討伐軍の出兵は中止となった。坂上田村麻呂は活躍の機会を失ったが、臨時職であった征夷大将軍の「尊称」は保持し続けた。

坂上田村麻呂は桓武天皇の崩御（806年）後も昇進を続け、810年には大納言になった。翌811年に53歳で死去した。

東北の蝦夷を屈服させるために設けられた臨時の官位が征夷大将軍であったが、軍を統率する強大な権限を握るこの地位は、後の武家政権にとって、全国の武士の棟梁として支配権を確立するには魅力ある称号であった。初代武家政権の平氏を滅ぼした源頼朝は、義経をかくまう東北（蝦夷）の独立政権である藤原氏を討伐するために、この征夷大将軍に任じられることを後白河法皇に要請した。源氏の棟梁である武力の力に頼らざるを得ない朝廷は、国司や郡司とは別に守護と地頭を全国に配置する任命権は許したが、征夷大将軍の叙任は認めなかった。陸奥の藤原氏を滅ぼした源頼朝は、後白河法皇の崩御（１１９２年）後に、ついに武家の棟梁である征夷大将軍に任じられた。朝廷と並び立つ「鎌倉殿」の武家政権が東日本で始まり、次第に全国へと支配力を広げていくことになった。

徒然道草21

酒のルーツの話①＝猿の話

地球上には、有史以前からお酒があったという説がいろいろある。その中の一つにこんなのがあった。――猿が木の実や果物をかじって、木の祠にため込んでいたら、雨水が流れ込んで、酵母の発酵作用により、天然のお酒（エチルアルコール）となった――。それはいい香りがしたのであろう、「おいしい飲み物」であるお酒を、類人猿も、文明以前の人類も、知っていたことになる。

メソポタミアでは８０００年前から農耕が行われ、麦が栽培されていた。そのころから既に「麦芽と水が発酵」してビールが生まれたと考えられている。古代エジプトの４０００年前の墓の壁画や象形文字のレリーフには、ビール醸造の記録が見られる。

ブドウからできる「ワイン」も、およそ６０００年前のものとされる醸造跡が、トルコの東隣のアルメニアで発見されており、メソポタミアでは古くから飲まれていたことが分かっている。その後、地中海交易に乗り出したフェニキア人により古代ギリシャやローマへと伝わる。（ここからはウィキペディアの引用）この頃の「ワイン」は水割りにして飲まれ、原酒のまま飲むのは野蛮とされた。それはギリシャ北方に住むスラブ系の祖先であるスキタイの原酒飲酒の習慣を忌み嫌っていたからだと言われている。現代ギリシャ語でワインをοίνος（エノロジー『oenology、ワイン醸造学』の語源）ではなく普通κρασί（混合）と呼ぶのはこの水割りの習慣の名残である。当時の「ワイン」はブドウ果汁が濃縮されかなり糖分を残していて、アルコール度数はそれほど高くはなかった。そのため「酒」というよりは長期保存可能なブドウジュースといった感覚であり、濃すぎる甘さを抑えるために水割りにして飲んだ。ヨーロッパの水は硬水が多く、大変飲み難いために、それを飲みやすくするために「ワイン」は大切なものであり、その意味では水で割るというよりも、水に加えて飲みやすくする物であった。

ワインの醸造技術が格段の進歩を遂げたのはローマ時代においてとされ、この時代に現在の製法の基礎が確立した。それにより糖分がかなりアルコールに転化され、ワインをストレートで飲む「大酒飲み」が増えていった。

中世ヨーロッパ時代にブドウ栽培とワイン醸造を主導したのはキリスト教の修道士たちが暮らす僧院であった。イエスがワインを指して自分の血と称したことから、ワインはキリスト教の聖餐式において必要不可欠なものとなった。

すべては神が創造したと教えるキリスト教は、中世では錬金術を否定して迫害した。そのため錬金術師たちは、ヨーロッパから中東のバグダットへと流れた。金属や岩石を砕いたり焼いたり化合したりして「金」をつくり出そうとしたが、その試みはことごとく挫折した。しかし、蒸留技術を磨き新たな道具をつくり出すことで、植物から香水や薬を抽出したり、醸造酒からアルコール度数の高いお酒を生み出すことに成功した。

9世紀にはイスラム帝国宮廷学者ジャービル・イブン＝ハイヤーンが、三段重ね構造の「アランビック蒸留器」を発明した。アルコール度数の高い蒸留酒を簡単に造れるこの「アランビック」の登場で、蒸留酒文明は世界中に広がり、日本でも東南アジアを経由してヨーロッパ人により沖縄に戦国時代に伝わった。琉球王朝は、この「蘭引き」技術による蒸留酒づくりを直轄支配して、製造許可を与えて高級酒「泡盛」をつくらせ、朝廷の饗宴に使うだけでなく、薩摩、江戸幕府、中国への貢納品として使った。

アランビック蒸留酒は、伝播した地域で獲れる様々な原料——穀物、果実、野菜、家畜乳、糖蜜、バナナの花、葡萄、砂糖キビ、日本酒の搾り粕など様々——で造られる。出来上がる蒸留酒「命の水」もブランデー、ウイスキー、ウオッカ、アクアビット、東南アジアのアラック、中国の白酒（バイジュウ）、茅台酒、沖縄の泡盛、日本の焼酎、中南米のテキーラやラム酒など多種多様である。

徒然道草22

酒のルーツの話②＝アラブの「蘭引き」

日本に伝わった最初の蒸留酒は琉球の「泡盛」である。

倭寇と呼ばれる海賊が、13世紀から16世紀にかけて、九州北西部から船出して、東アジアを広く荒らしまわった時代があった。同じころ、琉球の人々はさらに遠く東南アジアまで航海し、交易を始めた。日本にはないアルコール度数の高い蒸留酒に初めて出会った交易商人たちは、シャム国（現在のタイ）から甕入りのラオロン（南蛮酒）を琉球に持ち帰り、その酒を王家が接待用に取り入れた。14世紀後半から15世紀頃には、蒸留酒をつくる「蘭引き」（語源はアランビック）技術、タイ米、貯蔵用の甕なども琉球にもたらされた。

この「泡盛」は貴重な貢納品として扱われ、首里の王家は「焼酎職」を設けて厳重に管理した。焼酎職となった30家（後に40家）にしか「泡盛」造りは認められず、焼酎職でないものが「泡盛」をつくれば、死罪または流罪となったという。１６０９年に徳川幕府から琉球征伐の御朱印を得て、薩摩藩は琉球を征服した。そして極上酒である「泡盛」を貢納品として指定し、琉球は島津藩を通じ幕府に「泡盛」を毎年献上するようになった。中国の明国や清国への貢納品としても使われた。

泡盛は「米焼酎」の一種である。しかし使うお米は「ジャポニカ」ではなくて「インディカ」である。このインディカ米は沖縄で作られる米ではない。東南アジアなど気温の高い熱帯や亜熱帯地域で栽培される米である。しかし、当初は遥か遠い東南アジアからタイ米を大量に交易することは困難を極めたから、琉球では日本のお米や粟なども原料として使われた。

では、「泡盛」という名前が付けられたのはなぜであろうか。

①「沖縄学の父」伊波普猷（１８７６〜１９４７）は、泡盛の原料に米と粟を使ったことに触れ、粟で蒸留酒を造ったことから、粟盛り↓泡盛になったと説明。

②古代インド語のサンスクリット語で、酒のことをアワムリというそうで、それが伝来して泡盛になったという説。

③蒸留仕立ての酒は、泡を立ててみることで出来がいいかどうかを調べ、良い酒は細かい泡が盛り上がり、泡が消えるまでの時間も長く泡盛という名前が付けられたという説。

――といろいろある。

しかし、「泡盛」という名称の登場はそれほど古くなく、1671年のこと。その年に琉球王国の尚貞王から4代目将軍徳川家綱へ贈られた献上品の目録の中に「泡盛」の記録があり、それが「泡盛」という名称の最初である。それまでは、「焼酒」や「焼酎」と表記されていた。では「焼」や「酎」は何を意味するのであろうか。「焼」という文字は、醪《もろみ》を加熱、沸騰させて造る、という蒸留酒の基本的な作業を指している。中国語では蒸留酒を「焼酒《シャオジュウ》」と表現する。そして「酎」は〝強い酒〟の意味である。

琉球で始まった蒸留酒づくりは、薩摩を経て、九州各地に広がっていったが、原料としては米に加えて、粟、ヒエ、キビなどの雑穀も使われた。芋が焼酎の原料になるのは、1705年に当時の薩摩藩士の前田利右衛門が、琉球からサツマ芋を持ち帰り広めたことによる。しかも、そのころの焼酎づくりは、日本酒と同じ黄麹を使っていたために、腐敗しやすく、品質も劣っていた。それを防ぐために、沖縄の泡盛は、クエン酸生成力の強い黒麹菌を使用し始めた。

インディカ米は蒸した後の粘りが少なく製麹機での加工や温度管理がしやすい。そのインディカ米から麹をつくるのに最も適したのが黒麹である。

＊本格焼酎「幸村好《ごのみ》」という酒が大坂夏の陣400周年記念の紀州九度山真田幸村由来酒として販売された。高野山に追放されていた真田幸村が「焼酎」を飲みたいと所望し

た手紙が残っているのだ。どうもこの時代に鉄砲とともに伝来した蒸留酒が、酒どころ京都に伝わり、「酒粕」からつくられていたらしい。江戸幕府への献上酒「泡盛」とは全く違う闇ルートがあったのだ。

徒然道草23

「近代焼酎の父」は福山生まれの河内源一郎

焼酎文化が日本に広がったのは河内源一郎のお陰である。

熊本地震の発生で落ち込んだ九州観光を盛り返すために、1万円の補助金付き（つまり1万円割引）のツアーがいろいろと企画された。その中に、2・5万円で羽田⇔霧島温泉2泊3日の格安旅行を見つけた。古来、神話の舞台として登場する霧島は、今も活火山であり、中腹にある薩摩藩主ゆかりの温泉ホテルからは、真正面に桜島、その遥か向こうには開聞岳が望める。「いい湯だなー」を満喫できたのは良かったが、空港までの送迎バスは朝10時発の1本だけ。飛行機の出発便はツアー旅行社の指定で、希望時間を選択できない。そのために、4時間も鹿児島空港で時間を持て余すことになった。仕方がないので、空港前の西郷公園を回り、チェコ村というテーマパークまで足を延ばした。そこは河内源一郎商店の営む焼酎と地ビールと薩摩土産販売の観光施設であった。
目魁影老は、仰天した。最初に入ったところは麹蔵。日ごろから疑問に思っていた焼酎の謎の答えが、パネル表示してあるではないか。

〈河内源一郎（1883-1948）〉

広島県の福山市生まれ。1904年に広島県立福山中学校（現福山誠之館高校）卒業。大阪高等工業学校醸造科（現大阪大学発酵工学科）へ進学。1909年に大阪高等工業学校卒業後、大蔵省入りし、熊本税務監督局の工業試験場技官として鹿児島に赴任。鹿児島、宮崎、沖縄の味噌・醤油・焼酎の製造指導にあたる。

当時の焼酎はとてもマズく、また暑い時期はすぐに腐っていた。「残暑に醪《もろみ》が腐敗して困る、何とかしてほしい」と多くの業者から嘆願された河内は、本格的な研究に取り組んだ。暑い鹿児島の焼酎に寒冷地向きの日本酒と同じ黄麹菌を使っていることが原因では、と気づいた河内は、鹿児島よりさらに暑い沖縄の泡盛が腐敗しないことを思いつき、沖縄から泡盛の黒麹菌を持ち帰った。河内はこれを培養、1910年に焼酎づくりに最適な「河内黒麹菌」（学名：アスペルギルス・アワモリ・ヴァル・カワチ）を開発した。

さらに、1924年、顕微鏡で黒麹菌を覗いていると、中に白みがかったカビを発見。取り出して培養すると黒麹菌より性能が安定し、この麹菌を使うと、焼酎の品質も一段と向上することが分かった。これを「河内白麹菌」と名づけ、黒麹菌の突然変異によって生じたもの、として学界に発表した。しかし当時の学者からは無視され、認知されたのは1948年、京都大学北原覚雄教授によって立証され学名をアスペルギルス・カワチ・キタハラと名付けられた時で、23年後の事であった。こうしてさらに飛躍的な品質向上をもたらす「河内白麹菌」の培養に成功したものの、地元鹿児島の焼酎蔵では黄麹から「河内黒麹菌」に切り換えたことで品質の安定した焼酎づくりが可能になっており、新しい「河内白麹菌」の採用は進まなかった。

やむなく河内は大蔵省を46歳で退官、1931年（昭和6年）に鹿児島市清水町に麹菌を製造販売する「河内源一郎商店」を創業し、各種焼酎用の「種麹」の研究を続けた。1948年、自宅の玄関で倒れ65歳で死去。絶えず増殖し続け温度や湿度が大きく作用する麹菌のために、一年中麹を入れた培養基を持ち歩き、倒れた時も試験管を懐に抱いていたといわれる。

こののち北九州を皮切りに九州全土へ、また全国へ評判が広がり、現在わが国の本格焼酎の9割近くがこの「河内黒麹菌」か「河内白麹菌」を使用している。こうして河内は「近代焼酎の父」「麹の神様」と称えられるようになった。

徒然道草24

広島の西条はなぜ「酒都」と呼ばれるのか

２０１６年も10月８日（土曜）と９日（日曜）の２日間にわたり、東広島の西条で「酒まつり」が開かれた。１９９０年に始まったこのお祭りは、今では20万人を上回る日本酒好きの老若男女や親子連れが集まる広島県下でも最大のイベントである。「酒ひろば」では日本中の１０００銘柄を超す日本酒が好きなだけ飲める。前売り券１６００円、当日券２１００円である。居酒屋ひろば（中央公園グラウンド）は、ステージで神楽や市民によるパフォーマンスも行われる。大物芸能人もゲストとして招かれ、酒蔵通りは歩行者天国となり、沿道には地元飲食店や企業の屋台が並び、溢れんばかりの人、人で賑わう。酒造会社は酒蔵見学プランを競い合い、お酒の試飲・販売、美酒鍋・うどんなどが振る舞われる。

かつて歴史の授業で、中世から栄えた酒の産地として灘（兵庫県）・伏見（京都府）のことを習った記憶があるが、いまや西条こそ「酒都」である。何しろ１０００銘柄もの日本酒が、この西条に集まってくるのである。その「神通力」はなぜこの地に宿ったのであろうか。

日本酒に関する最も権威ある機関は「酒類総合研究所」である。起源は明治時代に設立された国立醸造試験所で、現在は財務省所管の独立行政法人である。設立以来ずっと東京にあった。

北区滝野川に建物は現存し、「赤レンガ酒造工場」として国の重要文化財に指定され、酒造技術の講習会などに使用している。

日清戦争後の軍備拡張に必要な財源を確保するために、明治政府は度重なる増税を行った。これに反発した全国各地の酒造組合などが「研究費の政府負担」を求めて、1901年（明治34年）に醸造研究所の設立建議案を出した。当時はまだ、醸造技術が不安定で、例えば、仮に良い酒ができても、「同じものをまたつくる」ということが不可能に近く、偶然性に頼らなければならなかった。そこで政府も、品質を安定させ、工業化を成し遂げて生産性を高めるために、3年後の1904年5月に「醸造試験所」を設置した。そして翌年から醸造講習会を開始、1911年には第1回全国新酒鑑評会を開催した。所管は当時の農商務省ではなく大蔵省とされた。やがて国家の税収の第1位は「酒税」が占めることになる。

その日本で唯一の「醸造試験所」は、1995年7月10日に東広島市の西条に移転して（多極分散型国土形成促進法に基づく）名称も「酒類総合研究所」と改め、独立行政法人となった。広島大学はかつて醸造学の名門「工学部醱酵工学科」を有していたことがあり、この研究所と大学院教育で連携している。

白と黒のなまこ壁と赤レンガの煙突、西条は酒蔵の町である。日本酒は水と米が命である。海抜200メートルから300メートルの西条盆地は、酒米の仕込みの時期には気温が4〜5℃になる理想的な環境で、周囲の山の伏流水が井戸水となって豊富に湧き出る。17世紀半ばから酒づくりが始まり、白牡丹酒造は石田三成に仕えた智将、島左近の子孫が1675年（延宝3年）に開いたと伝えられる。賀茂鶴酒造（1623年創業）、山陽鶴酒造（江戸後期）、金光酒造（1880年）、西條鶴醸造（1904年）、賀茂泉酒造（1912年）、福美人酒造（1917年）、亀齢酒造（1917年）の8の蔵元が西条酒造協会を結成している。

西条酒造協会の定める「西条酒」

- 伝統的な広島流の三段仕込みにより製造されたものであること
- 広島県産の酒造好適米100％使用（八反錦・千本錦・雄町と県内産山田錦）
- 会員が管理する井戸水を使用したものであること
- 精米歩合は、吟醸酒は50％以下、純米酒は60％以下のものであること

徒然道草25

海軍が選んだ日本酒「呉の千福」は西条酒を凌いだ

天武天皇により律令制定を命ずる詔が681年に発せられ、701年に「大宝律令」（大宝

令11巻と大宝律6巻）として、刑部親王・藤原不比等らにより完成した。翌702年（大宝2年）2月1日に、文武天皇は大宝律令を全国一律に施行するために諸国へ頒布し、唐の統治制度を参照しながら、倭国の中央集権化を進めるかたちを整えた。当時の政権が支配していた領域（東北地方を除く本州、四国、九州の大部分）にほぼ一律的に及ぶこととなり、地方官制については、国・郡・里などの単位が定められ（国郡里制）、中央政府から派遣される国司には多大な権限を与える一方、地方豪族がその職を占めていた郡司にも一定の権限が認められていた。その時、陸奥国にだけ置かれた特別の軍政を司る役所があった。鎮守府《ちんじゅふ》である。その長官である将軍の名が729年（天平元年）の資料に初めて見える。

1868年に始まった明治政府は、国家の軍隊を創設するとき、陸軍は「鎮台」、海軍は「鎮守府」を設けた。1869年（明治2年）に「海軍」の創設に着手し、東京・築地の元浅野藩邸内に海軍操練所を開設、海軍兵学寮と改称（1870年）、さらに改称されて海軍兵学校となった（1876年）。と同時に、日本周辺を東西の二海面に分け、東海、西海の両鎮守府を設置することを決めた。東海鎮守府はまず横浜に仮設され（西海鎮守府は開設されず）、1884年には横須賀に移転され、横須賀鎮守府と改称された。そして1886年の海軍条例の制定により、日本の沿岸、海面を5海軍区に分け、各海軍区に鎮守府と軍港が設置されることになった。横須賀のほかに、1889年に呉鎮守府と佐世保鎮守府、1901年には舞鶴鎮守府が開庁した。しかし予定されていた室蘭は1903年に取り止めとなった。

こうして1890年4月21日に呉鎮守府の開庁式典が執り行われた。これに先立って、海軍兵学校は、1888年（明治21年）に江田島に移転していた。この海軍士官を養成する兵学校は、1945年の敗戦までに78期、総計1万2433名の卒業生を出しており、イギリス、アメリカと並ぶ世界三大海軍士官学校と称される。1903年（明治36年）には呉海軍工廠が設立され、軍用艦の建造で次々と新技術を生み出し、潜水艦（人間魚雷の回天も含まれる）や航空機の開発、艦船修理を担う日本一の海軍工廠にまで発展、呉は東洋一の軍港となっていった。

海軍の艦艇は、世界一周航海をすることがある。その時、日本酒も積み込む。当然、赤道を越えて長旅となる。果たして、日本酒の味が変質してしまうことはないか。呉や西条の醸造所は、海軍からの要請を受けて、厳しい品質管理競争を余儀なくされる。

呉市の酒造メーカー三宅本店（1856年創業、1902年からお酒醸造）は海軍とともに発展し、「呉鶴」「千福」といった銘柄を次々売り出し、1933年（昭和8年）には満州千福醸造の設立に踏み切り、わずか20年余りで日本一の生産量を誇るまでになった。その三宅本店には、数々の「海軍お墨付き」が残っている。

最も有名なものは軍艦「浅間」の酒保委員長成富海軍中佐の「清酒呉鶴壜詰の証明書」である。

1920年（大正9年）に「浅間」は、アフリカ、南アメリカを回る220日余りの練習航海に出航した。この時、満載していた日本酒「呉鶴」は航海中、何回かの赤道通過にも変質、変味がなかったとして高く評価を受け、その優れた品質に対し「証明書」を受けている。
ＪＲ呉駅前に日露戦争の日本海海戦から１００年目の２００５年４月23日に「大和ミュージアム」が開館した。日本という国家が滅びた戦争責任を問う微妙な国民感情の有る中、第二次世界大戦の敗戦60周年のことでもあった。正式な名称は「呉市海事歴史科学館」である。戦艦大和の10分の1模型が展示されているが、本当に見るべきものは、日本中から集められた英才たちが、切磋琢磨していかにして世界一の艦船をつくり上げていったかという、研究開発の努力の歴史である。砲艦外交から航空機による空中戦へと大きく歴史が変わる中ではあったが、「感動」溢るる展示がある。

徒然道草26

ピラミッドは人類初の巨大日時計①

５０００年前に造られたエジプトのピラミッド。なぜ四角錐であるのか。何のために築かれたのか。２００万個の巨石を、どのようにして積み上げたのか。ピラミッドの造り方の異論を述べる。

ゴリラもチンパンジーも人類も、もともとは同じサル属から分岐した。500万年から600万年前に、直立二足歩行をする猿人が現れ、手が自由に使えるようになり、頭が大きくなり脳が発達（この学説は誤りらしい）して、道具を使用するようになった。200万年前には原人へと進化し、石器や火を使い、洞窟に住み、毛皮をまとっていた。火をおこす技術はなかったから、山火事の火を手に入れたが、火種を守り続けて共同で使うために、集団で暮らすようになった。80万年前から50万年前と思われるジャワ原人や北京原人の化石が発見されている。

木の上に暮らす猿から、気候変動により草原へと移り二本足で歩き始めた原人は、同じ肉食獣であるライオンなどの強敵と競い合うために、ハイエナのように集団行動で獲物を狙った。武器は木や石であり、落とし穴を掘って、像や牛などの大型動物を仕留めたであろう。石器を使う槍や弓も「発明」した。獲った動物は石器を包丁として使って、解体した。肉は食料として棲家の洞窟に保管し、獣皮は洞窟の敷物や寒さを凌ぐ「衣服」として使った。それだけではない。獣皮を「袋」として使うことも覚えた。モノだけではない。水も運んだ。そして解体した獣の胃袋を「水筒」として使うことも、大きな皮袋は空気袋として「川や湖」に浮かせてモノを運ぶことも始めた。

牛や麒麟や猪や羊といった動物は、旧石器時代の人類にとって、生きるための「恵み」そのものであり、棲みついていた洞窟に多くの絵を残している。チンパンジーも道具を使う。石で木の実を叩き割ったり、木の枝をアリ塚に差し込んでアリを捕まえて食べたりする。人類の道具は、石器→土器→青銅器へと発達したということを教科書で習ったが、私は最初の道具は「木」であり「獣皮や骨」であったと考えている。

クフ王の巨大ピラミッドは、底辺230メートル、高さ146メートルもある。鉄器もない時代に石器を使って、ナイル河の上流の採石場で切り出した2・5トンもの石は「水の力」で運ばれた。石の隙間に溜まった水は、凍ると膨張して、石を割ることがある。古代エジプト人はこの膨張力を使って石を割った。岩山に溝を刻み、その中に乾燥した草を詰め、水で湿らせて膨張させる方法でも石を割って切り出し、ナイル河を下った。

そしてこんな寓話がある。大きな象の体重を知りたいと思った王様が、どうしたら体重を量れるか尋ねた。だれもそんなことのできる大きな秤はないと思った。するとある知恵のある子供が、私が量ってみせましょうと申し出た。まず、池に船を浮かべて象を乗せた。そして船が沈んだ部分に印をつけた。象を降ろして、今度はその印に船が沈むまで、たくさんの石を乗せた。その石を少しずつ秤で量って、全部を足し算した。こうして象の体重の答えを出した。

ナイル河を木と空気袋を使って、ピラミッド建設の場所まで運ばれた巨石は、斜道を人力で引っ張り上げたのではない。運河を掘り、ピラミッド建造部分の真ん中に池を作り、そこに筏や船を引き込むと閘門を閉じる。上流から引いた水路か水車か桶かを使い「池」に水を注ぎこむ。空気袋か筏とともに巨石は高く浮き上がっていく。木材を梃子にして、2・5トンもの石を転がし、ピラミッドの周辺部分から巨石を並べていく。一段出来上がると、その上にまた池と閘門を新しく造る。

最上部の「四角錐」は前もって組み立て、最終段階で浮力を使って引き上げて据え付ける。この方法でも多くの人力が必要だろうが、綱で引き上げるよりも、最も簡単な方法である。しかし、考古学者たちも、科学者たちも、いまだ誰もこのことを主張したことがないようだ。

ナイル河はかつては湿地帯が広がり、エジプト上流部の洞窟遺跡には、多くの獣の絵が発見されている。その後、乾燥化が進み、砂漠が広がり、ナイル河の左右10キロほどが草原となっていった。

かつてはカバ、キリン、牛などが棲み獣皮で空気袋をつくることができた。

徒然道草27

ピラミッドは人類初の巨大日時計②

エジプトはナイル河の周辺だけに水の恩恵が及ぶ。オアシス集落もあるが、ほとんどは草木の一本もない砂漠である。アスワンからアブシンベル神殿に向け、その砂漠の中の一本道を車で走ると、いたるところに円錐形の山が立っているのに出くわす。地殻が隆起してできた大地が、雨ではなく、風によって浸食されて円錐形の砂山に姿を変えたのだ。

「あ！　この山の姿こそピラミッドの原型だ」と私は、思わず納得した。

人類は農耕を始める前には、野生の栗やドングリといった木の実や麦などの草の実を食べていた。新石器時代に入り、水の氾濫によって豊かな土壌に恵まれるナイル河周域は手付かずの穀倉地帯となっていた。太陽は、東から出て西に沈み、季節により日の出と日没の時間は早くなり、いつしか遅くなる。この天体の周期的な歩みは、絶えることなく続いていく。

ナイル河畔に住むようになった人類は、定着し、自然の恵みをただ頂くだけではなく、土地を耕して食物を育てることを覚えた。そして、天体の周期が、地表の季節の変化をもたらし、ナイル河上流に降った雨は氾濫を引き起こし、下流に肥沃な土壌を運んでくる。ではこの天体の周期は、いつが起点でいつが終点で、なぜ繰り返すのか。円錐状の山の影が周期的に移り変わるのを見て、部族の知恵者たちに「暦」という感覚が芽生えた。

太陽の周期が作物の成長に大きく関わっている。いつ農耕の準備を始め、いつ種をまき、自然任せではなく、どのように農作物を育てて、いつ収穫すれば豊作となるのか。その知恵こそ新たな農耕文明の始まりである。

ナイル河が育むエジプト文明にとって、太陽は神である。いつが冬至でいつが夏至で、新しい年はいつ始まり、豊穣をもたらす河の氾濫は今年もちゃんとやって来るのか。その周期はすべて太陽が源である。この太陽の正確な動きを知るために、エジプトの王たちはピラミッドを造った。ピラミッドこそ、地表に映る影ではなく、その内部に差し込む太陽の光によって、正確な冬至と夏至、春分と秋分を知ることができる「日時計」であった。

ピラミッドは、季節の周期を教えてくれるだけではない。砂漠の中の円錐の砂山とは違って、全体が白く磨かれた石灰岩で覆われており、四角錘の表面に反射する黄金の輝きは移動して、日の出から日没までの一日の「時」を告げる。

偉大なる太陽神ホルスの化身であるエジプト王こそが、太陽の恵みを人々にもたらす力を持っている。その証として、太陽神の宿る巨大ピラミッドを、ナイルの河畔、王宮のそばに建てた。エジプト王は「天空と暦の支配者」を演じた。

5000年前の古代エジプト王たちは、それぞれが自分のピラミッドを造った。その数は歴代の王の数よりもはるかに多い。2008年11月にサッカラで発見されたシェシェティ女王のピラミッドはエジプト国内で118基目である。しかし太陽神ホルスの信仰は、1000年もの時を経ると新しい神々の誕生によって次第に姿を変え、エジプトの文明は神殿の建設へと向かい、「暦と時間の支配者の証」であるピラミッドは造られなくなっていった。そのため、エジプトのピラミッドが何のために、どのようにして造られたのかは人々から忘れられ、謎となってしまった。

「日時計」説は全くの独自案ではないが、この徒然道草に記載した文章は、目魁影老の勝手な思い込みであり、砂漠の中の円錐形の砂山を見て古代エジプト人が、ピラミッドの四角錐の石積みを着想したというのも、ただの推論である。

徒然道草28

6000年前にエジプト文明より古い文明があった

学校で学んだ世界史は、メソポタミア、エジプト、インダス、黄河に起こった四大農耕文明から始まり、エーゲ海文明をへてギリシャ都市国家、ローマ帝国へと続いていったことになっている。

しかし、目魁影老は仰天した。ルーマニアとブルガリアを旅行した時のことである。古代エジプトに5000年前に初代王朝が誕生するよりもはるか昔、今から6000年前の古墳がブルガリアの黒海沿岸の港町で発掘され、腕輪など多くの黄金製品が発見されたというのである。しかも、この国にはまだまだ多くの未調査の古墳が存在しているという。まさか???

ウィキペディアで調べてみたら、このドナウ川南部のブルガリアからギリシャ北部の地には、5000年前からトラキア民族と呼ばれる人々が住み始めた。トラキア人は文字を持たなかったため、自らの記録を残していないが、古代ギリシャの歴史家ヘロトドスやホメロスの詩に「死を恐れぬ勇猛な戦士」として登場する。トロイの町をつくったのもトラキア人（?）で、3300年前ころに起こったトロイ戦争ではトロイ軍を助けギリシャと戦い、その後もギリシャやペルシャと覇権争いを続けた。

そしてトラキアを統一した強大な王国が生まれ、2500年前から2200年前ころにかけて最盛期を迎えた。このトラキア人の古墳（その一つを旅行中に見物）から、黄金のマスク、首飾り、耳飾りといった金製品、酒杯など銀製品が数多く発掘された。ところが、トラキア民族よりもさらに遡ること1000年の古い黄金文明があったというのである。その文明をつくったのは同じトラキア人の祖先であったのか、違う先住民族であったのか、まだ不明である。このブルガリアの古代史が発掘によってさらに明らかになれば、世界史が変わるのではないかという予感がする。

このトラキアは、西から攻め込んできたマケドニア王に、紀元前357年に征服されてしまう。その後一時盛り返したものの、ローマ帝国、ビザンチン帝国の属州にされてしまい、1300年前には、アジア系遊牧民族ブルガール人の侵略により、トラキアはすっかり消滅してしまい、謎の文明となった。

トラキアを征服したマケドニア王の息子がアレキサンダー大王である。

20歳で王位を継いだアレキサンダーは、全ギリシャを征服すると、小アジア（現在のトルコ）から、さらに東のペルシャ、南のエジプトを領土に収め（エジプトではファラオになる）、はるかインドまで軍隊を進め、一大帝国を築いた。しかし、32歳で急逝し、彼の意志をついだ将軍たちによって帝国は三つに分裂した。こうしてエジプトには、ギリシャ人のプトレマイオス朝が創設された。紀元前30年まで２７５年続いたこの王朝の最後の女王がクレオパトラである。

その後もエジプトは、ローマ、アラブ、トルコといった異民族に支配され続けた。１９２２年にイギリスの保護国から独立し、古代エジプト以来の民族国家を回復するまで、異民族の食糧庫として収奪される過酷な運命であった。

江戸時代の大名は米の生産高によって１００万石、10万石といった具合に領国の大きさを表すが、農民は自分たちが作った米の半分を武士に税として取られた。つまり１００万石大名は50万石の税収があった。この農民支配を「五公五民」という。エジプトの農民もまた「農作物の半分を、異民族の王朝や支配者に、税として搾取された」（エジプト旅行中の現地ガイドの話）のである。

徒然道草29

トルコを見ないのがトルコツアーである

イスタンブールを出発し、小アジア半島の西半分を反時計回りに一周するのが、トルコ旅行の定番である。40人乗りの大型バスで、毎日３００キロも走りながら、各地の歴史遺産を観光する。ホテルに着くと急いで大きなトランクを開け、再び翌朝早く荷造りをする。この繰り返しが10日間も続く忙しい旅である。

世界で初めて鉄器をつくり出した「ヒッタイト文明」は、２５００年前にこの小アジアに興った。その後、ギリシャ人がこの小アジアの沿岸を植民地として開墾し、オリーブを育てるとともに、都市や神殿を築いた。このオリエントの地はアナトリア半島とも呼ばれ、東方のペルシャと領有を巡って幾たびもの戦いを繰り広げた。アレキサンダーの勝利によってヨーロッパ支配が続くようになり、ローマ帝国の属州となった。西暦３９５年にローマ帝国が東西に分裂すると、コンスタンティノープル（現在のイスタンブール）は東ローマ帝国の都として栄え、小アジアはバルカン半島とともにギリシャ正教の支配する主要領土であった。

東ローマ帝国は11世紀前半に最盛期を迎え、その後は、アジア系民族の圧迫を受け、13世紀のモンゴル襲来を経て、１４５３年にはついにトルコ民族によって滅ぼされてしまった。アジアとヨーロッパ、北アフリカにまたがるイスラーム教の大帝国を築いたオスマン朝もまたコンスタンティノープルを首都とした。そしてギリシャ正教の大本山であったソフィア大聖堂は、エルサレムに向いていた祭壇をメッカに向けて少しずらし、偶像礼拝を禁止するイスラームの教えに従って、キリストの絵やモザイクを塗りつぶして、イスラーム教の巨大モスクに衣替えさせた。

イスラーム教も、キリスト教も同じ一神教であり、神はこの世に唯一のものであるから、どちらの宗教にとっても同一でなければならない。その神に祈りを捧げる神聖な場であるキリスト教の大聖堂を、イスラーム教もまたモスクとして再利用することは、至極当然のことであった。ユダヤ教も、キリスト教も、イスラーム教も、仏教も、原始宗教の偶像崇拝を否定することから始まったが、その戒律が厳しく守られているのがイスラーム教である。従って、小アジアを征服し、キリスト教徒を追い払ったトルコ民族は、キリスト教徒が祈りを捧げた彫像も絵画も、ギリシャやローマが残した神殿も、奪ったり、破壊したりしなかった。偶像崇拝の残渣と思って、無視し、放置した。

イスラーム教徒が建てるモスクには、神を物語る絵も彫像もない。白壁に囲まれただけの祈りの場であり、イスラーム教には祈りを捧げる儀式を職業とする司祭も牧師もいない。人々はそれぞれが持ってきた1枚の絨毯を広げ、自分の信仰を「アッラー」に誓い、メッカに向かって、「心の中の神」に祈る。

トルコのどこにも「イスラーム教の遺跡」など無い。モスクは村々にあるが、その中には観光客が見るべき「絵」も「神の像」も無い。その代わり、放置されて手つかずのまま残ったオスマン帝国以前の遺跡が、この国には無数にある。

ギリシャに敗れて滅んだトロイの城塞、アレキサンダーの造った丘の上の神殿、ローマ帝国時代の港や古代都市、クレオパトラがアントニウスと歩いた石畳の道、商人たちが訪れた娼婦の宿、あちこちに無造作に転がっている多くの彫像や古代都市の痕跡を留める石材の山。イスラーム教徒は壊したり奪ったりしないで６００年以上もただあるがままに放置している。

カッパドキアにある巨大な「地下都市」がなぜ20世紀半ばまで発見されることがなかったのか。アジア系民族の侵略から逃れ、かつてキリスト教徒たちが地下深く隠れた十字架の教会、それは敬虔なイスラーム教徒の国トルコだからこそ、深い眠りに包まれて、ギリシャ本国へキリスト教徒たちが去って行った後もそのまま残ることができたのである。

徒然道草30

現世の「竜宮」オマーン訪問記①

目魁影老はついに、２０１７年3月14日から23日まで、オマーンに行ってきました。そのレポートを６回に分けて掲載します。

わくわくドキドキしながら、日本・オマーン協会の大森敬治理事長を団長とするオマーン訪問ツアーに参加しました。一行は女性７人、男性７人の14人で、若い２人の女性を除けば平均年齢70歳近い大変に愉快な仲間でした。

日本・オマーン協会主催の訪問ですから、オマーン外務省や日本大使館、オマーン・日本協会といった関係先を公式訪問するとともに、世界遺産の古都ニズワや星の降ってきそうな砂漠、岩山の谷間に水の溜まったワディ、アオウミガメが産卵するビーチ、日本との合弁であるオマーンＬＮＧ（液化天然ガスを生産）まで、トヨタの４ＷＤ車４台で巡る２泊３日のツアーに出掛けました。首都マスカットに戻って、モスク、スーク（古い市場）、王宮や博物館をマイクロバスでガイドとともに回る一日観光があり、そして最後の夜は、三泊した五つ星ホテルでお礼のパーティーを開き、駐在する日本企業や大使館関係者などお世話になった20人余りの人々と一緒に、庭の芝生に設けられたビュッフェに並ぶオマーン料理（お酒は有りません）を堪能しながら、楽しいひと時を過ごしました。

アブダビ経由の飛行機でしたから、帰路はドバイも半日見て回りました。往復とも10時間を超すフライトで、しかも機中泊となり、オマーン滞在時間は実質7日間ほどでした。その旅でヨタヨタ徘徊老人が見て聞いたこと、帰国後に考えたことをまとめてみました。

◇　◇

すべての国家は栄枯盛衰を経験する。ポルトガルを駆逐してインド洋交易の覇権を握ったオマーンは、およそ200年前にはインドから東アフリカに及ぶ海洋大帝国を築いた。1832年には赤道直下に近いタンザニアのザンジバルに王宮を建設して、国王はアラビア半島の東端のマスカットから東アフリカに遷都した。その距離は東京と香港ほど離れていた。しかし偉大なサイード・ビン・スルターンが亡くなるとオマーンは、マスカット・オマーンとザンジバル・オマーンに分裂し、さらに帆船の時代が終わり、海洋交易が蒸気船に取って代わられると西欧列強の覇権争いに敗れ、1891年には、植民地になることは免れ王政は守ったものの、イギリスの保護国にされてしまった。

中東全域を広く支配していたトルコ帝国が第一次世界大戦でドイツとともに敗北すると、英仏は石油利権の獲得を狙い、勝手に国境線を定めて中東地域を分割支配しようとした。しかし第二次世界大戦後には世界の覇権争いの主役はアメリカとソ連に握られ、東西冷戦時代へと突入した。イスラエルというアラブ世界の驚愕するユダヤ教国家も誕生した。さらにアラブ各国の王政は共産主義者からも挑戦を受け、1952年にはナセルが軍事クーデターを起こしエジプト国王を追放した。ナセルはすぐにスエズ運河を国有化するとともに、1958年2月1日にはシリアと合併してアラブ連合共和国を建国して、イスラエルや欧米に対抗するために親ソ路線を強めていった。

ヨルダンとイラクはこうした動きに危機感を抱き、アラブ連邦を結成して対抗しようとしたが、イラクでは1958年7月14日に青年将校によるクーデターが起き、国王一家は虐殺されてしまった。

こうした中東激動の1958年、オマーンのサイード・ビン・タイムール国王は一人息子を英国に留学させた。カブース皇太子は、1940年11月18日にサラーラの王宮で生まれたが、イエメンに近く首都マスカットから遠く離れたサラーラを離れたことはなかった。英国に到着すると、最初の2年間は静かなイギリスの田舎町で英語教育を受け、1960年9月にはサンドハースト王立陸軍士官学校に入学して、2年間の厳しい軍事教育を受けた。士官学校を卒業すると、ドイツに駐留していた英国軍のスコットランド・ライフル連隊に陸軍中尉として入隊した。

冷戦時代の最前線に駐留するライン方面軍で7カ月の軍務体験を終えた皇太子に、国王は3カ月の世界一周旅行を命じた。将来の国王になる運命を背負った皇太子は、パリ、ローマ、ギリシャ、トルコ、イラン、パキスタン、インド、日本、そしてアメリカを自分の目で見て回り、多くの写真を撮った。再びイギリスに戻ったカブース皇太子は、そのまま帰国せず、さらに1年間イギリスにとどまって、地方政府の行政を学ぶとともに、工場、銀行、会社経営者を訪問し、オマーンを近代国家にするには何が必要か、どん欲に西欧の知識を吸収していった。

しかしながら、6年余りの留学を終えオマーンに帰国したカブース皇太子は、その学んだ知識を国政に反映する機会を全く与えられることが無かった。サラーラの王宮でその後も5年余り幽閉状態で過ごした。世界の情勢を知ることも全く許されなかった。密かに母親が持って来てくれる新聞を読むことが唯一の世界に開かれた道であった。皇太子は多くの本を読むことで、世界やオマーンの歴史や賢人たちの知恵を学び、オマーンの将来を考え続けた。

父親のサイード・ビン・タイムール国王は激動する国際情勢の中で、恐怖心に苛まれ、権限を大臣たちにも移譲せずに、強固な鎖国政策を敷いていた。中東地域では最も遅く、オマーン国内でも石油が1964年に発見され1968年からは輸出が始まっていたが、その石油収入も貯め込むばかりで国家開発に向けることを一切しなかった。

しかし世界情勢は大きく動き、1968年にはイギリス労働党内閣がスエズ以東からの英軍撤兵を決め、1971年までにはシンガポールやマレーシアから完全撤退することを表明した。保護国として80年にもわたりオマーンの外交・経済を支配していたイギリスが、アラブ地域から去っていくという危機が迫っていた。

徒然道草31

現世の「竜宮」オマーン訪問記②

カブース国王の叡智と献身的なリーダーシップにより、誉れ高き国家に甦った現代のオマーン・スルタン国の姿をこの目で見てみたい——。目魁影老は高ぶる期待に胸を膨らませながら、マスカット国際空港に降り立った。

30歳で国王に就任した、それまで国政に全くタッチしたことのない若き君主は、いかにして部族争いや社会不安を招くことなく、また冷戦時代の共産主義者の挑戦を跳ねのけ、行政組織は無いに等しく、有能な官僚もテクノクラートもいないオマーンを、外国に依存することもなく立て直すことができたのであろうか。国土の80％が砂漠で、農地は僅かに0・3％しかない、ラクダとヤギとナツメヤシだけの最貧のこの地が、世界で最も高潔で、ホスピタリティー溢れる美しい国家に変貌を遂げた秘密はどこにあるのであろうか。

日本に帰国後、レポートをどのように書こうかと迷った挙句に、見たこと聞いたことを反芻しながら、『玉座の改革者』（在日オマーン大使館で頂いた本）を読み直し復習してみた。そしてオマーン改革の成功のカギは、カブース国王の目指した「西欧の議会制民主主義でもなく、共産主義のイデオロギーでもなく、長い歴史の中で根付いたイスラームの教えとこの地の文化の伝統遵守」にあったと確信した。部族や国民の融和を成し遂げることができるのは王政であること、国王はその義務と責任を一手に引き受けなければならないことを覚悟し、あえて父親にとって代わった若き指導者は、妻も子供も家庭もない生活に耐えながら、音楽と乗馬を友とし、改革のために戦い、国民に寄り添い続ける、半世紀にも及ぶ困難な道へと一歩を踏み出した。

１９７０年7月23日、カブース皇太子はクーデターで父親を追放し、国王に就任したことを宣言し、生まれて初めて首都マスカットの王宮に入った。32年間国王を務めた父親は、晩年は鎖国を敷きサラーラに閉じ籠もりきりであったため、マスカットの建物は荒れ果てていた。カブース新国王はすぐにその建物を取り壊し新しい王宮に建て直すことを命じた。鎖国を止め、国民に対するあらゆる規制を廃止、国名をマスカット・オマーンからオマーンに変え、国旗も新しくした。翌１９７１年には独立を回復し、国連に加盟した。隣接する7首長国はアラブ首長国連邦（ＵＡＥ）を結成してオマーンには加わらなかった。そのため、ホルムズ海峡に臨むムサンダム半島はオマーンの飛び地となった。石油収入の豊かなカタール、バーレーンはＵＡＥにも加わらずに独立国家の道を選択した。

新しい国づくりに乗り出したオマーンは世界で最も遅れて近代化に着手した国の一つであったから、他国の失敗から学ぶことができた。エジプトやイラクの軍事革命、イラン国王の「白色革命」など、古いものを壊して全く新しい近代的な国家につくり替えるという性急な試みが、次々と挫折する姿を見てきた。若い時のイギリス留学や軍隊経験、幽閉中読んだ歴史書、父親の陥った恐怖からも多くのことを学んだ。

イデオロギーや上からの強制によって国民意識を無理やり変えるようなことをやっては、国民の反発や分裂を招く。新しい国づくりには、国民の同意、社会全体の理解が何よりも必要であり、それは忍耐力と粘り強い努力が無ければできないことである。宗教的、文化的伝統を重んじ、各部族が永年育んできた知恵を生かすことによってのみ、オマーンはかつての栄光を回復できると、カブース国王は考えた。そして部族社会を壊すのではなく、「オマーンの将来の根幹を担うのは部族社会である」と訴え、部族長たちの不安を払拭した。オマーンにあるおよそ200部族を一つに纏めるという困難な国づくりに挑み始めた。

オマーン第2位の都市サラーラのあるオマーン西部のドファール地域では、1965年に反政府勢力による内戦が勃発していた。中国やキューバが送り込んだ共産主義者たちが、南イエメンから国境を越えて革命運動を起こそうとしていた。カブース国王の最初で最大の課題は、この内戦に勝利することであった。ドファールの戦闘はアラビア半島における共産主義拡張の最前線であった。国王自ら作戦の指揮を執って戦ったが戦線は一進一退状態を続け、コルダン、イギリス、イランなどの軍事支援を受けて、1975年12月11日にやっと戦争終結を宣言した。

この年はベトナム戦争で米軍が敗れ、エチオピア、アンゴラ、モザンビーク、カンボジア、ラオスで社会主義政権が生まれ、共産主義陣営にとって輝かしい年であった。

カブース国王は、父親時代の大臣をすべて罷免した。改革を進めるための人材は全く不足していた。首相の適任者はたった一人しかいなかった。それは兄に反発してドイツに移り住んでいた叔父ターリク・ビン・タイムールであった。それまでお互いに会ったこともない二人であったが、協力して新しい政府機関の創設に乗り出した。しかし人材不足はいかんともしがたく、カブース国王は、外務大臣、国防大臣、石油大臣、財政大臣を兼務せざるを得なかった。

カブース国王は内戦の危機を乗り越えると、内政に全力を挙げて取り組むことになったが、最も重要なことは、経済的な成果を上げ、人々の生活を改善することで、国民の心をとらえ、改革への信頼を獲得することであった。理想主義を掲げて、いきなり西欧的な政治的自由を与えることは、国内の混乱や反発を招き、王政が倒されたり、民主主義を謳いながらも独裁政権が生まれてしまう恐れがあった。何よりも国民の融和を失わないためには、オマーン社会に深く根付いてきた部族社会の伝統文化やイスラームの宗教を大切にして改革を進める必要がある。カブース国王は、それができるのは議会制民主主義の性急な導入ではなく、王政を守ることだという信念を持っていた。

「他人の手で作られた完成品よりも、自分の手で作った未完成品の方が良い」と慎重にオマーンという国家づくりを進めた。

カブース国王の呼びかけに応じて海外にいるオマーン人は続々帰国して若き国王を助けた。マスカットに住む家の無い彼らは、海岸にテントを建てて暮らしながら国家のために働いた。

この国は、何もかもがほとんどゼロの状態であった。学校を増やし、病院を建て、国民の生活を守り、向上させることにまず集中的に取り組んだ。どの部族にも教育や医療が分け隔てなく行き渡るように、常に公平を心掛け、国民の不満や混乱が起こらないように細心の注意を払った。文盲をなくし、乳児の死亡率を劇的に改善することに成功した。

行政組織や生活インフラを整えることも急務であった。イギリスはクーデター後のオマーンを新国家としていち早く承認し、改革当初はイギリス人の顧問団が人材不足を補って支援してくれた。カブース国王は、海外から帰国した若者が経験を積み、行政能力を身に付けるのを待って、少しずつ彼らを要職に引き上げていった。初等教育の整備が進むと、さらに高等教育の充実を図り、1986年にはスルタン・カブース大学をマスカット郊外に開校するまでに漕ぎつけた。海外にも多くの若者を留学させた。今では、改革当初から国王を支えた人々も高齢になり、若い人材に国政の担い手を世代交代することを進めている。

カブース国王はターリク・ビン・タイムール退任後には首相も兼務し、石油大臣を除く、主要四大臣の兼務は続いている。それは国王専制でも国王独裁でもない。国政の実務は各省次官などの行政トップに委ねながらも、国王がすべての義務と責任を一手に引き受けるという固い決意の証である。

徒然道草32

現世の「竜宮」オマーン訪問記③

立法権のある国会や議会の開設は認めていないが、カブース国王は１９８１年には国家諮問評議会を創設して、県の代表17人、国家の職員17人、民間の代表11人を選び、国家の開発計画が効率的に進んでいるかどうか、国内を巡回して知事や部族の代表に会って意見交換する組織を立ち上げた。３年後に行われた選挙では、議員数は80人に増え、初めて女性２名が選ばれた。

オマーンには憲法は無い。その代わりとして、在位25周年の記念日を前に、１９９６年に発令された国王令第１０１号で国家基本法を発効させた。この基本法に基づき、国家諮問評議会を二つに分けて、新たに国民の代議制機関の第一院として諮問評議会、第二院として国家評議会が設けられた。国家評議会の議員41名は国王が任命した。大臣、副大臣、大使、軍人、治安担当者、大学教授、マスコミ関係者、そして女性議員も５名選ばれた。

イスラーム教では、男性と女性は役割が違うと教える。女性は家庭の中に閉じこもって、外で働く男性に性的安寧を与え、子孫を産むことが務めであるという文化である。そして、女性は夫と父親以外に肌を見せてはいけない。また女性の髪は、男性にとって誘惑的なものであるからスカーフを被って、他人に見られないようにしなければならない。家にお客を招くときも、男性は男性だけで、女性は女性だけで宴会を開く。男性と女性が一緒になることは無い。

ムハンマドは610年に神の啓示を受け、そこからイスラーム教が興るが、それは日本で言えば聖徳太子の時代である。そのころは、東ローマ帝国とペルシャ帝国の間で長い戦乱が続いていて、双方とも疲弊しきっていた。その間隙を衝いて、いわば軍事組織でもあったイスラーム共同体は、一挙に中東地域を制覇してイスラーム教を広げるとともに、アラブ帝国をつくり上げた。戦闘が続けば兵士は死ぬ。すると女性にとっては結婚する相手がいなくなってしまう。そこでムハンマドは「生活できなくなった寡婦を助けるために、妻を4人まで認めた」ことになっている。その寡婦とは、アラブ人だけではなく、征服されてしまった非イスラーム側の方が多かっただろう。

テロ組織のIS（イスラーム国）の兵士が若い女性を誘拐するようなことが、古い時代には許されていた。クルアーン（コーラン）に次ぐ聖典であるハディースには、戦闘で手に入れた「戦利品」に対して兵士は慰安行為をする権利があるという趣旨の表記がある。イスラーム社会では、戦闘に参加して部族を守るのは男性の役目であり義務であるが、女性自身も異教徒の襲撃から貞節を守る責任があった。イスラーム共同体は布教を目指す宗教組織というよりは、異教徒と戦うムハンマドの血縁者を中心に結束した軍事組織であった。1400年前の厳しい攻防の歴史から生まれたこの伝統が、イスラーム文化に引き継がれており、決して女性差別ではない。

アラブ社会の伝統文化の遵守を極めて重く見るカブース国王ではあるが、新しい国家づくりには女性の力が欠かせないという立場を打ち出している。そのために、慎重に粘り強く、女性の活用を進めている。そういう点では、頑なな保守主義者ではなく「伝統の破壊者」でもある。国王令によって女性を次官に任命し、その後、大臣にも登用した。空軍、陸軍、警察にも女性が職務についている。今では大学生の半数以上を女性が占めるようになっており、スポーツをする女性も多く、ヨットや海水浴をする女性もいる。

しかし市民生活では、田舎でも都市でも、男性は白いディシュダーシャと帽子、女性はアバヤと呼ばれる黒ずくめのガウンに覆われた民族衣装を纏う伝統を守っている。オマーンはイスラーム教を国教と定める国であり、スンニ派でも、シーア派でもないイバード派がおよそ4分の3を占めるが、信仰の自由も認められている。外国人労働者の中にはヒンドゥー教徒もキリスト教徒もいる。

徒然道草33

現世の「竜宮」オマーン訪問記④

カブース国王の最大の内政は地方巡行である。毎年、多くの大臣たちを引き連れて天幕生活を送りながら、1カ月かけて国内およそ200部族を順番に回って、部族のリーダーたちの声を聴き、多くの国民と握手をする。マスカットを離れて、これまでに国内すべての町や村を訪れた。国民すべてが、直接、国王に触れあえるのがオマーンである。イスラーム教は偶像崇拝を禁じているため、モスクには一個の彫像も一枚の神の絵も飾られていない。ステンドグラスも壁も扉もすべてモザイク模様である。神の姿もムハンマドの姿も、人々は誰も見ることはできない。すべて信者は心の中で神を信じるのであり、人間は他人の心の中を見ることはできない。神の前ではすべての人々は平等である。従って、モスクの中には祭壇もなければ、玉座もない。大きなシャンデリアが天井に吊るされていて、きらびやかであるが極めて簡素である。信者は、分け隔てなく絨毯の上で礼拝するだけであり、職業としての僧も司祭も存在しない。

しかし、オマーンでは至る所に、カブース国王の大きな写真が掲げてある。役所や公共施設に限らず、街の中でも、レストランの中でも、日本にあるオマーン大使館に掲げてあるのと同じ写真に出会う。カブース国王は決して大きな体躯の人ではなく、軍服を着て訓示をしたり馬に乗ったりすることもあるが、殆どは伝統的な衣服とサンダル姿である。外国の国王や大統領といった首脳と会見するときも、ネクタイやスーツ姿ではない。微笑や笑顔の写真はほとんどないが、頬・顎・口元は真っ白な髭に覆われ、威厳と慈愛に満ちた姿で人々を見守っている。写真がどこにでも飾られているのは上からの強制ではなく、カブース国王に対する国民の感謝の心の表れであるように感じた。

アラブの王政国家では、石油・天然ガス収入はすべて国王のものとなるが、それが国家財政を支えるとともに、国民に公平に配分される。国王の手で、多くの都市にモスクが建設され、学校や病院が整備され、道路が造られ、マスカットの発電・淡水化プラントから電気と水が送られてくる。税金は無く、教育も医療もすべて無料である。

オマーンの人々にとって、それらはすべて「国王からの贈り物」である。

オマーンは海洋国家として異文化との交流が長く、インドや東アフリカから移り住んできた人々も多いため、ホスピタリティー溢れる国である。英語がどこでも通用し、表敬訪問した我々を出迎えるホストも、街のスークの商人も、タクシーの運転手も、ホテルやレストランの人も、モスクで行き交う人々も、とても親愛の情に満ちている。笑顔と握手があり、慎み深く、じっと私たちの話を聞き、丁寧に応えてくれる。喋りまくられて私たちが辟易するようなことは一度もなかった。

ＩＳ（イスラーム国）の掲げる１４００年前の「理想国家」に最も近いアラブの国は、宗教と伝統文化の遵守を続けるオマーンなのであろうか、ISといったテロ組織の影などどこにもなかった。東京よりも治安がいいようにさえ感じた。それでも、「この国に政治犯はいないが、テロに対する警戒は強めている」らしく、新しい大きな警察の建物があちこちに建設されていて、パトカーも見かけた。伝統的文化を大切にするというカブース国王の考えは、国民生活の隅々にまで浸透しており、建物の色も建築監督局が目を光らせていて、基準に合ったものしか建築許可を与えない。警察署は黄色と決められているから、どこの町に行ってもすぐにそれと分かる。首都マスカットでは建物の高さも決められていて、隣国ドバイのような高層ビルや奇抜な外観のものは見られない。ほとんどが真っ白に塗られている。政府関係の建物や公共施設は正面屋上に必ず国旗を掲げている。

マスカットの道路は広く真っすぐで、ナツメヤシとかアカシアとか、街路樹と芝生が綺麗に植えられている。植物に欠かせない水は上水ではなくて再利用した中水を使っているらしいが、外国人駐在員の家などは敷地が広く緑豊かで、庭の木々に毎日やる水の料金だけでも数万円掛かり大変ということであった。

マスカットは日本で言えば沖縄の宮古島くらいの位置にあり、私たちが滞在したのは3月中旬であったが、昼間は気温が30℃を超す。オマーンの国土の広さは日本全土の85%くらいで、そのうち80%が砂漠で、雨は年間100ミリも降らないから河も川もない。マスカットは背後に3000メートル級の山脈があるため大雨が降ることもある。しかし岩山には全く草木が生えていないので、雨は一気に濁流となって海に流れてしまう。水はすぐに干上がり、砂利とわずかの灌木が生えただけの涸れ川となる。地図を見て川の表示があっても、そこは車が走っていたりする。

貯水ダムは造らない。瞬間的に大雨が降ったら、ダムが決壊してしまい大きな災害を引き起こす恐れがあるためらしい。旧約聖書に登場するシバの女王の都のあったイエメンの王国が貯水ダムの崩壊で衰退してしまったことがトラウマになっているのか、オマーンでもたびたび大洪水に襲われてきた経験からか、巨大貯水池は見当たらない。

たちまち困るのが、生きていくための生活用水の確保である。マスカット発祥の地は岩山に三方を囲まれた1キロ四方ほどしかない旧市街。そこはかつてポルトガルの城塞とインドへ向かう帆船の風待ち港があった場所で、今では王宮が立っている。峠道を越えて2キロほど北西に進むとマトラフという港町。ここは庶民が暮らす狭い迷路のような道と古い建物、そして魚市場とアラブ第一といわれるスークで賑わう観光地。次に開けたのが、その西側の盆地の新市街ルイ。全部合わせても、せいぜい2万人しか暮らせないほどの狭い場所が、かつてのマスカットであった。水がないので、確かにそれ以上に人口が増えることは不可能であったろうと思った。畑もない、木もないので、食料と燃料を確保するのも困難を極めただろう。

しかし、現在の大マスカットは人口80万もの大都市である。ルイから5キロも西へ進むと山道が一変し、岩山の山脈とアラビア海の間に、北東のホルムズ海峡まで３００キロも続くビーチと平原が出現する。ここに次々とつくられたのが、官庁街、商業地区、飛行場、学校、モスク、ホテルであり、街全体を見渡せる高台には国王の新しい執務宮殿がある。必要な水はすべて海水の淡水化で賄っている。その巨大発電・淡水化プラントは日本企業が中心になって、マスカット郊外に建設した。東レ製の逆浸透膜を使って作られた「真水」は市内はもとより、国内北半分の全域に配水パイプで送られているという。

徒然道草34

現世の「竜宮」オマーン訪問記⑤

明治維新におよそ3300万人であった日本の人口は、1億2000万人を超え、4倍に増えた。日本人で初めてオマーンを訪れたのは歴史学者の志賀重昂《しがしげたか》である。欧州訪問からの帰路、1924年（大正13年）にマスカットに立ち寄って、国王に謁見したが、当時のオマーンの人口は50万人であった。現在のオマーンの人口は、9倍、450万人にまで増えている。ドバイは多くの労働者を海外から導入することで目覚ましい経済発展を支えているが、外国人の比率が80％にも達する。しかし、オマーンは外国人の労働力に頼らないで国づくりをする方針をとっており、外国人の受け入れは人口の30％に抑えている。

国土が砂漠に覆われたアラブの国々は人口が少なく、石油輸出で得た財源を使って経済発展を進めるために、多くの外国人労働者を招き入れた。パキスタン、インド、バングラディシュ、インドネシア、フィリピンなどから、イスラーム教徒であり、かつ英語を話せる人々が多く出稼ぎに来ている。道路工事や工場の労働者だけでなく、メイドやサービス業さらには農業を支えている。これらの人々は2年間の就労許可を得て働き、期限が切れると許可を再取得しなければならないが、長くても5年間くらいしか働けない。その後は、新しい若い外国人労働者に置き換わる。基本的には単身赴任であり、移民は認められていない。

移民や家族を受け入れると、住宅や学校、さらには様々な社会福祉費用の必要が生じる。こうした余分な財政負担の発生を防ぐために、必要な労働力だけを確保する方法をとっている。短期間で労働者を入れ替えることで賃金の上昇を抑えることもできる。しかし人が代わるたびに「再教育や訓練」が必要になる。それを回避するために、そうした負担の発生しない単純労働が外国人に振り向けられる。熱い日中に太陽の下で働く仕事や農業など、汗を流す作業は外国人が担う。従って、こうした雇用政策のもとでは、社会の底辺を支える職業の技術の継続や進歩・発展が起こらない。

「すべての人々が国家に頼りきってはいけない。石油による栄光は壊れやすいものだ」と、カブース国王は訴え、どんな職業でも自国民が担わなければ、オマーンの明るい未来は開けないと考えている。国民の教育水準が上がったとしても、世界の先端技術を取り入れるために外国人の知恵と力を借りる必要は続くであろう。そのため、外国人労働者が全くゼロになることは無いにしても、安易に外国依存する恐れを戒める。「ある職業が社会的地位が低いからと言って軽蔑してはならない。オマーンの若者一人ひとりが人生で自分の居場所を見つけ出せるよう」に自立することを国民に呼び掛けている。

オマーンの採掘可能な石油資源は、後10年くらいで無くなるものと考えられている。しかし埋蔵量そのものはもっとあるようで、技術開発が進めば、その生産量はさらに増えるかもしれない。その後、天然ガス田が発見され、こちらの方は30年から60年くらいは採掘が可能のようである。しかし、国家収入の70%から80%を占める財源である地下資源はいずれ枯渇する。50年後、１００年後のオマーンはどうすればいいのであろうか。

昔の都であるニズワは、マスカットから山脈を越えて３００キロ離れた砂漠地帯のオアシスにある。かつて5万人ほどの人口であったが、現在では27万の人々が住んでいるという。土地は広いから、新しい建物が郊外に次々と建てられている。しかし、限られた水源の中で、なぜそんな奇跡のような人口増が可能になったのだろうか？

生活に不可欠な水は、かつては地下から湧き出るオアシスに依存することがすべてであった。しかし現在では、はるか離れたマスカットの海岸にある海水淡水化プラントから道路わきに埋められた配水管で送られていることが分かった。配水管の埋設を示す標識が点々と車窓から確認できる。さらに色の違う標識が続いている。「あれは油パイプの標識です」ということであった。電気だけは、鉄塔や木の電柱で送られていた。

カブース国王は、舗装された道路を全国土に張り巡らせるとともに、生活に必要な水、燃料(灯油?・)、電気を広く点在する部族集落まであまねく送り届けるというインフラ網を整備したのである。通信も今では全く不自由はない。

山間の道を、ニズワへ、さらには古くから続く港町スールへと走ると、ところどころにナツメヤシの茂みが現れる。そこには山に浸み込んだ水が湧きだすオアシスがあり、わずかに白い住居もある。ナツメヤシの姿が消えると、車の左右には、再び延々と岩山が続き、干上がった河原のような平地を走る。石ころに覆われ、わずかに低い灌木が点々と生えただけの平地は、意外に広かった。農地が国土の1%に満たないオマーンではあるが、こうした荒れ果てた平地が17%もあるという。水さえあれば、この平原は蒙古平原や東ヨーロッパやトルコやマレーシアで眺めたと同じように、一面のトウモロコシ畑、小麦畑、菜種畑、ひまわり畑、果樹畑、アブラヤシ林になれると私は思った。

30万年前に人類がアフリカで誕生し5万年前にイエメンに渡来したころ、アラビア半島は緑溢れる動物の多く棲む大地であった。猿から進化して二足歩行を始めた人類は、脳が発達して火と石器を使うようになり、獣を殺して肉と毛皮を手に入れた。ゴリラと違って、なぜ人類はアフリカを出て、世界各地へと広がっていったのか。その理由は、食料と身に纏う毛皮となる獣が、より沢山いる場所を探し求めたからだと私は考えている。ウミガメとその卵も、人類にとってはありがたい食料であっただろう。私たちが訪れてウミガメの産卵を星空の下で見詰めたビーチの周りは、草木の全くない砂漠である。しかし、すぐ近くで３０００年前の古代人の墳墓遺跡が発見されている。

厳しい自然環境の中で暮らさざるを得ないオマーン国民の生活を、少しずつ豊かにするために、経済開発計画を推進するにあたってカブース国王は、どの部族もできるだけ公平に扱うことに心を砕いている。オマーンＬＮＧを立ち上げて日本向けの天然ガス輸出基地を造るとき、マスカットから直線距離で１５０キロ南東にある古い港町のスール近郊のカルハットに巨大プラントは建設された。そこは、天然ガス採掘地から最も近い海岸とは遠く離れていた。間違いなくパイプラインの敷設工事費は高くついたはずである。しかし、敢えてこの地を選んだのは、投資効率よりも、スールの人々にとって身近に工場ができ、雇用機会が生まれるようにという国王の配慮である、と私には思われた。

さらにスールから３５０キロ南のドゥクムでも、巨大な浮きドックを持つ造船所を中心とした工業団地の開発が進んでいる。

徒然道草35

現世の「竜宮」オマーン訪問記⑥

最後の晩餐会のテーブルで私の隣に座ったのは、三菱商事の社員である若くて背の高いオマーンの好青年であった。近隣のアラブの国々と違って、オマーンには肥満な人が見当たらない。白いディシュダーシャに身を包んだその青年に向かって、私は率直にオマーンの「50年後の地下資源無き未来」について、日本語で話しかけた。

オマーンの地には五つの天の恵みがある。それは太陽・砂漠・海・風・高い山脈である。これを活用しようというのが私の未来ビジョンである。

人の住まない内陸部の砂漠に琵琶湖ほどの巨大な人造湖を造り、国土の30％を緑に変え、樹木を育て、農耕地を広げ、牧草地にはオリックスを家畜として飼う。その仕組みは、まず、かつて大海洋帝国を築くときに活用したインド洋モンスーンの風で風力発電を行う。その電力を使って海水をくみ上げて人造湖に注ぎ込む。55℃にもなる熱い太陽が水蒸気を発生させる。水蒸気は上昇気流となり3000メートルの山脈にぶつかって雲が発生する。その雲は大量の雨を降らせる。その水で山に木を植え、緑地を増やす。日本の技術によって、バクテリアや土中の細菌やミミズを増やし、落ち葉や近海で獲れる海産物（アラブ人はあまり食べない）を肥に変える。30年後、50年後には、サラサラの砂の大地や岩山が、豊かな土壌に生まれ変わる。

高原ではコーヒーや紅茶といった換金作物を育てる。山の斜面には杉など輸出できる木材を植林する。広い牧草地もつくる。平地では野菜や果物や穀物を育てる。湖では魚やクロレラを養殖するとともに、塩を生産する。それらを使ってソーダ工業を起こし、農業、漁業、牧畜や食品加工を新たな産業にする。こうして、ヤギとラクダとナツメヤシだけの生活から脱出する。

液晶を使った太陽光発電は、高温では発電効率が劣るし、砂漠の砂は大敵である。そのため、太陽光発電所は砂嵐を防ぐために緑地帯で囲む必要がある。さらに55℃の高温でも効率的に発電できる液晶発電技術を日本と協力して開発する。反射鏡を使って太陽光を集めて水を沸騰させる発電方式も有効であろう。いずれにしても砂漠の海水湖近くで太陽光発電を行う。発電した電力は、社会生活や緑化事業やソーダ工業に使うだけでなく、水を電気分解して水素と酸素を生産する。水素は石油に代わる重要なエネルギー源である。間違いなく将来の世界は「水素社会」へと進むであろうから、太陽光を使った安価な生産基地を建設すれば、水素は有力な輸出品になる。

牛の仲間であるオリックスは野生のヤギやラクダのようにオマーン各地に生息していたが、美味しい肉と長く真っすぐで見事な角のために殺されてしまい野生から姿を消した。そのオリックスを保護し復活させるカブース国王の試みは、着実に成果を上げている。このオリックスを増やして牧場で飼う家畜にする。豚肉を食べないイスラーム世界において、ヤギや羊やラクダの肉よりも、もっと高級な食材になるはずである。オリックスの角も工芸品の材料になる。

また、日本の三陸海岸がそうであるように、山から森の水が海に流れ込めば、そこには豊かな漁場が生まれる。国土の30％が緑地帯になれば、オマーンの海にも新たな恵みをもたらし、沿岸漁業が発達するかもしれない。

オマーンはドバイに代わる物流基地を狙ってサラーラに巨大なコンテナ基地を建設している。ここから紅海沿岸やアラビア半島全域、さらには東アフリカに向けて内陸部をトラック輸送するためには、道路網の整備とともに、トレーラーの燃料確保が重要である。そこで、ここでも無尽蔵の太陽光を活用する仕組みを構築する。砂漠の中の各所に太陽光発電拠点を設け、トレーラーの蓄電池に充電し、何台か待機させる。牽引するトレーラーと荷物を積んだコンテナを、カートリッジ方式で、この発電拠点で切り替える仕組みを開発する。

サラーラの港に海外から運ばれてきた大量の荷物を、仕向け地ごとに振り分けてコンテナに詰め込む。そのコンテナを電気自動車に結合して、発電基地まで運ぶ。到着するとコンテナは、充電して待機中の牽引車に結合して、次の基地まで走る。そこでまた、新しい電気自動車に切り替え、目的地まで走る。コンテナから切り離されたトレーラーは次に備えて、点在するこの太陽光発電所でいつでも走れるように充電する。このカートリッジ方式輸送網は、いわば初期投資だけで、後は「燃料代タダ」で済む。原油が枯渇しても心配はない。

オマーン人の青年は、「国民の誰もが将来のことを心配し、どうすればよいか考えている、しかしいい知恵がないのが現状である」と語った。国家の将来のためには、教育が最も重要であり、内政改革でその取り組みはすでに大きな成果を上げていること、オマーンでは女性差別は全くなく、門戸は開かれ様々な分野に進出できるようになっていることも強調した。

カブース国王は2017年11月18日の誕生日（ナショナルデー）には、77歳になった。晩年は体調を崩し、ドイツの病院に数カ月入院したこともあった。皇太子がいないために、次期国王が誰になるのか、目魁影老は心配でならなかったが、オマーン国民は極めて冷静であるように思った。国家基本法に「次の世代」の選出については明記してあったようである。

また、国際的な原油価格が一時は1バーレル35ドル台にまで下がったため、オマーンは大変な財政不安に陥った。そのため2016年は100億ドル、2017年はやや原油価格が持ち直したがそれでも75億ドルを海外から借り入れなければならなくなり、オマーンの国際的格付けもぎりぎりの状況にまで下がっている。この苦境を乗り切るために、国家が直接投資する方式を改め、発電所建設などに外資や民間資金を導入する仕組みづくりを着々と進めている。

カブース国王は、オマーン国内にだけ思いを巡らせているわけではない。イラン革命の余波が及ぶことを防ぐために、アラビア湾岸の王政6カ国、サウジアラビア、クウェート、バーレーン、カタール、UAE、オマーンは、1981年にGCC（湾岸協力会議）を結成した。現在でも、イランとサウジは激しく対立し、宗教も絡んで、中東地域の主導権争いを演じているが、オマーンはこの双方のどちらにも偏ることなく、むしろ積極的に両者の調停を働きかけている。

カブース国王は、さらに将来は「やがて政治的な国境は無くなり、平和な地球市民として暮らす時代が来る」という壮大な夢までも抱いている。

オマーンは、欧米の自由主義の押し付けや、共産主義イデオロギーの侵入を嫌い、独力で明治維新を成し遂げた民族的対立が無く平和な日本に着目する親日的な国である。目魁影老は、オマーン・スルタン国がいま直面する課題をどのように克服していくのか、これまでの半世紀のこの国の歴史も含めて、日本こそ、オマーンに学ぶことは多いと思っている。

「オマーンはドバイのような失敗はしない」と、思慮深く日本語を選びながら語る、青年の一言が印象的であった。

徒然道草36

オマーン人によるオマーンのための発電事業

国づくりの基礎は、治安と経済、そして教育による人づくりである。

オマーンは今、石油とガスという天然資源の枯渇に備えて、多角化戦略を打ち出し、国を挙げて、経済発展と産業構造の転換に取り組んでいる。経済基盤と国民生活の向上を支えるのに、最も重要なものの一つが電力である。

丸紅は、オマーンの発電容量の25％を供給する200万キロワットの発電所を建設し運転している。首都マスカットから海岸線を南東に150キロメートル下ったスールに造られたこのオマーン最大規模の発電所は、天然ガス焚き複合火力（コンバインドサイクル）方式で発電を行っている。ハジャール山地の南の果てに生まれた新しいスール工業地帯は、オマーン経済発展の重要拠点であるが、国内需要の約4分の1をカバーする当発電所からの電力の大半がマスカットに送電されている。

2011年3月に入札が行われ、丸紅は中部電力等と手を結んで受注に成功し、2014年12月から運転を開始した。オマーン石油ガス省から燃料供給を受け、オマーン電力水調達会社に対して15年間の売電契約に基づき電力を販売している。運転開始から既に2年が経過したが、無事故、無災害で発電所を運転し、電力の安定供給を行っている。

オマーンは1990年代から電力事業の民営化を積極的に進めており、卸電力供給を目的とする独立発電事業者（IPP＝Independent Power Producer）方式にて多数のプロジェクトが運転中であり、丸紅が受注したスールIPPプロジェクトは11件目である。新しく設立した事業会社フェニックス・パワーへの出資者は立ち上げ時点では丸紅50％、中部電力30％、カタール発電水道会社15％、オマーンのマルチテック社5％であったが、2015年に株式を上場したため、現在はそれぞれ、32・5％、19・5％、9・75％、3・25％となっている。融資銀行は国際協力銀行（JBIC）、みずほ、三菱東京UFJ、三井住友など、技術面を見ても蒸気タービンは富士電機が納入しており、出資、融資、技術と多方面で日本勢が要となっている。

マスカットに本社を置く事業会社フェニックス・パワーは現在英国人社長以下12人で運営されている。初代CFO（最高財務責任者）として丸紅本社から西野智揮氏が派遣され、約3年半の駐在期間中に、マスカット証券取引所で株式上場を果たし2015年夏に帰国、現在は海外電力プロジェクト第四部電力事業第一チーム長を務めている。その西野氏にオマーンの事業について伺った。

――丸紅にとって、オマーンでのCSR（社会的責任）とは何ですか？

（西野） 我々の使命は電力の安全、安定供給を通じてオマーンの健全な発展に貢献することで、これが我々のCSRの根幹にあります。また、オマーンの重要課題の一つであるオマーニゼーションについても積極的に取り組んでいます。

――オマーン人を積極的に雇用するというオマーニゼーションでは具体的にどのようなことに取り組んでいますか？

（西野） 丸紅は湾岸諸国でスール以外にも7件の発電所を運転していますが、オマーン人は勤勉で向上心が高いと感じます。一方、発電所の業務経験が少ない、また、技術的な教育を受ける機会が少ないため、安全・安定的に運転を行うためには、現時点ではある程度外国人スタッフに頼らざるを得ないのが実態で、我々の発電所でもイギリス人、インド人、パキスタン人、フィリピン人等が働いています。それでもオマーン人の比率を上げるための努力は日々行われていて、現在、運転・保守管理を担当するO&M会社の約3分の2がオマーン人で、今いる外国人スタッフのポジションも今後徐々にオマーン人スタッフに移行する予定です。

また、オマーニゼーションに加えて、「スーリゼーション」、つまりスールの住民の雇用にも積極的に取り組んでいます。スールはマスカットと比べても雇用機会は限られていて、スールIPPプロジェクトはスール住民の貴重な雇用の受け入れ先ですし、また、地元住民が地元で仕事を見つけてご家族と幸福に生活するというのが本来の姿だと思います。入社した時は発電所の「は」の字も分からなかったけど、我々のプロジェクトで頑張って色々と勉強してもらって、将来的にはこういった若者がオマーンの電力供給を担う、そういう姿を見たいですし、その素質を持ったスタッフは数多くいると思います。

そういう流れを加速化するために、スールIPPプロジェクトではスタッフのトレーニングには非常に力を入れていて、発電所内にトレーニングセンターを設置しました。元々発電所長の部屋だったのですが、発電所長が、「俺はこんなに広い部屋は要らないから」と言ってトレーニングセンターに改築しました。ここでスタッフは厳しいトレーニングを受けて日々成長しています。オマーンでよくある話として、こうやって成長したと思ったら転職してしまって、というのは我々の頭痛の種でもありますが、それはそれでオマーンのためになっているのだから、と肯定的に捉えるようにしています。本当は痛手なのですが。発電所内にトレーニングセンターを持っているのはどうやらオマーンのIPPでは我々だけのようで、我々のお客様であるOPWPもこのトレーニングセンターに関心を持たれ、昨年もOPWPスタッフを複数回に亘り長いときは2～3週間受け入れてトレーニングに参加頂きました。こういった形で、我々のスタッフだけでなくオマーン全体の底上げに少しでも寄与できればと考えています。

――売電契約は15年間ですが、それまでに運転要員はすべてオマーン人にする計画ですか。

（西野）　職種によって若干異なりますが、全体的には人的資源省はほぼ全員をオマーン人にすることを求めています。我々も、オマーン人が自国の電力供給を担う姿を見たいと考えていますので、政府側と目線はさほど離れていませんが、発電所の仕事は経験を踏んで成長していくものですので、時間をかけての話にはなりますし、また、何よりも安全、安定的に発電することが絶対的使命ですので、そこは妥協できないと思っており、この手の話を人的資源省とは定期的に行っています。

――地域レベルでのCSRはどんなものが有りますか？

（西野）　フェニックスは、社員のご家族を含めると３００人を超える大ファミリーです。

この大ファミリーに幸福な生活を提供するというのが何よりの使命だと思います。

それに加えて、毎年、会社としてCSR計画を策定、CSR予算を組み、同CSR計画に基づきアクションを取っています。例えば、ラマダン期間中には地元の皆さんに日没後のお食事（イフタール）を提供、社員でビーチの清掃、学校を訪問して安全管理の啓蒙活動などを行っています。

——将来はどんなことをやるつもりですか？

（西野） 学校に本を寄付、病院を訪問してプレゼントの贈呈等も考えています。我々のビジネスで常に意識している安全管理や教育の重要性を何らかの形で地域の皆様に還元させて頂きたいと考えています。

徒然道草37

イスラーム共同体は布教する軍隊であった

三宝に深く礼拝し帰依することで仏教徒になる。

聖徳太子は十七条憲法で「篤く三宝を敬え。三宝とは仏と法と僧なり」と説いた。悟りの体現者である「仏」、仏の教えを集大成した「法」、法を学ぶ仏弟子の「僧」、すなわち仏法僧に従って生きることが、仏教徒の信仰である。

司祭・牧師などに洗礼を受けることでキリスト教徒になる。洗礼とは頭部に手で水滴をつける儀式で、聖職者のことをプロテスタントは牧師と呼び、カソリックでは司祭（あるいは神父）と呼ぶ。

イスラーム教には、僧も牧師も司祭もいない。職業としての聖職者はいない。

王族も、富裕者も、農民も、砂漠に暮らす放牧民も、神の前では全く平等である。父親がアラブ人のイスラーム教徒であれば、その子供は総てイスラーム教徒とみなされ、元服式のような儀式をモスクで行えば、イスラーム教徒になれる。しかし、母親がアラブ人のイスラーム教徒であっても、父親が民族の違う異教徒であれば、その子供はイスラーム教徒とはみなされない。二人のイスラーム教徒の証人をたて入信式を行い、信仰を告白しなければならない。

イスラーム法は棄教を認めない。棄教者は原則として死刑である。また、女性は異教徒との結婚を認められず、イスラーム教徒と結婚しなければならないとされている。こうした男性と女性の人権格差はなぜ生まれたのであろうか。

ムハンマドがイスラーム教を開いた時代のアラブ社会は、一部にキリスト教が広がってはいたが、メッカでは多神教が信仰されていた。ムハンマドの教えに最初に帰依したのは妻だけであった。次いで親族や近親者に少しずつ信者が増えていったが、メッカの多神教徒からは、激しい攻撃を受けて命の危険にさらされていた。信仰を守り布教を進めるために、ムハンマドは親族や信徒たちと「イスラーム共同体」を結成した。ムハンマドは預言者であるとともに、優れた軍人であった。

ムハンマドには男の子がいなかったため、その信仰と意志を引き継いだのは親族であった。イスラーム共同体は初代カリフ（預言者の代理人）にアブー＝バクルを選出、2代目カリフにウマル、3代目にウスマーン、4代目にアリーが選ばれた。アブー＝バクルとウマルはムハンマドの妻（4人以上の複数いた）の父親であり、ウスマーンとアリーはムハンマドの娘の夫である。特にアリーはムハンマドの養子として大切に育てられ、ムハンマドの孫にあたる2人の男の子の父親でもあった。この4代続いた親族によるイスラーム共同体の統治者のことを「正統カリフ」と呼び、クルアーンが編纂され、幾多の戦闘で支配領域が拡大し、アラブの覇者となった。

アリーは661年に暗殺され、ムアーウィヤが実力でカリフに就いてウマイヤ朝を興し、以後カリフは世襲となり、正統カリフの時代は終焉した。この新しいカリフに従わないイスラーム教徒が、「ムハンマドの血筋こそが、預言者の代理人になれる」と主張し、イスラーム信仰に最初の分裂が起こった。アリーを支持する信徒たちが開いたのが「シーア派」である。しかし、イスラーム法は男系を認め、女系を認めないため、ムハンマドの孫たちはカリフに就任することはなかった。男は戦闘で布教を進め支配地域を広げるのが役目であり、女はその家系を守り男に貞淑を尽くすのが役目——これは男女差別ではなく、男と女は役目が違うという1400年前の時代の世相を受けた考えである。

徒然道草38

ユダヤ教・キリスト教・イスラーム教は同じ宗教

世界に宗教は三つしかない。それはユダヤ教とキリスト教とイスラーム教である。宗教とは何か——唯一の神、聖典、預言者という三つがなければならない。こう語る敬虔なイスラーム信者であるトルコ青年は、頑として、仏教も、ヒンドゥー教も、道教も、儒教も、宗教とは認めなかった。

脳の発達により、人類は道具を使用するようになり、言葉を話すようになり、他の動物には見られない文明をつくり出した。食べ物の入手や蓄え、火の使用、子供を猛獣から守るために、集団生活を始めコミュニケーション能力を高めていった。しかし、自然の営みは、人知の及ばぬ恐怖であり、その「怒り」はしばしば人類を苦しめた。嵐や病から身を守るために安寧を願い、生きていくために自然の恵みや豊狩を祈った。祈りを捧げる対象は様々で、人類は多神教を生み出した。

万物は「唯一の神」によって創られたという信仰が、いつ興ったのかは定かではない。紀元前13世紀にエジプトで生まれたモーセは、シナイ山に登り、神との契約「十戒」を受けた。ユダヤが敗れ、エジプトの捕囚となっていた時代で、信仰によりユダヤ民族は異民族の支配から脱して救われると説いた。

1300年後、ユダヤ教の信者であった大工キリストは、ユダヤ民族だけではなく、その「唯一の神」を信仰すればすべての人々が救われると説いた。新しい教義を開いたために、ユダヤ教徒によって十字架にかけられて殺された。

そのさらに600年後に、洞窟で瞑想していたムハンマドは、天使ガブリエルから「唯一の神」の啓示を受けて、イスラーム教を開いた。商人ムハンマドの暮らすアラブのメッカは多神教の地であった。

ユダヤ教とキリスト教とイスラーム教はそれぞれ別の神がいるわけではない。「神は唯一」である。預言者が三人いて、聖典が旧約聖書、新約聖書、クルアーンと3種類あるだけの違いで、同じ一神教である。この神の宿る地は、イスラエルのエルサレムであり、三つの宗教にとって、最も大切な聖地である。

ムハンマドは文盲であった(?)から文字を残していない。クルアーンは死後に弟子たちによって綴られたムハンマドの言葉集である。アラブ人ムハンマドが神から受けた啓示はアラビア語である。モスクから流れるお祈りを呼びかける言葉もアラビア語である。その荘厳で美しいアラビア語によって、イスラーム教は朗誦の宗教と呼ばれる。クルアーンはアラビア語で書かれ、アラビア語で読まれ、アラビア語で朗誦されなければならない。アラビア語以外で表記されたものは、クルアーンではない。それは解説書、翻訳書に過ぎない。イスラーム信者はこうしてアラビア語を読み、アラビア語で朗誦するクルアーンを毎日5回聴く生活をする。こうして中東から北アフリカへとアラブ文化圏は広がっていった。

イスラーム教徒も、もともとは聖地エルサレムに向かって礼拝した。しかしその後、ムハンマド誕生の地メッカが聖地とされ、一日に5回の礼拝はメッカに向けて行うようになり、信徒は生涯に一度はメッカ巡礼をしなければならないと教えられた。宗教は知性や理性によって理解されるものではない。ただひたすら信じることである。「なぜ豚肉を食べてはいけないのか」と問いを発しても、それを理屈で説明することはできない。「神の言葉であるクルアーンに豚を食べてはいけないと示されている」（トルコ旅行中の青年ガイドの話）からである。神は絶対であり、偉大である。預言者ムハンマドも神と同じように、絶対に誤りを冒すことのない「無謬」の生涯を送ったとして崇められる。

徒然道草39

イスラーム原理主義イデオロギーは20世紀に生まれた

人類はその叡智によって、歴史上初めて、社会主義という国家を実現した。

1917年2月革命で、武力によってロシア帝国は倒され、臨時政府が成立した。その後の内戦に、レーニンの率いる共産主義勢力が勝利して、労働者が権力と領土を簒奪し、1922年にロシア、ウクライナ、白ロシア（ベラルーシ）などを統合するソビエト連邦が発足した。これは、マルクス・レーニン主義という革命イデオロギーの輝かしい勝利として称えられ、革命運動は世界中の知識人に広まっていった。しかし、人類の将来は必ず社会主義が勝利するという左翼思想は、自由主義思想との激しい攻防の果てに、70年後のソ連崩壊によって、幻滅に終わった。

「人は能力に応じて働き、必要に応じて与えられる」

そのような社会こそ人類の目指す究極の理想という思想が、ヨーロッパの知識人に広がり、その共産主義社会へ進む第一歩として、まず社会主義国家をつくるという考えが生まれた。それは人が人を強制労働に追い込み搾取する資本主義から人類を解放し、平等な社会を目指すものであった。理想の社会を創り出すために武力革命によって国家主権を奪い取るという考えは、思想家たちの頭の中から、労働者の武力蜂起を促す運動、すなわちイデオロギーへと昇華していった。このイデオロギーは19世紀末にマルクスとエンゲルスによってつくられた。それは文化や国家は、すべて経済により生まれるという唯物史観を説いたもので、階級社会から平等社会へと転覆させる武力革命の原動力となった。

革命を果たしたソ連では、土地も資本も一党独裁の共産党政権が握り、計画経済が導入された。すべての企業が国営となり、教育も人々の生活も国家によって管理された。しかしその夢も試みも、わずか70年で灰燼に帰し、社会主義思想は叡智の花を咲かせるどころか、多くの人民を虐殺するという汚点を残し、共産主義という果実を実らせることなく終わった。ソ連は、平等社会を目指すあまり独裁国家となり、人々に人権も、自由も許さない暗黒の時代であった。

イスラーム法に則った理想社会の再現を目指すのが、イスラーム原理主義であり、ＩＳの「イスラーム国」である。神の啓示を受けた預言者ムハンマドは６１０年にイスラーム教を開き、６３２年に亡くなった。その後30年間にわたり、預言者に代わって最高指導者カリフが４代（彼らを正統カリフと呼ぶ）、イスラーム社会を統治した。ＩＳは、聖典クルアーンに示された神の言葉に従って「国家」が営まれた１４００年前（日本で言えば聖徳太子の時代）の正統カリフ時代こそ理想と考え、イスラーム社会に「武力革命」を伝播させようとしている。

イスラーム教の急進派の思想「原理主義」は１９６０年代にエジプトで生まれた。ムスリム同胞団メンバーであった思想家サイイド・クトゥブ（1906年生まれ、1966年国家転覆を謀った容疑で処刑）は、西欧文明に絶望し、イスラーム法こそ唯一の救いだと悟り、著書の中で次のように主張した。イスラーム法を守っていない国は、統治者が礼拝、断食など宗教儀礼を遵守していたとしても、イスラーム国家ではない。今日、地球上には、①共産主義国家（ソ連など）②偶像崇拝国家（インド、日本など）③キリスト教、ユダヤ教国家④自称イスラーム国家しか存在していない。

この原理主義思想は、新たな革命イデオロギーへと昇華していった。明治維新の「王政復古」どころではない、ムハンマドの時代こそ理想であると考え、イスラーム社会を逆転させようとするのが、この21世紀に生まれた「ＩＳ」の目指すものである。イラクやシリアで新たな国家モデル構築を狙って支配地域を広げ、一時は世界中を震撼させたが、今ではマルクス・レーニン主義と同じ道をたどり（？）次第にその影は薄れていった。

徒然道草40

イベリア半島の戦国時代は８００年続いた

ヨーロッパ人はキリスト教をもってこの地に現れ、ただ目をつむって祈れと教えた。再び目を開けたとき、土地は私たちのものではなくなっていた。あるアフリカ人指導者の言葉である。イベリア半島は、フェニキア人の植民地、ギリシャ人の植民地、カルタゴそしてローマ帝国の領土となり、さらには西ゴート王国が支配した。その西ゴート族を破った異教徒のアラブが７１８年から１４９２年まで王朝を築いていた。この異民族支配からの国土回復運動をレコンキスタと呼ぶ。自分たちの民族国家を持ったことの無いスペイン人は、キリスト教徒対イスラーム教徒による８００年もの戦国時代を勝ち抜いて、やっと自立国家を築いたのである。

１４９２年1月6日に最後の都グラナダが陥落するとアラブ王朝は、イベリア半島から駆逐され、北アフリカへと逃げ延びていった。そしてスペインはアラブ民族のイスラーム支配から国土を完全に奪還した余勢を駆って、海外へと船出していって、海洋覇権国家となっていった。

地球は丸いことが証明されたのはマゼランの世界一周航海（１５１９年－１５２１年）によってであるが、古代ギリシャの哲学者アリストテレスの書いた天体論によって古くから知られていた。レコンキスタを成し遂げたスペイン国王は、イタリア人の野心家コロンブスの提案を受け入れ、大西洋を渡ってインドを目指す新航路探検に資金援助を決めた。１４９２年８月３日に出港したコロンブス船団は、２カ月後の10月11日、ついにインドに到達したと思った。しかしそこは、未開の地のアメリカであった。

同じイベリア半島のいわば分国であるポルトガルはこれに刺激を受け、黄金と香料を求めて東回りでインド航路の開拓に乗り出した。１４９７年７月８日、ヴァスゴ・ダ・ガマ艦隊がリスボンを出港し、喜望峰回りで、翌年５月21日についにインドに上陸した。

スペインとポルトガルは、ローマ教皇の線引きにより世界を東と西に二分して海洋帝国として、黄金と香料と奴隷と領土を求めて、世界中を荒らしまわった。そして、それまで地中海の交易を独占して、中東やアジアからの香料輸入や貿易の実権を奪い取り、興隆を極めていたヴェネツィアは、一気にその覇権を失っていった。

〈ウィキペディアの引用〉

１４９３年の９月に17隻・１５００人で出発したコロンブスの２度目の航海はその乗員の中に農民や坑夫を含み、植民目的であった。11月にドミニカ島と名付けた島に到着したが、前回つくった植民地に行ってみると基地は原住民であるインディアンにより破壊されており、残した人間はすべて殺されていた。これに対し、コロンブスの軍隊は徹底的な虐殺弾圧を行い、行く先々の島々で、海岸部で無差別殺戮を繰り返した。まるでスポーツのように、動物も鳥も住民もすべてを殺し略奪した。コロンブスがイスパニョーラ島でしばらく病に臥せると、コロンブスの軍勢は凶暴性を増し、窃盗、殺人、強姦、放火、拷問を駆使して、インディアンたちに黄金の在処を白状させようとした。

銃も鉄器も持たないインディアンたちは、ゲリラ戦で報復を試みたが、スペイン軍の武器と彼らがばら撒く疫病の脅威は想像を絶するものであった。

コロンブスが何カ月も病に臥せっている間、やりたい放題の大虐殺を続けた。コロンブスが快復するまでに、5万人以上のインディアンの死が報告されている。やがて完全復帰したコロンブスの最初の仕事は、彼の軍勢に対し、略奪を組織化することであった。

1495年3月、コロンブスは数百人の装甲兵と騎兵隊、そして訓練された軍用犬からなる軍団を組織した。再び殺戮の船旅に出たコロンブスは、非武装だったインディアンの村々を徹底的に攻撃し、数千人単位の虐殺を指揮した。コロンブスの襲撃方法は、以後10年間、スペイン人が繰り返した殺戮モデルとなった。

徒然道草41

アメリカ・インディアンは95％殺された

アメリカの歴史では１８９０年は先住民族から西部フロンティアを完全に勝ち取った輝かしい年である。サウスダコタ州のウンデット・ニーで２００人以上のスー族が殺され、インディアンとの戦いは終わった。12月29日のことである。

アメリカ・インディアンは、かつて数千万人が暮らしていたとみられるが、ヨーロッパ人による先住民絶滅を狙った虐殺によって95％が殺され、父祖伝来の地は完全に奪われてしまった。土地を奪われたアメリカ・インディアンは、抵抗するすべもなく保留地に強制移住させられ、その後も過酷な運命を余儀なくされ続けた。２００３年の国勢調査では、その子孫は２７８万人である。

地球は70万年前から10万年周期で気候変動を繰り返している。2万年前から1万年前ころにかけては、最終氷期と呼ばれる寒冷期で、カナダやヨーロッパ北部は氷河に覆われていた。氷河は厚いところでは３０００メートルにもなり、地球上の水が陸地の上に氷となって蓄積され、海面は１００メートルから１３０メートルも水位が下がった。その分、地球上の陸地面積は広くなり、日本は大陸と、北米アラスカはシベリアと陸続きであった。温暖期に入ると氷河が溶けて、少しずつ海面が上昇した。1万6000年前に日本海が生まれ始め、1万4000年前にはベーリング海峡が出現した。

アフリカのケニア、エチオピアを貫く大地溝帯の地域でホモ・サピエンスと呼ばれる現在の人類が30万年前ころに誕生し、10万年から5万年前（諸説ある）にアラビア半島に広がり、次第に地球上に拡散していった。北アメリカ大陸にモンゴロイドと呼ばれる人類が住むようになったのは、ベーリング海峡のまだ存在しなかった1万5000年前ころと考えられている。それからわずかに1000年ほどで人類は、アラスカから南アメリカの南端にまで達した。

コロンブスは1492年に西インド諸島を「発見」したが、その地が新大陸であるとは思っていなかった。1503年にイタリア人のアメリゴ・ヴェスプッチが新大陸であると提唱し、1507年にドイツ人地図製作者のマルティン・ヴァルトゼーミュラーが、西半球の陸地をアメリカ州と名付けた世界地図を作成したことにより、アメリカ大陸という名称が始まる。そして、早くも1498年には英国人カボットが北米の東海岸を探検し英国がこれを領有（ニューイングランド植民地）、1534年にはフランス人カルティエがセントローレンス川を遡ってこれをフランスが領有化（カナダ植民地）するなど、西欧人による南北アメリカ大陸の探検と開拓、インディアンに対する虐殺が広がった。

蒙古襲来を鎌倉幕府の命令で撃退した日本と違って、北米に住んでいた先住民は、広い土地に分散して暮らし、話す言葉も宗教的な儀式や生活慣習も異なっていた。部族間で争い戦うことは有ったが、統一した王朝もなければ、同じ民族というアイデンティティーもなかった。馬も鉄器も、酒さえ知らなかったインディアンを、南から侵略してきたスペイン人に続いて、北と東から入って来たイギリス人やフランス人たちは、疫病と武器と酒の威力で、殺しまくり、インチキな売買契約で土地を奪い取り、勝手に植民地を広げていった。

先住民絶滅を推し進めたのは、皇帝でも、独裁者でもなかった。自由平等を掲げてヨーロッパ支配から独立したアメリカの議会と国民が、法律を作り、国家戦略として行った。キリスト教徒にとって異教徒殲滅はローマ教皇が長年にわたって認めた当然の権利であった。

武器商人たちはインディアンに武器を売り付け、白人との抵抗の戦いを煽った。馬も銃も酒も知らなかった先住民たちは戦いに敗れて、肥沃な大地を奪われ、不毛の居留地へ強制的に押し込まれた。その居留地で金鉱が発見されると、さらに僻地へと移動させられた。アメリカ政府と取り交わした「協定書」はすべて破られて、キリスト教徒により「民族浄化」は、今なお続いている。

インディアンに与えられた居留地には生きていくための「正業」は何もない。怒りと苦しみと悲しみを忘れることができるのは「酒に酔っぱらっている時だけ」。それを白人は「怠け者」と見下す。

徒然道草42

南アメリカの人々の悲しみ

南米を2016年に13日間回り、無事に帰ってきた。

南米ツアーでは①飛行機のダイヤの大幅な乱れ②軽い高山病③大雨で列車あわや運休——など大変な思いをした。しかしそれ以上に心を痛めたのは、ブラジルもアルゼンチンもペルーも、猛烈な格差社会である姿を垣間見たことだった。広大なジャングルや砂漠の広がる土地にしがみ付いて暮らす先住民系の人々と、伝染病を持ち込み、土地を奪い取り、奴隷として徹底的に収奪したヨーロッパの侵略者たち。その憎むべき歴史を知りながらも、450年という年月の中で、アフリカから連れてこられた黒人奴隷も含めて、混血が進み、さらにアジアからの移民も混ざり合って、あたかも清く澄んでいた湖が泥沼へと変わったように、格差社会は広がり、混迷を続けているようだった。

ペルーにやって来た176名のゴロツキどもはなぜ簡単にインカ帝国を滅ぼし、神殿や文化を破壊し尽くし、金銀をスペインへ奪い去ることができたのか。その謎は深まるばかりだったが、クスコのガイド（スペイン系との混血）の話が印象的だった。「インカの人々は身長が150センチもないほど小さかった。そこへ、180センチ以上もある大男たちが銃を持ってやってきた。しかも、彼らは金髪であった。時のインカ皇帝は初めて見たヨーロッパ人を神だと思った。戦わず頭を下げた」。

インカは文字を持たず、鉄器も馬も、強大な軍隊もなかった。インカの皇帝たちの力を示すものは「金」であり、神殿は「金」で埋め尽くされていた。その神殿は破壊され、金銀はすべて奪われて溶解され、スペインへ持ち去られた。皇帝に取って代わった「金髪の大男たち」は、キリスト教を使ってインカの人々を洗脳し支配するために、神殿を壊した跡にカソリック教会を建設した。その教会の祭壇には「十字架のキリスト像」ではなくて「マリア像」を飾った。

スペイン人は自分たちの歴史や文明や金銀を奪った侵略者である、その事実を憎みながらも、ペルーの人々は「170センチもある自分の身体にもヨーロッパの血が混ざっている」という悲しみから抜け出せない。インカの神の儀式の伝統は生活の中に残ってはいるが、国民のほとんどがカソリック教の信者であり、メスティソと呼ばれるスペイン人と先住民の混血が60%を占める。かつて、この国家を変えようとした日系移民のフジモリ大統領は政争に敗れ排除された。

一方、ブラジルでは東部地域に入植したポルトガル人が大規模農園プランテーションの労働者として先住民を使おうとしたが、ヨーロッパから持ち込まれた疫病のためにほとんどが死んでしまった。そこで、アフリカ黒人を奴隷として使い始めた。その黒人奴隷を増やすためにの(?)子供を生ませることを厭わなかったポルトガル人は混血を進め、その子孫の多くがスラムに暮らし、教育も受けられない。貧民層が65％という格差社会がブラジルである。
アルゼンチンは、白人が97％を占めるカソリックの国である。入植してきたヨーロッパ人は農業よりも牧場を選んだために、黒人奴隷を必要としなかった。先住民との混血を進める政策も採らず、逆に理想的なヨーロッパ文明の国家づくりを目指して、先住民を大量に殺し、国外に追い出した。現代のヨーロッパ以上に、古き良きヨーロッパ文明の残っている国となっているが、権力を握る富裕層や労働組合貴族が跋扈する格差社会となっている。現地の旅行ガイドは日系人女性であったが、どうしてアルゼンチンは平等社会にならず富裕層が生まれたのか尋ねたところ、「賄賂です」という答えが返ってきた。

徒然道草43

ポーランドが国家と認められ、そして消滅した

966年にキリスト教を受け入れることでポーランド公国は誕生し、神聖ローマ皇帝からキリスト教世界の一員として認められ、1025年にローマ教皇から冠を授けられることによって、正式にポーランド王国が誕生した。つまりこの時代は、偉大な領主が治める土地であって

も、ローマ教皇の冠を頂かなければ「国家」として認められなかったのである。

それから800年後には、プロイセンとロシアとオーストリアに占領されて国土が3分割され、世界地図からポーランドという国名は消えた。しかし、その苦難の時代にもポーランド人は言語と文化を失うことなく、音楽家ショパンと、物理学者キュリー夫人という二人の天才を生んだ。

国民の生命と財産と安全を守ることが国家の責任である——と日本の政治家たちは訴える。そのためには平和でなければならない、海外からの侵略を許してはならない、とさらに訴える。安全保障とは、海外からの脅威を防ぐことであって、海外を侵略したり、領土を奪い取ったり、植民地をつくったりすることであってはならない。しかし、かつて帝国主義は、海外に向け拡張することで、国家の繁栄を築こうとした。さらにその昔から、民族絶滅を図ったり、金銀や領土を奪い取ることを、人類は世界中でやってきた。キリスト教の国々に対してローマ教皇が、異教徒の殺戮と侵略を認めるお墨付きを与えた。

そんな時代に生きた吉田松陰は、日本民族を亡国の危機から救うには、武士も農民もない、長州藩や徳川幕府もない、同じ民族としてともに協力して、西欧列強の侵略に立ち向かわなければならない、そのためには、敵の優れた国力や武力を知り、それに負けないだけの統一国家をつくり上げることが急務だ、と考えた。その熱い思いを松下村塾で若者にぶつけ、国禁を犯して行動に走り、獄死した。吉田松陰の若すぎる獄死は、若者の心に火をつけ、明治維新を成し遂げて日本を救った。

日本は島国であるという幸運のお陰で、異民族に支配されたことも、国土を奪われたこともない。しかし、蒙古襲来を「神風」によって撃退したという不可思議な体験、そして日清・日露戦争に勝利したという驕りによって、薩長藩閥政府は国づくりを誤り、軍部の独走を許し、明治維新から77年後、日本はついに「国家」が滅びた。歴史上初の核兵器の投下によって。

アメリカという異国に占領されて伝統文明はことごとく破壊され、学校給食で脱脂粉乳を与えられ、再軍備放棄の代わりに核の傘の下に守られ、まるで「属国」のようにアメリカに命じられるままに日本は生き延びてきた。平和を享受すること「戦後77年」、核戦争の危機に陥り、国土も民族もついに滅びるのではあるまいか。

「強くなれ日本！　強くなれ日本民族！」

かつて「マルクス主義」という幻影に踊り学生運動に走った、老人はそう祈りながら生きている。

ポーランドはなぜ亡国の運命を避けられなかったのか。隣国の異教徒の征討と教化に手を焼いていたポーランド国王は、ドイツ騎士団の力を借りるため、領国内の一部クルムラントの領有権と引き換えに、１２２６年にドイツ騎士団を招聘した。バルト海沿いに東西に広がるプロイセン地域は、いまだ異教徒の世界であったため、神聖ローマ皇帝は、騎士団にプロイセン領有を認める勅書を与えた。こうしてドイツ騎士団は16世紀初頭までプロイセンの異教徒改宗と植民地化を推し進めた。

1241年にはモンゴル軍がポーランドまで侵攻した。ローマ教皇は全キリスト教徒に対して共同防衛を命じるが、ポーランド諸王侯の連合軍とドイツ騎士団は、装備・物量で劣っていたため、敗れてしまった。まもなくモンゴル軍は撤退するが、ポーランド南部はモンゴル軍に略奪され、住民は殺され、ほぼ無人の荒廃地となっていた。逃れていたポーランド人は少しずつ戻ってきたが、人手が全く足りずドイツ人の入植を進め、さらに国王は欧州各地からユダヤ人も多く受け入れた。彼らは都市を築き、商業や銀行業を始め、ポーランドの地にドイツの法制度、新しい農業、文字、文学や進んだ技術を移入していった。1096年にからおよそ200年続いた十字軍の時代にはユダヤ教徒も弾圧を受け、14世紀の半ばに発生した黒死病（ペスト）のスケープゴートとしてユダヤ人が迫害されるなど、ヨーロッパ大陸では反ユダヤ主義の歴史は古く、ポーランド国内法の宗教的・民族的寛容さから、多数のユダヤ人がポーランドに移住してきた。

ドイツ騎士団は、ハンザ同盟にも加わり、バルト海東部沿岸地域で、木材、琥珀、ポーランドの穀物、さらにはロシアの毛皮などの交易にも携わり、プロイセン内陸部にまで城塞や都市を築き支配力を強めていった。一方でドイツ騎士団に対抗して「プロイセン同盟」が結成されて、ポーランド王国の庇護を求めるなど、抗争が広がった。また、プロイセンの東にある異教徒のリトアニアは、ドイツ騎士団に対して警戒を強め、1385年に38歳のリトアニア大公はキリスト教徒に改宗して、12歳のポーランド王女と結婚し、ポーランド・リトアニア連合を結成、1410年にドイツ騎士団を破った。この時の戦後処理を巡り、ドイツ騎士団は、リトアニア大公のキリスト教改宗は偽装だと反発し、「異教徒と同盟してキリスト教徒のドイツ騎士団を討伐したポーランドの行動は罪であり、この罪によって、ポーランド人は地上から絶滅されるべきである」と主張した。

その後、プロイセンはポーランド・リトアニア王国の支配下に入ったが、1525年には騎士団を廃して公国になり、1657年にはポーランドの宗主権から脱して独立国に、さらに1701年にはプロイセン王国へと発展していった。

1569年、ポーランドはリトアニアを併合してポーランド王を統一君主とする「ポーランド＝リトアニア共和国」となり、最盛期には黒海にまで及ぶ広大な領地を持つ大国として北欧に君臨した。国王は世襲ではなく、人口のおよそ10％を占めるシュラフタ（ポーランド貴族）が参加する選挙（国王自由選挙）によって決定した。ポーランド貴族の人数は常に人口の1割を超えておりその全てに平等に選挙権が付与されていた。ドイツに対抗するため、フランス人の王族が国王に選ばれたり、デンマーク国王が兼務することもあった。

18世紀に入ると外国が選挙に干渉するようになり、ポーランド貴族共和国を取り囲むロシア帝国、プロイセン王国、オーストリア帝国が強大な専制君主の国家として覇権を競うようになった。武力で劣るポーランドは、しばしば国土を侵略され、ついに三分割されて、1795

年には国家が消滅してしまった。その時、多くの知識人がフランスに亡命していった。

欧州を征服したナポレオンは、フランスに亡命していたポーランド人の願望を受け、1807年にプロイセンの支配地域を解放し、ワルシャワ公国を設立した。1812年にナポレオンがロシアに攻め入ると、かつてのリトアニア領土も解放されることを期待して、ポーランド軍団も参戦した。しかしナポレオン軍は「冬将軍」に敗れて壊滅し、ポーランド軍人の多くも戦死した。そして1815年のウィーン会議でポーランドはまたも分割された。異民族の受け入れに寛容で、多様性のある民族からなるポーランドは、強力な絶対王政国家になることができず、欧州の大国として再び復活することはなかった。

1939年8月、ナチス・ドイツとソビエト連邦が締結した独ソ不可侵条約の秘密条項によって、ポーランドの国土はドイツとソ連の2カ国に東西分割され、ポーランドは消滅した。1945年5月8日ドイツ降伏によりポーランドは復活、1989年9月7日までの44年間は、マルクス・レーニン主義のポーランド統一労働者党による社会主義体制時代であった。領土が戦前と比べて大きく西方に移動し、ソ連はポーランド東部を正式に自国へ併合した代わりに、ドイツ東部をポーランドに与えた。これによりドイツは戦前の領土の25%を失い、ポーランド領土の西側3分の1近くが戦前のドイツ領である。一方、ソ連に併合された旧ポーランド東部地域では、国境変更にともないポーランド系住民120万人が退去してポーランドに移住してきた。1989年9月7日には、総選挙の結果を受けて非共産党政府の成立によって民主化が実現し、「第三共和国」と呼ばれる民主国家である。

徒然道草44

アメリカ独立は封建制崩壊の脅威であった

私はアメリカが好きである。中国も好きである。ただ、それよりもっと日本が好きなだけである。「日本よ強くなれ！」と願うのは、日本の将来、さらには世界や地球の未来を憂える老人のサガである。かつてアメリカとソ連の間で冷戦時代が始まり、核軍拡競争が苛烈を極めたとき、「ひとたび核戦争が起きれば、人類は滅亡する」という恐怖心に襲われて、物理学者のアインシュタインや哲学者のバートランド・ラッセルが世界中の人々や若者に平和を訴えたように、老人になると臆病になり、悲観論者になる。けっして左翼でも右翼でも急進派でもない。

18世紀初頭のヨーロッパでは、平等主義、社会契約説、人民主権論など理性による人間解放を唱える啓蒙思想が広まっていた。イギリスでは産業革命が起こりつつあった。1775年にアメリカでは独立戦争が勃発し、1783年には自由平等を掲げたアメリカ合衆国が誕生した。土地と住民を支配する領主、大公、国王、皇帝による絶対王政を続けていたヨーロッパ各国の君主や貴族は仰天した。それは封建制の崩壊を想起させる悪夢であった。植民地の住民たち自らが国家を創設する事態を初めて目にしたのである。1789年にはフランスでも内戦が始まり、皇帝が処刑され、恐怖政治、クーデター、大量殺戮が繰り返され、ヨーロッパ本土にも革命は伝播していった。封建領主の恐れが的中したのである。

1823年の年次教書演説で、第5代アメリカ大統領モンローは、アメリカ大陸とヨーロッパ大陸の相互不干渉を示す「モンロー宣言」を発表した。ナポレオン戦争によりスペインの力が削がれたのを機に、ラテンアメリカ各地で独立の機運が高まった。これを鎮圧しようとしたスペインやヨーロッパ各国の干渉の動きを牽制するために、アメリカはこの宣言を打ち出し、その一方で、ヨーロッパの戦争と、ヨーロッパ勢力と植民地間の戦争に対してアメリカは中立を保つというものであった。

アメリカは「人民の人民による人民のための」国家として、第16代大統領リンカーンが南北戦争に勝利して、1863年に奴隷解放宣言を発するまでは、決して自由平等な社会ではなかった。ヨーロッパから宗教的な自由を求めて渡航してきた人々によって開墾が始められたが、先住民のアメリカ・インディアンを殺戮して奪い取った広い肥沃な土地を耕すために、アフリカ黒人をたくさん奴隷として「輸入」して、自分たちは大きな館を建て、まるで新興貴族のように振る舞うものも現れた。初代大統領ワシントンも、多くの奴隷と広い農地をワシントンの郊外に所有していた。イギリスにとって植民地アメリカは重要な流刑地でもあった。ヨーロッパから移住してくる者の中には、あくなき黄金獲得の欲望に駆られて一攫千金のアメリカン・ドリームを目指すものも多かった。

アメリカは先住民族インディアンとの戦いが終わり「フロンティア」が消滅すると、モンロー主義を捨て、ヨーロッパの帝国主義と競うように、海外領土を求めて、ハワイやフィリピンへと侵攻を開始した。

第二次世界大戦を終わらせたアメリカは、強大な軍事力を保持する自由主義陣営の盟主として、世界中で社会主義国家の樹立に挑むソ連の動きを阻止することを決意した。「トルーマン宣言」を１９４７年に発表し、アメリカはこうして民主主義を守る守護神となり、「世界の警察官の役割」を演じることになった。

徒然道草45

不毛の湧水が青きアドリア海をつくった

地中海の水は青く澄みとても美しい。とりわけイタリア半島とバルカン半島に挟まれた長い入り江のようなアドリア海の青さは透き通るほど美しい。

2012年の冬の終わりに、成田空港からドイツのミュンヘン空港↓スロベニア↓クロアチア↓モンテネグロ↓ボスニア・ヘルツェゴビナ↓オーストリア↓ミュンヘンと、大型バスで3600キロも走り回るツアーに参加した。

添乗員の40歳くらいと思われる男性は、世界中を回っているガイドらしく大変博識で、ヨーロッパの悪どい植民地支配の手口や歴史をコキ下ろし、いかに日本民族が優れているか、江戸時代末期から明治にかけ初めて日本を訪れたヨーロッパ知識人たちの残した日本の民衆生活を礼賛した手紙などを、これでもかと言わんばかりに話してくれた。

もちろん、観光地ごとに変わる現地ガイドも大変親切だった。ギリシャ、ローマ、ヴェネツィア、ハンガリー、オスマントルコ、オーストリア、ナポレオン、ヒトラーたちに征服され続けたバルカン半島の人々の苦難の歴史に触れ、いかに懸命に小さな都市国家（人口はせいぜい数千人から数万人）を守ろうとしてきたかという説明を熱く語ってくれた。そうした世界遺産となったアドリア海沿岸の史跡や観光地を回った。

バルカン半島のアドリア海沿いの地形はアルプス山脈から続く2000メートルから3000メートルにも迫る高い岩山が南北にどこまでも続き、山の上には雪が積もっていたが、旅行中はずっと快晴で昼間は20℃近くまで気温が上がる異常さ。クロアチア以南は石灰岩に覆い尽くされたカルスト地帯で、不毛の大地だった。往路は海岸線を走り、復路はやや内陸部をバスは走ったが、季節風はイタリア側のアドリア海からではなく、東側の大陸性気候から吹いてくるようで、海岸に立つ松やオリーブの樹は真っすぐ育たず、海に向かって斜めに傾いていた。高い山脈の東側は雨が降るらしくて緑の草木が生えていて山頂には雪が積もっていたが、岩山の西側の地中海性気候の土地は乾燥し、雨はほとんど降らない様子がうかがえた。その雨も、たちまち石灰岩のカルストに吸い込まれてしまう。バスで走っていても川も橋もない不思議な風景である。せいぜい1メートルにも満たない灌木が生える程度で、日本みたいに草木が育たない。肥沃な表土が無いために、農地にすることもできないし、羊さえ飼うことのできない、人間の生きていけない岩山と荒野ばかりだ。

ホテル前のビーチを散歩したが、貝殻がない。海藻も、石に付いた牡蠣やカラス貝も見当たらない。日本の三陸の海に、アワビやウニや魚が豊かに育つのは、黒潮と親潮がもたらすプランクトン、そして山から流れ込む樹木の養分の恵みのお陰である。

アドリア海の水はとてもきれいだが、山に木がなく、川がなく、わずかな雨水もカルスト地帯の石灰岩の岩山に吸い込まれ、濾過された地下水脈となって海に湧き出ているからで、「川は岩山の中を流れています。マウント・リバーと呼ばれています」ということであった。

高所恐怖症の私だが海岸沿いの断崖絶壁を走る観光バスから恐る恐る１００メートルもの窓下を眺めていると、直径50メートルもの大きな輪となって海面に噴き上げている湧水が見えた。岩山の中を流れる川は海面よりも深くもぐりこみ、海岸の沖合で溢れ出すと、海水よりも軽い真水は美しい輪を描くのだ。

富士山の伏流水が湧き出す三島の柿田川のような澄み切った水が、あの美しく青きアドリア海をつくっていることが分かった。しかしその真水には、泥水が運ぶ様々な養分は全く含まれていないし、海水を濁らせることも無い。ヨットや立派なマリーナは沢山見かけたが、漁船の姿はなかった。

プランクトンも、海藻も、魚貝類も、きっと育たない海だろうと納得した。

徒然道草46

「河内源氏」の誕生と陸奥の平定

平安時代に生まれた武士は、朝廷や摂関家に操られながら、親子や一門の間でも、壮絶な殺し合いを繰り返し、勢力を蓄えていった。その中でも、大きく飛躍したのが源氏である。清和源氏の4代目に当たる源頼信（968年－1048年）は、摂津国に源氏武士団を形成した源満仲の3男に生まれ、武士として藤原道長に仕えた。摂関家は地方官の任命に大きな発言権を握っており、自らの荘園を管理したり拡大したりするためもあって、武士の力を利用した。

律令制の下では、農地はすべて国家のものとされ、地方官四等官である守《かみ》、介《すけ》、掾《じょう》、目《さかん》を朝廷が派遣して、戸籍整備や租庸調の徴税などを行った。大規模な開墾を推進して農地を増やすことも、朝廷にとって重要な政策であった。そこで期限付きではあるが開墾農地（墾田）の私有が認められた。しかし、期限が到来するとせっかくの墾田も収公されてしまうため開墾は下火となった。そうした事態を打開するために、新たな推進策として743年に墾田永年私財法を発布した。こうして生まれる農地を、国司の介入から防ぐために、土着の豪農たちは摂関家や東大寺といった権力者に墾田を寄進し、保護を受けようとした。それが寄進系荘園の始まりだ。

律令制の国司の任期は4年であった。源頼信は、44歳で常陸介になり、その後は国司に位が上がって、石見守、鎮守府将軍、伊勢守、甲斐守、美濃守などに任じられた。そして河内国古市郡壷井（現在の大阪府羽曳野市壷井）に館を建て、80歳で亡くなる。この河内を本拠地とした源氏一門は、頼信を始祖とする「河内源氏」と呼ばれるようになった。

頼信の嫡男である源頼義（988年―1075年）は、父と同じように摂関家に仕えたが、立身出世は必ずしも順調ではなかった。かつて父の源頼信の家人であった平忠常が関東において反乱を起こすと、鎮圧に手を焼いた朝廷は1030年に源頼信・頼義親子に平忠常の討伐を命じた。頼義はこの反乱平定に際して抜群の働きをした。そのため、平忠常の乱の鎮圧に失敗して将軍を更迭されていた平直方は、その武勇に惚れ込み、自らの娘を嫁がせ、さらに鎌倉の大蔵にあった邸宅や所領、桓武平氏嫡流伝来の郎党をも源頼義へ譲り渡した。源頼義はこの平直方の娘との間に八幡太郎義家、賀茂次郎義綱、新羅三郎義光の3人の子に恵まれ、鎌倉の大蔵亭は長く河内源氏の東国支配の拠点となり、郎党である坂東武者たちは、後の奥州での「前九年の役」で大きな力となった。源頼義は、48歳にしてやっと相模守に任官したが、任期が終わってからも土着して関東における源氏勢力の育成や農地開墾に専念していた(?)ためか、朝廷の官職に就くことはなかったとみられる。しかし、時代の流れが源頼義の運命を変えた。1051年に63歳にして陸奥守に任官し、1053年には鎮守府将軍を兼任した。

そのころの奥州にはまだ朝廷の支配が完全に浸透していなかった。有力豪族である安倍氏は、陸奥国の奥六郡（岩手県北上川流域）に柵（城砦）を築き、半独立的な勢力を形成していた。そこで、陸奥守の藤原登任が数千の兵を出して安倍氏を討伐しようとしたが、逆に戦闘に敗れた。そのために藤原登任は更迭されてしまい、その後任の陸奥守として源頼義に白羽の矢が立った。大命を帯びて源頼義は、嫡男の八幡太郎義家（頼朝の曾々祖父）や坂東武者たちを伴って、陸奥の国に着任した。翌年に、朝廷は後冷泉天皇祖母（藤原道長息女中宮藤原彰子）の病気快癒祈願の為に大赦を行った。その時、安倍氏も朝廷に逆らった罪を赦されることとなり、安倍頼良は陸奥に赴いた源頼義を饗応し、頼義と同音であることを憚って、自ら名を頼時と改めて、恭順の意を示した。

そのため、源頼義の陸奥守として4年間の任期は平穏に終わり、安倍頼時から惜別の饗応を受けた。鎮守府は最初は国府のある宮城県の多賀城に置かれたが、9世紀には岩手県奥州市水沢の胆沢城に移転した。この鎮守府から国府へ帰還する途中、野営していた陣が荒らされる騒ぎが起こった。これは安倍頼時の嫡男の貞任の仕業であるとの進言があり、これを信じた源頼義は安倍頼時に安倍貞任を引き渡すように求めた。安倍頼時がこれを拒否して、挙兵した。これに対して源頼義は軍勢を安倍軍の拠点である衣川の関へと差し向け、さらに安倍頼時追討の宣旨が朝廷から下された。

しかし、立ち上がりから源頼義は苦境に陥った。源頼義は配下の平永衡（妻が安倍頼時の娘）には「二心あり」との進言を信じて、彼を誅殺してしまった。これを見て、同じように安倍頼時の娘と結婚していた藤原経清は疑心暗鬼に陥り、私兵を率いて安倍陣営に走った。源頼義は立て続けに有力な幕僚を失い、兵力でも劣る事態を招いた。こうして始まった「前九年の役」は泥沼化した。

戦役の勃発に驚いた後任の陸奥守である藤原良綱は、任国地へ赴くのを恐れ逃亡してしまった。そこで朝廷は源頼義を重任して、引き続き陸奥守を命じた。

一進一退の戦況を打開するために、源頼義は調略により、安倍頼時の従兄弟といわれる津軽の俘囚長の安倍富忠を味方に引き入れた。一族からの離反者に慌てた頼時は、安倍富忠を説得しに自ら津軽へ向かったが、伏兵に襲われて重傷を負い撤退した。その傷がもとで、安倍頼時は自陣で亡くなった。しかし安倍軍は、息子の安倍貞任の下で徹底抗戦を止めなかった。そのため源頼義は、都に送った安倍頼時戦死の報告書の中で、「官軍の増援と兵糧を頂戴したい」

と願い出たが、朝廷からは支援物資は届かず、論功の音沙汰も無かった。

源頼義はやむなく、兵1800ほどを率いて安倍貞任を討つべく進軍したが、対する安倍軍の精兵は4000人、甚大な損害を受けて大敗、九死に一生を得て鎮守府へ逃げ帰った。その後数年間は、満足な軍事行動を起こすことができず、ひたすら兵力の回復を待つ日々を余儀なくされた。

1062年に源頼義は再び陸奥守任期満了の年を迎えた。朝廷は新しい陸奥守として高階経重を任地へ下向させたが、陸奥国内の郡司や官人達は経重の指示に従わず前国守である源頼義の指図に従った。そのため、陸奥守としての任務が困難と判断した高階経重は虚しく帰京した。これを受けて朝廷は三度頼義を陸奥守に任命し、併せて奥州鎮圧を源頼義に賭ける事となった。

そこで源頼義は出羽に勢力を張る清原氏の兵力に目をつけ、朝廷の命を盾に参戦を強く要請した。安倍氏とは姻戚関係にある清原氏の総領である清原光頼が参戦を渋ったため、源頼義は万策尽きて、清原光頼に「臣下の礼の形」を取ってまでも参戦を依頼する。ここに至って清原光頼は参戦を決意し、弟の清原武則を総領代理として1万の兵を率いさせて源頼義の元へ出仕させた。

1063年2月16日、頼義は貞任、経清、重任の首を掲げて都へ凱旋した。都大路は老将軍と官軍の勇姿を一目見ようと物見の民衆で溢れたという。2月25日、除目が行われ、源頼義は朝廷より正四位下伊予守に任じられ、源頼義の意に反して陸奥守からは外された。しかし、伊予国は最も収入の良い「熟国（温国）」として知られ、奥州鎮圧に12年もの歳月をかけた源頼義は、高く評価されたともいえる。伊予守の任期を終えた後は出家し信海入道と号して、88歳で生涯を終えた。墓所は大阪府羽曳野市の河内源氏の菩提寺だった通法寺跡にある。

徒然道草47

安芸武田氏はなぜ戦国大名になれなかったか

律令制で定められた地方官の最上位の国司は、任期4年で交代する。それに対して、鎌倉武家政権によって始まった守護職は、任期があったかどうかよくわからない。親から子や孫へと何代も続いた場合もあれば、何カ国もの守護を兼務したものもいる。しかし、室町時代になるとしばしば代わったようである。

源頼朝から甲斐の守護に任じられた武田氏5代目の信光は、1221年に承久の乱の功績により安芸守を任じられて2カ国の守護となったが、拠点の甲斐を離れることなく、安芸の国には守護所を建てて守護代を派遣した。安芸国守護となった武田氏は佐東、安南郡方面において中小武士や在国官人を家臣化し、荘園や国衙領《こくがりょう》（＝国司の力が及ぶ領地）を押領して支配の基礎固めに乗り出した。そして、鎌倉幕府の元寇防備命令により、武田氏7代目の信時の時代に安芸の国に下向し、佐東銀山城《さとうかなやまじょう》（＝その昔に銀が採れた？）を、安芸国佐東郡（現在の広島市安佐南区）にある標高４１０メートルの山の上（現在は武田山と呼ばれる、広島城の北４キロ太田川の西）に築いた。だが一時この城は落城（１２９９年）してしまい、鎌倉時代末期に9代目当主の武田信宗によって、自然の要害を利用して周辺の尾根に50以上の曲輪を持つ巨大な連郭式山城として整備された。岩を利用した御門跡などの遺構が現存するものの、後世の山城に見られるほどの築城が行われた形跡は少なく、自然の要害を利用しただけの城であった。

　鎌倉時代末期には、甲斐武田氏は拠点の甲斐守護職を失い、安芸の国が実質的な甲斐武田惣領家の拠点となった。その後、南北朝時代に足利尊氏に従った10代目の武田信武が、甲斐守護に返り咲き、甲斐国守護職は嫡男の信成、安芸国守護職は次男の氏信がそれぞれ継承し、甲斐と安芸の両武田氏に分立した。しかし、両武田家は足利政権では相次いで甲斐と安芸の守護職を失い、分国守護職に格下げされてしまう。

　安芸の国は律令の国・郡・里（郷）制により、8郡からなる。沼田郡（7郷）、賀茂郡（9郷）、安芸郡（11郷）、佐伯郡（12郷）、山県郡（8郷）、高宮郡（6郷）、高田郡（7郷）、豊田郡（6郷）である。安芸守護は、この8郡すべてを管轄する。しかし安芸武田氏に代わって、足利政権に近い名門の今川氏、細川氏、山名氏が次々と安芸の国の守護職に就き、１４３０年ころの武田氏14代目の信繁は佐東、山県、安南の三郡守護職の地位でしかなかった（郡はしばしば統廃合され、名称も変わった)。

1440年に武田氏15代目の信栄は、足利6代将軍の義教から一色義貫討伐を命じられ、これを討った。このときの恩賞として一色氏の遺領のうち若狭守護職と尾張国智多郡を与えられた。安芸の国の分国守護に甘んじていた武田氏は、京の都に近い若狭の一国守護職を得たのである。信栄のあとは弟の信賢が継ぎ、着々と若狭の領国支配体制を確立していった。

一方、安芸の国では西の隣国の大内氏との対立が深まり、1457年には大内軍が銀山城に攻め寄せてきた。武田氏は足利幕府の命を受けた毛利、吉川氏の支援を得て、どうにか落城を免れることができた。この時は信賢の父信繁が分国守護代として銀山城を守っていたが、その死後は信賢の弟元綱がその地位を継承した。安芸武田氏の子孫が若狭守護職と安芸分国守護職の2カ国を受け継いでいたが、元綱の跡を継いで銀山城の主となった武田元繁は、そのころ絶頂期にあった大内義興に従って、上洛軍に加わった(1508年)。大内義興は前将軍・足利義尹を10代将軍として復職させ、管領代として幕政を担うようになると、武田惣領家は再び大内氏と対立し、本拠を若狭国に置くようになり、若狭と安芸の武田氏は完全に分立した。

安芸の国で起こった厳島神社の神主後継と神領支配を巡る内紛が1515年に発生した。それを鎮圧するために大内義興は、武田元繁を京都から安芸の国に帰還させた。すると安芸に戻った武田元繁は、義興から与えられた妻を離縁し、反大内の態度を示すようになった。これに怒った大内義興は、毛利興元、吉川元経に命じて、武田元繁を攻撃させた。武田元繁は山陰の尼子氏と結び、大内氏側の毛利・吉川勢との攻防戦に突入したが、1517年の戦いで、武田方の勇将熊谷元直を失い、元繁も流れ矢にあたって落馬したところを討たれてあえなく戦死した。この戦いは毛利元就の初陣であった。安芸武田氏は元繁を失うとその勢力は急激に衰退していくことになった。

元繁のあとは武田光和が継ぎ、大内氏と対峙した。1524年に大内義興は3万余りの兵を率いて、光和の拠る銀山城に押し寄せた。武田氏の危機を知った尼子経久は銀山城を救援するため、ただちに安芸に急行した。この尼子軍のなかには、大内側から寝返った毛利元就も従軍していた。尼子軍の出撃によって、大内氏は銀山城を落とすことができず、兵を引き揚げた。

武田光和は、武将として秀でたところもあったが、落ち目の武田氏を復活するまでには至らなかった。光和は熊谷信直の妹を妻に迎えていたが、女は2年後に実家に逃げ帰り再婚してしまった。これが原因で熊谷氏は武田氏から離反して毛利氏に走り、武田氏の衰退を一層早めた。武田光和は熊谷氏の本城を攻めたが、熊谷氏の守備は堅く、ついに兵を引き揚げた。その後、ふたたび熊谷氏を攻めようとした矢先に33歳の若さで病死してしまった(1535年)。

武田光和には子供がいなかった。そこで若狭武田氏から信実を迎えた。しかし、養子のため家中の統率が取れず、元繁・光和の弔い合戦を巡って重臣たちの会議は紛糾した。安芸武田氏は内乱状態に陥り、家臣の中から銀山城を逃れ去るものが続出し、当主の武田信実も銀山城を捨てて若狭に戻った。

1540年に、尼子晴久が、また大内側へと寝返った毛利元就を討つため安芸に出陣すると聞いた武田信実は、尼子晴久に銀山城再興を願いでた。尼子晴久もこれを承諾し、牛尾遠江守に兵2000を与え、武田信実とともに銀山城に帰城させた。安芸に進軍した尼子晴久は毛利元就の拠点の郡山城を攻め立てたが、攻略できないばかりか翌年には大内氏の救援軍の出現と毛利方の反撃によって敗れ、尼子軍は出雲に退却していった。

ついに銀山城は孤立し、武田信実はふたたび城を捨てて出雲に逃れ、多くの城兵も逃れ去った。しかし、銀山城にはなお300余りの兵が立て籠もり、城を枕に討死を決していた。ところが、重臣香川氏らは毛利氏と和睦を進め、ついに銀山城は開城となった。ここに至って、承久の乱以来320年、安芸に勢力を維持してきた武田氏は、1541年6月、全くの終焉を迎えた。

徒然道草48

最強の戦国大名「甲斐武田氏」の滅亡

武田氏は、平安時代末から戦国時代の武家で、「河内源氏」の流れを汲む。関東に拠点を移して、武田氏の始祖となったのは源頼義（前九年の役で一躍名をあげた）の3男である源義光（新羅三郎義光）である。源義光は常陸介、甲斐守を経て、刑部少輔、従五位上に至った。常陸国の有力豪族の常陸平氏（吉田一族）から妻を得て、その勢力を自らの勢力としていった。1106年の兄の義家の没後、河内源氏の棟梁の座を狙って、陰謀を巡らすが、その野望は露見して果たせず、源義光は自身の勢力の強い常陸国に逃亡せざるを得なくなった。

源義光は、その子義業を佐竹郷に、義清を武田郷に配して勢力の扶植を図った。しかし、源義清は吉田一族など常陸在地勢力の反発をうけ、その子清光は濫行を朝廷に告発された。その結果、ついに義清・清光父子は甲斐国に配流された。武田氏を名乗り始めたのは、①2代目に当たる源義清が常陸国那珂郡武田郷（現・茨城県ひたちなか市武田）を本貫として、武田姓を名乗り始めたのが最初で、その後②4代目となる信義が元服の際に武田八幡宮において祖父源義清の武田姓に復した――ことによる。従って、始祖は源義光だが、武田氏の初代は武田信義とされる。

1180年の富士川の戦いを機に、武田信義は甲斐源氏一族を率いて、河内源氏の宗家の源頼朝に協力し、武家政権が成立すると、駿河守護を任ぜられた。しかしその後、その勢力を警戒した頼朝から粛清を受けて信義は失脚し、弟や息子達の多くが死に追いやられた。信義の5男の武田信光だけは源頼朝から知遇を得て甲斐守護に任ぜられ、5代目の武田氏嫡流となる。さらに信光は1221年の承久の乱（3代将軍源実朝の暗殺後に起こった朝廷と北条氏の戦争）でも戦功を上げ、安芸守護にも任ぜられ（甲斐守護と兼務）、安芸武田氏の祖となる。

鎌倉時代の後期には、武田氏は甲斐守護職を失うこともあったが、南北朝時代には安芸守護であった武田氏10代目の信武が、足利尊氏に属して各地で戦功をあげ、南朝方の武田政義を排して甲斐国守護となった。信武の子の代になって武田氏は、甲斐武田家・安芸武田家・京都武田家の三家に分かれた。

信武の子と孫の信成・信春も甲斐守護を継承したと見られている。室町時代の１４１６年に鎌倉府で関東管領の上杉氏憲（禅秀）が鎌倉公方の足利持氏に反旗を翻し、上杉禅秀の乱が発生した。武田信春の子である武田信満は甲斐守護を継承していたが、舅である禅秀に味方した。そして幕府の介入で禅秀は滅亡すると、信満は鎌倉府から討伐を受けて自害する。これにより甲斐は守護不在状態となった。第６代将軍の足利義教の頃には鎌倉府が衰亡し、信満の子の武田信重が幕府の支援を受け甲斐へ派遣されると、再興のきっかけをつかんだ。

甲斐武田家は、18代目の信虎の頃には甲斐領内をほぼ統一して、守護大名として支配権を確立した。１５４１年に、父親の信虎を追放して19歳で武田家の当主となった信玄は、大名権力により治水や金山開発など領国整備を行うとともに、隣国の今川氏、北条氏と同盟を結んで後顧の憂いを無くして信濃を攻め、北信濃地域の領有を巡って越後の上杉謙信と戦った。さらに、今川氏が衰退すると同盟を破棄して駿河国へ侵攻し、東海地方に進出した。強大な戦国大名となった信玄は、１５７２年に将軍足利義昭の要請に応じて京都上洛を開始したが、果たせぬまま53歳で病死、武田軍は甲斐国に撤退した。信玄の後を継いだ武田勝頼は美濃に進出して領土をさらに拡大し、最盛期には甲斐・信濃・駿河及び上野・遠江・三河・美濃・飛騨・越中の一部の計9カ国に及ぶ120万石を手中に収めた。しかし1575年に長篠の戦いで織田・徳川連合軍に敗北し、信玄時代からの重臣の多くを失った。勝頼は上杉、北条との同盟強化を図りつつ、領域内に設けた多くの城の争奪のために、休む間もなく出兵を繰り返すが、衰退を食い止めることができなかった。1582年に織田信長が攻め込むと、武田一族の重鎮までもが離反し、勝頼37歳にして、450年続いた名門武家の武田氏は滅亡した。

徒然道草49

人々はなぜ古代より「黄金」を崇めるのか

地球になぜ黄金が存在するのであろうか？

マルコポーロがヨーロッパに伝えた「黄金の国ジパング」は、実はその昔には「金」を全く産出しない国であった。

地球にはなぜ、様々な岩石や金属が存在するのであろうか。宇宙はそもそも、水素とヘリウムという2種類の元素しかなかった。この2元素から原始惑星が生まれる過程で、核融合が起こり、あるいは小惑星同士の衝突で生じたエネルギーによって、新しい元素や、金属や、岩石が生まれたと考えられている。

小惑星同士の衝突と合体で地球が生まれるときに、衝突エネルギーによって「金」が生まれたのか、そもそも小惑星に「金」という元素が存在したのか？

いずれにしろこの地球には「金」が存在するが、その量は鉄や銅に比べようもなく少ない。マグマの熱水活動によって微量の「金」は濃縮され、花崗岩の中に鉱脈をつくったが、岩石1トンの中に1グラムほどしか含まれない。にもかかわらず、地殻変動や岩石の風化などによって、砂金などほぼ純金の塊として見つかるため、「金」という金属を人類は、古くから採取することができた。

類人猿から進化した人類は、農耕文明を始める前から「太陽は恵みを与えてくれる源」であると気付いた。太陽の傾きが低い時期になると日没が早くなり、天高く上り金色の輝きが増すと、一斉に花が咲き、実りの季節がやって来る。原始宗教は「太陽を神として祈る」ことから始まったに違いない。狩猟であれ、農耕であれ、戦であれ、豊穣や勝利を神に祈る儀式を司るものは、自らもまた「太陽の輝き」を身に纏うことで「神の化身」を演じる。「黄金」ほどふさわしい宝物はない。古代の王の古墳から出土する黄金のマスクや王冠、黄金の首飾りや腕輪などの「金」製品は、黄金をいかに崇めていたかという証である。

仏教もまた、最初は偶像否定から始まったが、仏像がつくられるようになると、その仏像は世界を光明で照らすために「金色」に塗られた。仏教を取り入れた日本では、奈良の都に、国分寺の総本山として東大寺を築き、大仏を建立した。律令国家の一大事業である。銅で鋳造されたその大仏は「金色」の輝きを放つものにしなければならない。しかし当時の日本は「金」は採れなかった。中国から買ってくるしかないはずだった。ところが、日本にも「金」があった。陸奥の国から黄金900両（砂金約13キロ）が献上された。

この日本初の黄金発見を慶んだ聖武天皇は、年号を「天平」から「天平感宝」、さらに3カ月後には「天平勝宝」と変えた。こうして天平勝宝4年（752年）に大仏開眼供養が盛大に催された。

大仏造立に使われた「金」の総量は約146キロだった。献上された日本産の「金」はその10分の1にも満たなかった。しかし、日本にも「金」があることが分かったため、朝廷は「金」をもっと増やそうとした。そこで、砂金の発見された陸奥の国多賀郡（現在の宮城県北部）より北に住む民に対して、新たな税金制度を設けた。「4人で年間1両（約14グラム）を朝廷に納めること」を義務付けたのである。これを単純計算すれば、100人が住む村があると、1年間に350グラムの砂金を集めて、税金として納めなければならない。

農耕をまだ知らなかった陸奥の国の人々は砂金を求めて川を遡り、平安時代に入ると岩手県南部へとゴールドラッシュは移っていった（陸奥の国の話はJR新幹線内の雑誌『トランヴェール』から引用)。

桓武天皇が坂上田村麻呂を征夷大将軍として陸奥の国に派遣したのは、この「金納税義務」をさらに東北北部へと広げるのが狙いだったのかもしれない。

徒然道草50

江戸時代の消滅①(鎖国政策の転換)

戸塚らばお氏は古くからの友人である。三次市に暮らし、「晴れれば田畑を耕し」「降れば歴史小説づくり」に励んでいる。その彼から、広島県人学生寮の修道館に暮らしたころを何か思い出してほしいと頼まれたが、後期高齢老人は50年以上も前のことは、すっかり記憶から消え去っている。

そもそも「芸備協会とは何であったか」を教わったことも、深く考えたことも無かった。申し訳ないので、ウェブで少し勉強をしてみた。忘れる前に「修道館の語り部」を演じてみる。

◇　◇

『芸備協会とは浅野藩の家業である』と私は思う。

今から400年前に広島藩は福島正則から浅野長晟《ながあきら》に領主が替わった。関ケ原の戦いで軍功を挙げた福島正則は、毛利藩の領地のうち安芸の国と備後の国を合わせて49万8000石の領地を与えられた。その後、2代将軍徳川秀忠の怒りを買い改易となった。その後に紀伊の国から移封となった浅野長晟は備後の国の半分を削られ42万6000石を与えられた。従って浅野藩は正確には芸備藩であるが、お城のあった場所から、もっぱら芸州あるいは広島藩と呼ばれる。

この初代藩主の浅野長晟は学問好きで、儒学者の藤原惺窩と交流を深め、広島藩の学問の基礎をつくった。その後、300年前の1725年（享保10年）に浅野藩中興の名君とされる5代目藩主の浅野吉長によって初めて藩校である講学所がつくられた。武士の領国支配が武断政治から文治政治へと変わる時代の先駆けで、「道を修めた有能な人材」の育成を目指した。

1734年に講学所は講学館に名称を変更したが、1743年に経費節減のために休業となった。

1782年に7代目藩主の浅野重晟が城内三の丸に学問所を興し、藩士のみならず陪臣や庶民までも学ばせた。この藩校は90年続き、12代藩主の浅野長勲が1870年（明治3年）に城内八丁馬場に移し「修道館」として開設された。

「天の命ずる　これを性といい　性に率う　これを道という」に続く「道を修むる　これを教

えという」のことばから名づけられた。しかし翌１８７１年、明治政府は廃藩置県を断行した。全国の藩が完全に無くなり、藩校も廃止された。

◇　◇

阿部正弘は１８３６年（天保7年）12月25日、病弱な兄の隠居により17歳で福山藩10万石の家督を継いだ。翌年、殿様として初めてお国入りするが、江戸屋敷生まれの江戸暮らしの生涯を送り、福山帰藩はこの一度だけであった。１８３８年9月1日に12代将軍徳川家慶の奏者番に任じられた。これは有望な若い譜代大名が最初に就く幕府の役職である。その後は幕府の要職を駆け上り、１８４３年9月に老中に、１８４５年2月22日には26歳で老中首座になった。老中や幕閣は参勤交代を免除された（大老は臨時に置かれた幕府最高職で、大老が決定したことは将軍でさえも覆すことができない重職。大老になれるのは、譜代大名の中でも土井・酒井・堀田・井伊の四家に限られていた）。

アヘン戦争（１８４０年4月19日～１８４２年8月29日）で清国はイギリスに敗れ、香港を植民地として奪われた。虎視眈々と領土拡大を狙うロシアは、オスマントルコの衰退に乗じて、黒海方面への南下を進め、クリミア戦争（１８５３年10月16日～１８５６年3月30日）で不凍港獲得の侵略を仕掛けた。これに反発するイギリスとフランスはトルコと軍事同盟を結び、大消耗戦の果てに何とかロシアを食い止めた。以後ロシアは東アジアに狙いを転じ、シベリアから南下を強めた。

アメリカは、メキシコとの戦争に勝ち、1848年にカリフォルニアを手に入れた。太平洋国家になる宿願を果たすと、クリミア戦争で手薄になったアジアに、捕鯨船や軍艦をたびたび出没させて、交易路の獲得を狙った。しかし、国内で南北戦争(1861年4月12日〜1865年5月9日)が発生し、一時その海外進出の勢いは削がれた。

徳川幕府は1825年に「異国船打ち払い令」を定め、欧州やロシアの開国要求を撥ね付けていた。

阿部正弘は老中首座に就くと直ちに1845年に海岸防禦御用掛(海防掛)を設けて川路聖謨《としあきら》(=長崎でロシア使節プチャーチンとの条約交渉の全権代表)や若い勝海舟ら有能な人材を登用し外交・国防問題に当たらせるとともに、海外からの脅威に対抗するために、外様大名を含む諸大名や市井からも意見を募った。水戸藩の徳川斉昭に海防参与として幕政に関与することも要請した。

1853年7月3日に黒船4隻で浦賀にやって来たペリーは米大統領親書を持参して開国(長崎以外の開港と交易開始)を迫った。幕府は将軍家慶の病気を理由に1年間の引き延ばしを認めさせたが、12代将軍家慶は7月27日に病死した(60歳)。この幕府の混乱に乗じペリー艦隊は約束よりも半年早く日本に再び現れた。1854年3月31日に、阿部正弘は砲艦外交に屈し、日米和親条約を結んだ。

◇　◇

約200年間続いた鎖国政策の転換は恐怖と混乱を招いた。江戸では「太平の　眠りを覚ます　上喜撰　たった四杯で　夜も眠れず」という狂歌がはやった（実際は明治時代の作？）。上喜撰とは宇治の高級茶のことであり、アメリカ軍艦4隻との掛詞である。ことに朝廷は孝明天皇が頑なな外国嫌いであり、「私の代よりかような儀に相成り候ては、後々までの恥の恥に候わんや」と、鎖国の堅持と異国の追い払いを求めた。阿部正弘は、1855年に強硬な攘夷派である徳川斉昭の圧力により開国派の老中2人を罷免したが、すると開国派の井伊直弼（幕政顧問の立場にある親藩・譜代の中でも特に格式の高い大名の詰める江戸城溜間の代表）らの怒りを買い、両派の宥和を図ることを余儀なくされた。開国派の堀田正睦（佐倉11万石藩主）を老中に再任して首座を譲り、阿部正弘は次座に退いた。堀田再任に徳川斉昭は反対したが、島津斉彬は静観した。阿部正弘は実権を握り続けたが、外交や内政の激務に体調を崩し1857年8月6日に老中のまま病死した。39歳であった。

＊この時、徳川斉昭57歳・島津斉彬48歳・井伊直弼41歳・島津久光39歳・伊達宗城38歳・毛利敬親38歳・山内容堂29歳・松平春嶽28歳・孝明天皇26歳・徳川慶喜19歳・浅野長勲14歳・西郷隆盛29歳

アメリカは初代日本総領事にハリスを送り込んできた。強硬に日米修好通商条約（関税など交易条件を定めるもの）締結を迫られた堀田正睦は、1858年春に上洛した。老中自らが朝廷の説得にあたれば了解を得られるものと甘く考えていたが、朝廷内も開国か鎖国かを巡って意見対立が激しく、孝明天皇から勅許を得ることはできなかった。

阿部正弘の急死から8カ月後の1858年4月21日に、13代将軍の家定は譜代大名筆頭の彦根藩主（23万石）の井伊直弼を大老に就任させた。それまで国事は幕府が執り行うもので、外交問題といえども朝廷の了解や介入はあり得なかった。そこで井伊直弼は7月29日に日米修好通商条約に無勅許で調印し、堀田正睦を老中から解任した。しかし阿部正弘派は天皇を無視するこの行為に抗議するため江戸城に押しかけた。これに怒った井伊直弼は、徳川斉昭、親藩筆頭（32万石）の越前藩主の松平春嶽や島津斉彬、土佐藩の山内容堂、宇和島藩の伊達宗城、一橋慶喜らに隠居、謹慎、江戸城登城禁止を命じた。また、安政の大獄を発動し、公家や尊皇攘夷派の志士ら100人以上を逮捕し、吉田松陰、橋本左内ら10人余りを死罪、獄死に追い込んだ。海防掛は廃止して外国奉行を設け、将軍後継問題では一橋慶喜を退け、紀伊藩主徳川家茂を将軍にすると決めた。将軍在位わずか5年で病弱の家定が死去（34歳）すると、家茂は12歳で1858年10月25日に14代将軍になった。

尊皇思想の水戸学を率いた藤田東湖は、その3年前の1855年10月2日に起きた安政の大地震により江戸で死去した。49歳であった。遺志を継いだ水戸藩士は脱藩して浪士となり、

1860年（安政7年）3月24日の朝、江戸城に駕籠で登城中の大老の行列を桜田門外で襲った。井伊直弼は44歳で暗殺された。幕府の権威が大きく揺らぎ始めるきっかけとなった。徳川斉昭は半年後の1860年9月29日、江戸ではなくて蟄居のまま60歳で死去した。

徒然道草51

江戸時代の消滅②（阿部正弘派の五人）

阿部正弘はなぜ「葵の御紋」という幕府の権威を揺るがせ、御簾の陰に埋もれていた「菊の御紋」に接近したのであろうか。徳川幕府の鎖国政策によってキリスト教の領土侵略から日本は守られてきたが、欧米列強の植民地支配の影が東アジアにも及び始めていることは、幕府や有力大名は感づいていた。しかし日本は戦国の時代は遥かに遠い昔のことであり、この国難にどう対処すればいいか、幕府には知恵も軍の備えも無かった。開国による欧米との交易に舵を切るか、異国船打ち払い令により鎖国を守り続けるか、阿部正弘はその選択に困り果てていた。これまで通り老中を頂点とする幕閣だけが国事を独占することに限界を感じ、開明的な大名が幕政に関与する道を開いた。

老中は、江戸幕府に常設された最高職で2万5000石以上の譜代大名から任用され、複数名が月番制で政務を執った。1855年当時は、阿部正弘、牧野忠雄、松平乗全、松平忠固、久世弘周、内藤信親の6人である。大目付・町奉行・遠国奉行・駿府城代などを指揮監督し、朝廷・公家・大名・寺社に関する事柄を統轄した。現在の内閣のように担当業務ごとの大臣ではなく、月番制で全業務を交代で担当し、江戸城本丸御殿の御用部屋を執務室とした。重大な事柄については月番でなくても登城して合議した。また、重要なことを協議するときは盗聴（床下や天井裏、外からの盗み聞き）を恐れ、文書として証拠が残らないように囲炉裏の灰の上に火箸で筆談をした。朝10時ころから午後2時ころまで、月に10回ほど登城出勤した。月番でない時や登城前の時間には、それぞれの藩邸で諸藩の御大名、旗本や江戸の商人、町民から陳情や相談事を受け付けた。老中の役料は無かった（つまり無給であった）から、付け届けを受け取ることは許されていた。田沼意次時代に賄賂がはびこったが、そのことが禁じられていたわけではなく、付け届けはむしろ中小大名に過ぎない老中の諸経費を賄うための当然の行為であった。

江戸城に登城するには厳しい決まりがあり、御三家の藩主といえども決して、いつでも勝手にということは許されなかった。井伊直弼が徳川斉昭や松平春嶽らを処分した直接の理由は、天皇の勅許を得ずして条約調印を行ったことに抗議するためと称して、「登城予定日でもないのに勝手に江戸城に押しかけた」ことを罰するものであった。

◇　◇

阿部正弘派を形成した筆頭は徳川斉昭である。水戸藩は徳川御三家の中で唯一参勤交代を行わず藩主は江戸常府で幕府の護衛を任務とした（そのために副将軍と呼ばれた）。１８２９年に家督を継ぎ9代目水戸藩主となった徳川斉昭は、２代目藩主の光圀が始めた『大日本史』の編集事業から生まれた尊皇思想に凝り固まった徳川一門では異色の大名であった。水戸家（35万石）は、尾張家（61万石）や紀伊家（55万石）よりは格下とみられ、後継将軍は輩出できないと思われていた。慶喜の母の登美宮は親王の娘であり１１２代霊元天皇の孫の子（曾孫）に当たる。斉昭は7男の慶喜を「江戸の華美な風俗に馴染まぬように」生まれてすぐ国元の水戸に移し、そこで9年間育てた。英邁な息子を養子に出さず手元に置こうと考えていたが、12代将軍家慶の意向で１８４7年9月1日に慶喜は御三卿の一橋家を9歳で相続することになった。家慶は男子14人をもうけたが、無事に育ったのは病弱な4男家定だけであった。万一に備えて、家慶は一橋家の当主に慶喜を据えたわけであるが、老中首座の阿部正弘は「たとえ病弱とはいえ将軍の長子が後継者になるべき」とし、黒船来航の19日後の１８５３年7月27日に家慶が病死すると、同年11月23日に徳川家定が13代将軍となった。

御三家は徳川宗家の後継難に備えて創設された10万石の藩で、領地を持たず参勤交代をせず、屋敷や藩士もすべて幕府から与えられた。家定は島津斉彬の養女篤姫を正室に迎えるが、将軍在位わずか5年に満たず1858年8月14日に病死する。後継者争いは大老井伊直弼の裁断で、紀州藩主の徳川家茂（11代将軍の家斉の孫）が1858年10月25日に14代将軍に就任する。水戸藩主斉昭の慶喜を将軍にする夢は、またも散ってしまった。

◇　◇

外様大名でありながら、阿部正弘派の中枢を担ったのは薩摩藩主の島津斉彬である。正室は一橋家3代目当主の徳川斉敦の娘の恒姫であり、将軍徳川家斉の孫娘に当たる。

薩摩藩（72万石）は500万両の借金を抱え破綻状態であったが、1809年6月に10代目藩主に就いた島津斉興は、藩主の茶坊主であった調所《ずしょ》広郷を抜擢して財政立て直しに成功した。幕末の1両は現在の貨幣価値で4万円から6万円であったから、薩摩の借金は2000億円から3000億円である。調所は、商人を脅して借金を無利子で250年の分割払いにし、琉球や清国との密貿易、奄美の農民に砂糖を増産させて搾り取る、贋金づくりといった荒療治のために猛烈に働いた。

島津斉興は、西洋かぶれで放漫財政の恐れのある島津斉彬に藩主の座を譲ろうとせず、藩内世論は異母弟の島津久光擁立派と二分された。江戸藩邸でいわゆる人質として育った島津斉彬は、元服も済ませ、大藩の次期藩主として将軍にもお目通りを許され、阿部正弘や徳川斉昭とも国事を巡って意見交換するなど、その英明ぶりが注目されていた。しかし父親の島津斉興は、知力では到底、兄に及ばないと知りつつも、鹿児島で生まれ育った弟の島津久光を可愛がった。焦った斉彬は、島津藩の密貿易を老中首座の阿部正弘に密告し、クーデターを起こした。調所広郷は、阿部正弘から直接事情聴取を受け、藩主に類が及ぶのを防ぐために罪を被って1849年1月13日に江戸で自殺した。72歳であった。薩摩藩は火山灰土壌で水田が少なく藩の収入は名目石高の半分しかなかった。しかし調所広郷のお陰で、薩摩藩の金蔵に200万両の蓄えができるほどまでに財政が回復した。島津斉興は、久光を藩主に立てようと考えて、斉彬派を粛清したが、阿部正弘が将軍に島津斉興へ隠居を命ずるよう要請した。そこで徳川家慶は斉興に茶器を下した。これは、暗に隠居を促したもので「隠居して茶などたしなむがよい」という意向である。

事ここに至ってついに、島津斉興は将軍家慶の「引退勧告」を受け入れて、1851年3月4日に藩主の座を嗣子の斉彬に譲った。42歳で島津藩の実権を握った斉彬は、鹿児島にお国入りすると、財政悪化を厭わず西洋技術を果敢に導入し、長崎警護のため軍備強化を進めていた従弟の鍋島直正から技術支援を受けて、兵力の近代化や日本初の蒸気船「雲行丸」建造を行った。江戸では、阿部正弘に重用され、幕政への関わりを深め、公武合体、武備開国を訴え、1857年1月13日には養女の篤姫を13代将軍の正室に送り込んだ。この時に江戸で手足となって働いたのが西郷隆盛である。

阿部正弘亡き後、大老井伊直弼の強権政治に反発する島津斉彬は藩兵5000人（?）を率いて抗議のため出兵する動きをみせた。しかし鹿児島で準備のために練兵を観覧中に発病、１８５８年８月24日に急死した。くしくも水戸の藤田東湖と同じ50歳であった。毒殺説もあった。

◇　◇

阿部正弘派の３番手は親藩大名の越前福井藩（32万石）の松平春嶽である。父親は田安徳川家３代目当主の徳川斉匡（11代将軍家斉の異母弟）で、１８３８年に福井藩主の松平斉善が跡継ぎの無いまま突然死去したため、斉善の兄の12代将軍徳川家慶らの計らいで養子縁組の形を整え、10月20日に越前松平家の家督を引き継いだ。わずか11歳であった。福井藩主となると、全藩士の俸禄を３年間半減とするなど藩の財政改革に努めた。正室には熊本藩主細川斉護の３女勇姫を迎えた。阿部正弘の正妻と継妻は福井藩主の娘と養女ということもあってか、松平春嶽は江戸では阿部正弘に重用され、一橋慶喜を将軍にして自らも幕閣の中心に座り慶喜を支える野心を抱いた。安政の大獄から赦免されると新設された幕府の政事総裁職に就き幕政改革を進め、慶喜が将軍後見職や15代将軍に就くと行動を共にし、大政奉還後も慶喜を庇い続けた。

そして阿部正弘派の４番手は、外様大名でありながらも、京の公家と深い姻戚関係を持つ土佐藩（20万石）の山内容堂である。土佐藩は13代目藩主の聡明で知られる豊熈（正妻は島津斉彬の妹）が嗣子の無いまま33歳で死去した。実弟の５男山内豊惇が跡を継ぐが在職わずか10日余りで急死した。11男の豊範はまだ3歳と幼少であったため擁立は見送られ、お家断絶の危機に瀕した。そこで病死した14代目藩主豊惇は隠居したと偽り、分家の豊信（後の山内容堂）が指名され、1849年1月26日に幕府から15代目藩主と認められた。21歳であった。この時の藩内のゴタゴタを取り繕い、老中首座の阿部正弘に働きかけて土佐藩を救ったのが、島津斉彬や宇和島藩主の伊達宗城である。

山内容堂の正妻は内大臣三条実万《さねつむ》の養女正姫であり、また実万の正妻は土佐10代目藩主山内豊策の娘、実万の3男は幕末の急進派公家の三条実美《さねとみ》（正一位大勲位公爵）である。

山内容堂は藩主になったものの、12代目藩主の山内豊資がまだ健在であったため、藩の実権を握ることができず、酒に溺れ、詩作の日々を送った。ところが時代の大きな変化が起こった。幕府はペリーから受けとった国書の写しを全国の諸大名に配布し、意見を求めた。山内容堂は高知城に藩の重臣を集め意見書の作成を命じた。この時に幕府に提出する意見書を起草したのが吉田東洋である。その後、山内容堂は東洋を登用して土佐藩の改革を推し進めた。

安政の大獄で山内容堂は江戸で隠居させられ、16代目藩主には1859年2月26日、かつての藩主候補であった山内豊範（正室は毛利敬親の養女俊姫）が就いた。この容堂の隠居中に国元の土佐ではクーデターが起こった。公武合体派の吉田東洋は1862年5月6日、武市瑞山の指令を受けた土佐勤王党の那須信吾・大石団蔵・安岡嘉助によって暗殺された。47歳であった。武市瑞山は門閥家老らと結び土佐藩政を掌握した。

阿部正弘派の5番手は外様大名の宇和島藩（10万石）の蘭学好き藩主伊達宗城である。高野長英や大村益次郎を招いて西洋技術の導入を図り、島津斉彬に次ぎ日本2番目の蒸気船を造らせた。20歳のころ徳川斉昭の長女賢姫と婚約したが賢姫が17歳で早世し、正室に迎えることはなかった。

◇　◇

ちょうどこのころ浅野藩では10代目藩主に慶熾《よしてる》が就いた。幼少のころから聡明で知られる浅野慶熾は藩主の後継者として江戸藩邸で育ち、阿部正弘派の島津斉彬、松平春嶽らと交流し、将来を嘱望されていた。島津斉彬は鹿児島で病に倒れた時、「幕政改革の後事を託す」という遺言を慶熾宛てに残した。しかしその意志を引き継ぐことなく慶熾は、浅野藩主になってわずか半年後の１８５８年10月16日に江戸で死去した。まだ21歳であった。

浅野藩は分家の浅野長訓が46歳で宗家の家督を継ぎ11代目藩主になった。藩の財政難を克服するため野村帯刀、辻将曹を家老（執政）として取り立て藩政改革に着手した。

長州藩は、１６００年の関ケ原の戦いで徳川家康に敗れ、１２０万石から長門周防2カ国、36万石に領土を減らされ、城も日本海側の僻地の萩に封じ込まれた。この時以来、いつかは徳川に報復するという怨念を抱き続けていた。12代目藩主の急死により、その娘都美姫（数え5歳、実際の婚儀は10年後）と結婚することになり、18歳であった毛利敬親は１８３７年４月27

日に本家の家督を継ぎ、13代目藩主となった。当時の長州藩の財政は困窮しており、村田清風を登用して藩政改革に取り組んだ。米塩蠟の「三白」を増産させ、下関に金融兼倉庫業の海越荷方を設置した。諸藩のコメや産物は商都大阪で取引され、北前船を使って運ばれた。その航路の拠点として下関は栄えていたため、藩直営の海運業は莫大な利益をもたらした。一方で長州藩は積極的な開墾や殖産興業を進め、幕末の長州藩は200万石に相当(?)するほど豊かな雄藩に飛躍することに成功した。功労者の村田清風は1855年に死去、くしくも調所広郷と同じ72歳であった。

長州藩は豊かな財力を使って軍備増強を進め、大砲を鋳造し砲台を造り、下関で攘夷を敢行するが、欧米軍の艦砲射撃に完敗した。この実戦を教訓に、新鋭銃を大量に購入し、大村益次郎の指揮の下で軍事編成に取り組み洋式練兵を猛烈に進めた。そして幕府の長州討伐軍を破った。

徒然道草52

江戸時代の消滅③（藤田東湖の水戸学）

徳川幕府の諸藩支配の要は参勤交代である。毎年、大名は江戸と領国とを往復させられ、正室と嗣子は江戸で人質とされた。諸大名は江戸と国元と、1年間ずつ交互に暮らすことを義務付けられた。江戸と国元の二重生活や参勤交代の莫大な経費を賄うために藩財政は困窮を極めた。参勤交代は、日時、経路、供の人数などを幕府に届けなければならず、厳しく規制された。勝手に京都に立ち寄り、公家や朝廷と交流することはできなかった。

武士の主従関係は、主君から領地を安堵することの見返りとして、主君の命令が有れば武具を整えて戦に駆け付けることである。騎馬武者は20人から30人の足軽を連れて出陣した。足軽の兵装は、陣笠もしくは鉢巻き、胴・籠手・脛当の装具、大小刀・槍・鉄砲・弓などの武器が貸与された。食料は米3升と味噌・梅干しを腰に巻き付けて、草鞋・竹の水筒・野外寝具の寝むしろなどは自前で用意した。

この主従関係は、将軍と大名の間でも同じであった。諸大名は幕府によって領国支配を認められていたが、幕府に対して「税金」を納める義務を負わされてはいなかった。その代わりに、命令が下ればいつでも戦場に駆け付ける軍役を課せられていた。では、戦の無い時代に、大名に忠誠を誓わせる証をどのような形で求めるか。それが参勤交代であった。大名は自国領を出るときは、常に戦いの備えを要求された。10万石の大名では、戦時の出陣の形を整えて騎馬の武士は10騎、足軽80人、中間（人足）１４０人から１５０人とされた。

加賀の前田藩の参勤交代は、お供を４０００人連れる大行列であった。お殿様が使う湯舟、調度道具、便器、布団の下に敷く暗殺防止用の鉄板、予備の駕籠まで行列と一緒に運ぶ藩もある一方で、小大名や1万石以下ながら所領を持つ旗本の参勤交代は、経費節減のために涙ぐましい努力を強いられた。毛槍や馬印や中間たちの所作は藩ごとに特徴があり、民衆にもどの藩の大名行列か判別できた（ガイドブックもあった）。宿泊先の本陣を出立する時は仰々しく行列を整えるが、宿と宿の途中は足早に急がせ1日に30キロも歩いた。お供の足軽、中間、小者などは臨時雇いの人足を充て、大名行列のおよそ3分の1が藩士ではなく「アルバイト」というのが実態であった。初期の大名行列では宿から宿へ荷物を運ぶ「宿継人足」が使われたが、国元から江戸まで荷物を運ぶ通日雇が始まり、その人員を斡旋する専門の「飛脚問屋」という業者も登場した。

この参勤交代は、諸藩の財政窮乏化を狙う幕府の重要な政策であり、諸藩もまた派手な演出を競い合った。つまり財力を蓄えて国元で密かに富国強兵を進め「徳川幕府に対して謀反の疑いあり」と睨まれることのないように必死に努めた。

＊大名は領国を離れるときは常に兵を連れるという例外が、徳川家康の堺見学であった。織田信長に招かれて三河から安土城を経て堺を訪れ、物見遊山を楽しんでいるとき、織田信長が本能寺で殺されたという知らせが届いた。家康は直ちに堺から領国に戻ろうとしたが、わずかの手勢で元来た道を引き返すと明智光秀に殺されるため、密かに伊賀の山道を突破して、浜松城に逃げ帰った。

◇　◇

ところが幕末になり、幕府も朝廷も広く諸藩や開明的な志士から意見を募らざるを得なくなり、京都への寄り道禁止の状況は大きく変わった。特に朝廷や公家は知識が乏しく、鎖国か開国か判断が全くできなかった。長州藩、芸州藩、薩摩藩、土佐藩などは幕府の京都所司代や朝廷の有力公家たちに盛んに付け届けを行い、参勤交代の途中に、京都に立ち寄る機会を狙った。「藩主の体調が優れぬため、ちょっと休憩」と称して伏見藩邸などに数日留まり、家老らを上洛させて公家と接見させた。開明派の有力大名は江戸だけでなく、京都、伏見、大阪、長崎などにも藩邸を置いた。徳川御三家や前田藩、伊達藩などは参勤交代の経路として京都近くを通ることが無かった。このため、名目が立たず、幕府の許可なく朝廷や尊皇の志士たちと接することができず、時代の潮流から大きく出遅れることとなった。

京都所司代は3万石以上の譜代大名から任命され、役料1万石が給され与力50騎、同心

100人が付属。京都の統治、朝廷や公家の監察、西日本諸大名の監視、五畿内や近江、丹波、播磨の8国の民政を総括した。所司代の役所や住居は、二条城の北側に隣接して設けられ、二条城は使用されなかった。江戸の老中になるための出世コースの役職の一つであった。

大老になった井伊直弼は、阿部派の有力大名を排除して、譜代大名による幕政を復活させた。そして、朝廷の政治関与を拒み、アメリカとの日米修好通商条約を結び、さらにイギリス、フランス、オランダ、ロシアとも条約締結を進めた。長崎、函館、下田（1859年には閉鎖）、新潟、神奈川、兵庫の開港も約束した。井伊直弼は、欧米と戦う国力の無い日本として、やむを得ない選択と考えただけで、攘夷を頑なに主張する徳川斉昭や孝明天皇とは相容れなかったが、開明的な諸大名と考えに大きな違いがあったわけではない。植民地は一国による領土奪取であり、多国間で条約を結ぶのはそうした一国支配を防ぐ狙いもあった。

阿部正弘、島津斉彬、井伊直弼、徳川斉昭が死去すると、井伊直弼の意向とは異なり、幕府だけが大政を担うのではなく、天皇こそ日本の中心であるべきだという尊皇思想が広がった。もともと中国にあった「尊王思想」を、藤田東湖が「尊皇思想」として確立したのが水戸学である。しかも水戸藩が編纂した『大日本史』は、北条氏が建てた「北朝」ではなく後醍醐天皇の「南朝」を正統とした。水戸藩沿岸にはしばしば外国船が現れ、捕鯨船の遭難などを巡っていざこざも発生していた。このため、徳川斉昭は危機感を募らせ、攘夷に傾き、水戸学は「尊皇攘夷」の思想として憂国の志士たちによって広く支持を集めていった。

外国の脅威から日本の国土を守るためには、欧米列強の侵略を撥ね返す武力が不可欠だが、憂国の志士や下級武士たちに列強と戦うだけの兵力はない。幕府や有力大名にその覚悟を求めても軍備も財力も無い。この絶望的な状況を突破する道はどこにあるか。日本とは何か、異国とは何か、その答えを国学に求め、蘭学に求め、いつしか憂国の志士たちは「天皇こそが日本を一つにまとめる権威」と考えるようになった。そして、開明派の大名も巻き込み、実践闘争に突き進んでいった。

孝明天皇は、この情勢にどう振る舞うべきか悩み続け、「あくまでも破約攘夷」を貫く道を選んだ。

◇　◇

どうすれば挙国一致してこの国難に打ち勝つことができるか。佐久間象山や吉田松陰ら先駆的な思想家の主張の中から生まれたのが、長州藩の長井雅樂の「航海遠略策」である。

——朝廷がしきりに幕府に要求している破約攘夷は世界の大勢に反し、国際道義上も軍事的にも不可能である。そもそも鎖国は島原の乱を恐れた幕府が始めた高々300年の政策に過ぎず、皇国の旧法ではない。しかも洋夷は航海術を会得しており、こちらから攻撃しても何の益も無い。むしろ積極的に航海を行って通商で国力を高め、皇威を海外に振るう事を目指すべきである。朝廷は一刻も早く鎖国攘夷を撤回して、広く航海して海外へ威信を知らしめるよう、幕府へ命じていただければ、国論は統一され政局は安定する（海内一和）ことだろう――。

長井雅樂は、毛利敬親から厚い信認を受けて1858年に藩の重役である直目付となり、1861年春この「航海遠略策」を藩主に建白した。毛利敬親はこれを藩論として採用、朝廷、幕府に対し周旋に当たるよう長井に命じた。同年5月12日に上京した長井は、議奏の権大納言正親町三条実愛に面会し、航海遠略策を建言。これに賛同した正親町三条は長井に書面での提出を求めた。建白書に目を通した孝明天皇もこの論に満足し、朝廷の了解を得た長井は、幕府要人への入説を命ぜられて6月には江戸へ下った。しかし、江戸の長州藩邸では長井に反発する空気が横溢していた。木戸孝允、久坂玄瑞らは破約攘夷を主張しており、長井の策は勅許なしで条約を結び開国したことを是認するもので、天皇をおろそかにする政策だと主張した。吉田松陰を処刑された松下村塾生にとって受け入れがたいものであり、長州藩の執政である周布政之助を説得し、藩論をひっくり返させた。

一方、長井雅樂は7月2日に老中久世広周を説得、さらに8月3日には老中安藤信正にも面会した。外様大名の陪臣である長井が朝廷や幕府要人の間を周旋するのは異例中の異例であったが、公武合体が進まず窮地に陥っていた幕府にとっては渡りに船の政論であったため、二人の老中は大いに賛同し、長井に引き続き周旋を求めた。そこで長井は本格的に推進するため、萩に戻り藩主の出府を促した。これに反対する周布、久坂は藩主出府を阻止しようとする。そのため、11月13日に江戸に到着したものの、毛利敬親は藩内の強硬な異論に鑑み、老中の久世、安藤の要請にもかかわらず、航海遠略策に消極的な姿勢となってしまう。その一方で長井は12月8日には、幕府に正式に航海遠略策を建白した。ところが翌年の文久2年正月3日（西暦1862年2月13日）、航海遠略策の推進役の一人であった安藤信正は水戸浪士ら6人の襲撃を受けて負傷（坂下門外の変）して失脚した。孤軍奮闘の長井雅樂は3月10日に江戸を発ち京へ上った。

京都の朝廷は、1年前に比べて攘夷派の動きが活発化しており、3月18日、長井は正式に朝廷へ航海遠略策を建白するが、工作は失敗に終わった。長州藩内では、久坂玄瑞が藩重役に長井の弾劾書を提出するなど破約攘夷派の力が強まり、藩論の分裂を恐れた毛利敬親は長井に江戸帰府を命令、4月13日に京を退去した。長井雅樂は6月には罷免され、翌1863年には切腹を命じられた。長井本人はこの措置に納得しておらず、長井支持の藩士も多くいたが、藩論は二分された。内乱が起こることを憂いて長井雅樂は切腹命令を受け入れ、同年2月、自宅にて切腹した。43歳であった。

藩主「そうせい候」は長州藩名門の忠臣を「内乱を防ぐため」に見捨てた。

公武宥和のために「航海遠略策」に期待を寄せた孝明天皇にとっては、長州藩主のこの行動は「裏切り」であった。長州藩は許せないという不信感はここから始まったと、私は思う。

◇　◇

江戸幕府は、軍役に代えて諸大名に参勤交代を命じたが、江戸城の周囲に広大な土地を無償で貸し与えた。その土地には各藩は藩邸を自費で建て、藩主の江戸詰め時の住居、正室や子供らの暮らす屋敷、江戸家老たちの住居や政務を行う場所、参勤交代で国元からやって来る藩士たちの表長屋などを用意した。藩主は勝手に江戸の町を物見遊山のため護衛の兵を連れて出歩くことは許されなかった。そこで藩邸から少し離れた場所に、庭園や茶室を設けて寛ぐことにした。こうして諸大名は幕府から新たに土地を貸し与えられ、「上屋敷」の他に「中屋敷」「下屋敷」「蔵屋敷」を設けた。中屋敷は嗣子が住んだが、上屋敷が焼失した時の藩主らの緊急避難場所でもあった。さらに藩が自ら農地を購入して建てた妾を囲う「お抱え屋敷」もあった。藩邸に他藩の大名を招いて交流したり、時には将軍自ら「御成り」として訪れることもあり、しばしば莫大な出費を余儀なくされた。

一方、歴代将軍は正室の他に、多くの側室を抱えて大量の子供をつくった。その子供たちの半分以上は早世して無事に育つものは少なかったが、将軍になる嗣子以外の男子は御三家、御三卿、親藩大名などに養子に出された。姫たちは外様大名にまで輿入れさせた。徳川家斉が娘を押し付けた大名家は①長女淑姫⇓尾張徳川家②7女峰姫⇓水戸徳川家③11女浅姫⇓福井松平家④15女元姫⇓会津松平家⑤16女文姫⇓高松松平家⑥18女盛姫⇓佐賀鍋島家⑦19女和姫⇓長州毛利家⑧21女溶姫⇓加賀前田家⑨24女末姫⇓広島浅野家⑩25女喜代姫⇓姫路酒井家⑪26女永姫⇓一橋徳川家⑫27女泰姫⇓鳥取池田家に及んでいる。将軍の姫を正室として迎え入れるために、浅野藩の場合は41万4666両（藩の収入の44%）を使っている。その一方で水戸藩は化粧料1万両を幕府から毎年贈られている。この姫たちは贈答品や髪飾りまでも競い合い藩財政を大きく傾けさせる原因の一つとなった。明治2年の版籍奉還時の浅野藩の借金は374万両（1両6万円として2244億円）である。

徒然道草53

江戸時代の消滅④（島津久光の登場）

徳川家茂が12歳で14代将軍になって3年後の1861年11月22日、天皇の妹である和宮の降嫁が決まった。通商条約を巡り悪化した幕府と朝廷の関係修復を目指し、幕府側が動いたものであった。和宮は6歳の時に有栖川熾《たる》仁《ひと》親王と婚約しており、孝明天皇も最初は渋ったが、幕府の再三の要請を受け入れて和宮を説き伏せた。翌年3月11日に正式に婚儀が江戸城で執り行われた。この時、孝明天皇の意向を受けて、岩倉具視は和宮に随行して江戸に向かった。老中と会見し、朝廷権威の高揚を図って幕府と折衝した。

下級公家に過ぎなかった岩倉のこの活躍ぶりを快く思わなかった公家たちは、「佐幕派では

ない か」と陰口を囁き岩倉排斥に動いた。孝明天皇も岩倉擁護の動きを見せなかったため、身の危険を感じた岩倉具視は職を辞し朝廷を去った。岩倉は僧に化けて寺へ逃げ込むなど身を隠す場所を求めて、あちこち移り住んだのち、洛北の岩倉村で蟄居生活を5年間続けた。幽居中も政治意欲を失わなかった岩倉の元には、大久保利通ら薩摩藩士や朝廷内の同志たちが訪れて、朝廷や幕府の動静、長州征伐や兵庫開港といった国事を論じ合って岩倉の知恵に学ぼうとした。岩倉自身も幕府との宥和や公武合体から討幕へと次第に考えが変わり、若い志士たちからは勤皇派の指導者のように尊敬を集めるようになった。岩倉は再び、朝廷や公家に対して積極的に建策をするようになっていく。しかし、孝明天皇から赦免されることは無かった。新天皇の王政復古によってやっと復権を成し遂げた。

◇　◇

毛利敬親と長州藩の朝幕宥和工作に強い警戒感を抱いたのが、薩摩藩主の島津久光であった。

１８６２年に入ると、島津久光は政局の主導権を握るために政治工作に乗り出した。

薩摩藩では、１８５８年12月28日、嗣子の無かった斉彬の遺言で久光の実子の茂久（17歳）が12代藩主となった。久光は「国主」として藩政の実権を握り、小松帯刀や大久保利通を登用して薩摩藩内を固めた。西郷隆盛は斉彬の遺志を継ぎ井伊直弼を排斥しようと謀ったが、逆に幕府に追い詰められ、鹿児島湾で僧月照とともに入水して自殺を図った。薩摩藩は奄美大島に西郷を隠し、死んだものとして幕府の目を誤魔化した。

島津久光は文久元年（1861年）10月、公武周旋に乗り出す決意をしたが京での手づるがなく、大久保利通らの進言で西郷に召還状を出した。西郷は11月21日にこれを受け取ると翌1862年2月12日に鹿児島へ着き、2月15日に久光に召された。西郷隆盛は、江戸育ちの斉彬と違って鹿児島育ちの久光が「無官の田舎者で斉彬ほどの人望が無い」ことを理由に上京すべきでないと主張した。しかし、島津久光は1862年4月16日に兵1000人を率いて京都に上り、幕政改革を朝廷に説き、安政の大獄で謹慎させられていた公家の大原重徳（後に明治維新の参与）を赦免させ、幕府への勅使として派遣することを決めさせた。藩主でもない島津久光が藩兵を連れて江戸に入ることなど許されるはずもないが、天皇の勅使派遣の護衛と称して兵と共に江戸へ赴いた。そして幕政改革を老中に訴え、孝明天皇に挨拶するため将軍家茂（天皇の義弟）を上洛させること、一橋慶喜を将軍後見職に任ずること、政治総裁職（大老に相当）を設け松平春嶽を充てることなどを建策して、これを飲ませた。

和宮の実兄の孝明天皇の勅使と、篤姫の実家の島津藩の国父の意向を、幕府が受け入れる前例のない対応は、阿部正弘、徳川斉昭、島津斉彬、井伊直弼の時代には想像もつかないほどの出来事であった。幕府の権威はまさに地に落ちたことを、諸大名たちはまざまざと感じたに違いない。

一橋慶喜とともに幕閣の中枢に座った松平春嶽は、諸大名にとって負担の重い参勤交代を3

年に一度に緩和し江戸滞在も１００日にするなどの改革を進めた。その浮いた費用で諸大名に砲台築造、軍艦建造といった国防力強化策を進めるためである。また、１８６２年8月25日には京都所司代の上に、京都守護職を設け、固辞する会津藩主の松平容保を説き伏せて、これに任じた。京都守護職の役料は5万石で、本陣を黒谷金戒光明寺に置き、藩士１０００人を常駐させ、1年おきに交代させた。だが、物騒な時代に、会津から遠く離れた地の任務を藩士たちは嫌がった。そのため、松平容保は新選組を使って京都警護をやらせることになる。江戸時代は、大名は1万石で藩兵２００人を召し抱えることができると計算された。京都守護職の役料5万石は兵１０００人に相当する。

◇　◇

薩摩藩の島津久光が勅使を奉じて江戸へ入った直後、対抗心を燃やす長州藩は中津川で重臣会議を開き周布政之助、木戸孝允のリードで長井雅樂の航海遠略策を放棄して破約攘夷で公武周旋する方針を決定した。また土佐藩の武市瑞山は、参勤交代で江戸へ向かう藩主山内豊範の一行を慣例を破って京都に立ち寄らせ、朝廷に工作して長州藩と同様の国事周旋の勅命を取得した。

島津久光はこの上洛の時に、5月21日に京で寺田屋騒動を起こし、有馬新七らの粛清を藩士に命じて、藩内の尊王攘夷派を一掃した。また、久光の一行は9月14日に、江戸からの帰路に神奈川の生麦村で、行列と遭遇した騎馬の英国人4人を無礼討ちにし、3人を殺傷する生麦事件を起こした。これを過激派の志士たちは「攘夷実行」と称えた。翌1863年1月31日には、高杉晋作が久坂玄瑞、伊藤博文ら長州藩士10人と攘夷実行を見せつけるため英国公使館焼き討ち事件を起こした。

島津久光の建策を受けて1863年4月21日に将軍徳川家茂が上洛した。将軍が天皇の元を訪れるのは、家光以来229年ぶりのことである。6月6日に義兄の孝明天皇にお目見えした徳川家茂は、「攘夷の実行の約束」という重い土産を頂いた。直後の6月25日には長州藩が攘夷実行に踏み切り下関で外国商船を砲撃した。すぐさま米仏は艦船を派遣して猛烈な艦砲射撃を行った。長州の旧式の大砲は外国艦船にかなうはずもなく完敗であった。しかし長州は砲台を修復して下関海峡の封鎖を止めず、攘夷の姿勢は崩さなかった。長州以外に「攘夷実行」に踏み切った諸藩は無かった。

同じ時期、薩英戦争が発生した。1年前の生麦事件の賠償金支払いを巡りイギリスは艦船7隻を横浜から鹿児島湾に派遣した。双方が大砲を撃ち合う激しい戦闘(1863年8月15日－17日)により、薩摩は鹿児島城下の1割を焼失し砲台兵4人が戦死、イギリス艦隊は13人が戦死した。この実戦体験は、攘夷論に少なからぬ影響を与え、また薩摩藩とイギリスの結びつきが生まれる契機となった。

一方、京では長州藩と対立していた薩摩藩と会津藩が1863年9月25日、同盟を結んだ。

孝明天皇は、「攘夷実行」は徳川幕府が中心になって国防力を高め、諸藩の武力を結集することが不可欠であると考えていたと思われるが、一向に幕府の足腰が定まらない。その弱腰の主因が京都でウロチョロして幕府の足を引っ張る長州藩や三条実美ら公卿であると気付いていた。そのため、1863年9月30日に過激派排除を京都守護の松平容保と薩摩藩（兵は合わせて3000人）に命じた。いわゆる「旧暦の8月18日の政変」である。久坂玄瑞ら長州藩士1000人は、三条実美ら「公卿7卿」と共に長州へと追い払われた。

土佐藩の山内容堂は1863年春、安政の大獄の謹慎処分を解かれ帰国した。8月18日の政変で京から尊皇攘夷派が一掃されると、高知でも土佐勤王党の大弾圧に乗り出した。武市瑞山（半平太）のつくり上げたのは、長曾我部時代の武士であった山内藩から差別的扱いを受け続けてきた「下士」が大半を占める強力な土佐勤王党であった。容堂はまず、吉田東洋暗殺に関わったとみられる志士を片っ端から捕縛、投獄した。そして武市瑞山の指示かどうかを厳しく追及した。武市は潔白を訴えたが、1865年7月3日に切腹を命じられ、土佐勤王党は壊滅させられた。このため、土佐藩からは、多くの有能な若者が脱藩して、京都や、薩摩、長州、長崎などで交流することになる。

山内容堂は吉田東洋の甥の後藤象二郎を登用して公武合体工作を推し進めるが、西郷や大久保に敗れ、「武市瑞山を生かしておけば……」とひどく土佐藩の人材不足を悔やんでいる。

徒然道草54

江戸時代の消滅⑤（禁門の変で京都壊滅）

薩摩藩の島津久光は、幕政改革に続き朝政改革に向けて動いた。中川宮朝彦親王（現天皇の高祖父）に朝廷の旧弊打破を申し入れ、公武合体の実現を訴えた。これを受け入れて孝明天皇は有志大名を上洛させ、朝議に加える決断をした。孝明天皇の命令を受け、1863年10月3日に島津久光、10月18日に松平春嶽、11月3日に伊達宗城、11月26日に一橋慶喜、12月28日に山内容堂が入京した。無位無官であった久光は従四位下左近衛権少将に叙任され、京都守護職の松平容保を含む6人が朝廷参預として、御所ではなく二条城で2日おきに天皇の簾前にて会議することになった。上洛中であった将軍家茂は、参預諸侯に二条城の老中部屋への出入りを許した。

1864年2月7日に始まった参預会議では、通商条約の破棄を望む孝明天皇と、そもそも攘夷は不可能であると認識していた有志大名との議論はかみ合わなかった。成り行きを懸念した中川宮が自邸に設けた酒席で、泥酔した（ふりをした？）一橋慶喜が、久光、春嶽、宗城を指して「この3人は天下の大愚物、大奸物であり、将軍後見職たる自分と一緒にしないでほしい」と暴論を吐いてしまった。

参預会議はたちまち瓦解、孝明天皇の努力は何の成果も上げぬままに終わった。慶喜を将軍後見職に引き立てたのは島津久光であったが、両者の確執はこうして始まった。

参預会議が失敗すると1864年3月25日、一橋慶喜は将軍後見職を辞して、朝臣的な性格を持つ禁裏御守衛総督に任じられた。そして孝明天皇に忠誠を尽くすために二条城に在って、言う事を聞かない江戸幕閣とは距離を置き、京都守護職の会津藩主（28万石）松平容保、その実弟で異例の抜擢で京都所司代に任命された桑名藩主（11万石）松平定敬と連携して「一会桑」政権を結成した。神君徳川家康以来と称賛され、ある意味で一橋慶喜の絶頂期である。孝明天皇にとっても、多くの反対勢力を抱えながらも「公武政体論」がやっと一歩踏み出した形となった。

◇　◇

しかし、1864年後半は京都動乱の幕開けでもあった。7月8日に新選組の近藤勇、沖田総司、永倉新八ら4人が池田屋に斬り込み、尊皇攘夷の謀議をしていた長州、土佐などの志士20人余りを襲い、土方隊の到着もあって、9名を討ち取り4名を捕縛した。この新選組を使って京の治安維持を狙う会津藩に対する怒りが引き金になり、8月20日には長州藩士らが御所に発砲する「禁門の変」が起きた。1年前の政変で京都を追放された長州藩は藩主毛利敬親や世子毛利定広の名誉回復を図るため、上洛して朝廷に直訴しようとした。長州藩内では激論の末、周布政之助や高杉晋作らの「もっと時期を待つべきだ」という慎重論が退けられ、3家老や来島又兵衛らの進発論が決まった。

毛利定広の上洛に先立ち、長州から出発した家老福原元僴《もとたけ》（49歳）は兵500人（?）を連れて長州藩伏見藩邸に入り、家老益田親施《ちかのぶ》（31歳）は久坂玄瑞や真木保臣ら本隊500人（?）と天王山（秀吉が山崎の戦いで本陣を置いたところ）に布陣、家老国司《くにし》親相《ちかすけ》（22歳）は天竜寺（京都嵐山近く）に来島又兵衛らと兵600人（?）で着陣した。幕府は不穏な空気に備えるため、諸藩に京都出兵を命じていた。朝廷は長州藩兵が京都に入ることを認めなかった。

毛利定広隊の到着を待つべきだと久坂玄瑞らは慎重論を唱えたが、跳ね上がりの来島又兵衛の主張を抑えきれず、御所への進軍が決まった。しかし長州藩の足並みは乱れた。深夜に伏見藩邸を出陣した福原隊は、大垣藩、彦根藩、会津藩に進路を阻まれ、京都に入れないまま敗走した。国司隊の来島又兵衛の遊撃隊は一番早く御所の蛤御門に到着した。来島は高杉晋作の騎兵隊創設に触発され遊撃隊を組織し総督となった強硬派で長州から遊撃隊300人を連れて上洛、京では諸藩浪士らを含め戦闘員は600人に膨れ上がっていた。朝廷に「嘆願」を訴えるため蛤御門を突破しようとしたが、御所を守る会津兵や新選組と激烈な戦闘となった。天王山から出撃した本隊は出遅れた。御所に到達した時には、薩摩兵の加勢を受けた会津藩の攻撃で長州側は総崩れとなっており、来島又兵衛は負傷して自決していた。久坂玄瑞らは、越前藩隊を突破できず、気脈を通じていた前関白の鷹司邸に侵入して最後の望みを託そうとした。しかし鷹司輔熙《すけひろ》は朝廷への嘆願要請を拒み逃げ去った。進退窮まった久坂玄瑞は自刃した（松下村塾一の秀才、24歳）。

脱藩志士らのリーダーである久留米藩の神職であった真木保臣は、長州藩兵の敗走を見届けると、天王山に踏み止まり、新選組や会津兵と最後の死闘を演じ、脱藩浪士16人とともに爆死自害した。51歳であった。天王山には肥後６人、土佐４人、久留米４人、宇都宮２人、肥前１人、あわせて17烈士の墓がつくられており、久留米の水天宮内には真木神社が建立されて祀られている。だが久坂や真木は本当に日本のために尽くした英雄であろうか。攘夷も鎖国も明治政府はすべてホゴにしている。

長州勢の死者は２５６人、２８１人、４００人（？）、会津藩の死者は１０１人（？）、新選組40人（？）と諸説ある。禁門の変の戦いはわずか1日で決着がついたが、「大坂夏の陣」以来の２５０年ぶりの戦乱となり、逃げる長州藩が京の町に放火（会津側による長州兵炙り出しの放火説もある）したために、京の町は2万７０００戸、寺社２５３カ所が焼失する大惨事となった。怒った孝明天皇は8月24日に、一橋慶喜に「すみやかに誅伐せよ」と、長州藩の討伐を命じた。天皇の勅命が公家を通さず直接幕府に下されるのは異例であった。毛利定広は上洛途上の讃岐多度津で禁門の変の敗北を知り、山口へ引き揚げた。長州藩は「朝敵」となり、１８６４年9月3日に将軍家茂が長州討伐の軍役を発した。

この時の戦乱で京の町は半分近くを焼失したことが、明治維新の東京遷都に繋がる。

◇　◇

時を同じくして、イギリスは仏米蘭に呼びかけ、攘夷の急先鋒である長州藩を叩くために四国連合艦隊17隻、5000人の兵力で下関に襲い掛かった。1864年8月4日に戦闘が始まった。馬関（現下関の中心部）と彦島を砲撃、さらに陸戦隊が上陸して、砲台を占拠して徹底的に破壊した。長州藩は主力部隊を京都へ派遣しており、兵2000人、大砲100門に過ぎず、完敗した。1864年9月8日戦闘に敗れた長州藩は、講和使節として肝っ玉の据わった高杉晋作を任じた。この時の晋作は24歳、脱藩の罪で監禁されていたが、家老宍戸備前の養子宍戸刑馬を名乗り談判に臨んだ。

18日に講和が成立した。下関海峡の通航の自由、石炭、食物、水などの売り渡し、悪天候時の船員の下関上陸許可、下関砲台の撤去、賠償金300万ドルの支払いの五条件すべてを受け入れた。

連合国側は、「彦島の租借」も要求したと、通訳を務めた伊藤博文は述懐しているが、高杉晋作は断固として領土割譲要求は撥ね付けた。「香港と同じ目に遭う恐れがあった」というが、ここは真実かどうか歴史的評価は定まっていない。また、300万ドルの賠償金は「攘夷実行は幕府の命令に従ったまでだ」と主張して、高杉晋作は長州藩の支払いを拒否した。やむなく幕府がこの賠償金は支払うことになった。さすがに300万ドルは多すぎた。幕府はとりあえず150万ドルを支払い、残額は明治新政府が1874年（明治7年）までに分割で支払った。アメリカは合計で78万5000ドルの賠償金を得ていたが、実際の損害は1万ドルに過ぎなかったため、1883年（明治16年）2月23日、アーサー大統領は不当に受領した分の日本への返還を決裁している。

◇　◇

異国の脅威によって引き起こされた幕末の激動期は、阿部正弘が諸大名や市井の意見を募ったことで、開国か鎖国かを巡って議論が沸き起こり、「日本」という国家の目覚めが始まった。幕府も朝廷も有志大名を取り立てて、打開策を探ろうとしたが、毛利敬親はその中に入っていない。

長州藩では藩論を定めるときに、重臣や支藩の藩主、有能藩士が意見を述べ、徹底的に議論した。藩主毛利敬親はそれを何時間も黙って聞き、その場の論議が収斂されると、「そうせい」と敬親が引き取り、藩論となった。島津久光や山内容堂のように、意見を押し付けることをしなかった。それをやれば、「藩主といえども暗殺される恐れがあった」（？）と毛利敬親は警戒していたようである。

徒然道草55

江戸時代の消滅⑥（長州征伐）

さて、長州征伐である。朝廷は1864年7月23日（西暦8月24日）、幕府に対して長州追討の勅命を発した。これを受けて8月3日に将軍家茂は、長州討伐令を出した。幕府は長州藩主毛利敬親と世子定広に京都で禁門の変を起こした責任を問い伏罪をさせるため、固辞する尾張藩の前々藩主である徳川慶勝を総督に、副総督に越前藩主松平茂昭を任命し、尾張藩と越前藩および西国諸藩から征長軍を編成、35藩、総勢15万人の兵動員を決めた。8月13日、諸藩の攻め口が定められ五道（芸州口、石州口、大島口、小倉口、萩口）から、萩城のある萩ではなく藩主父子のいる山口へ向かうとされ、10月22日に大坂城で征長軍は軍議を開き、11月11日までに各自は攻め口に着陣して、1週間後の18日に攻撃を開始すると決定した。その当時、長州藩は海からの異国船の砲撃を警戒して、沿岸の萩から山口に藩政務の拠点を移していた。幕府は広島の国泰寺には総督府、福岡の小倉城には副総督府を置くことになった。総督は長州藩への降伏条件の決定、征長軍の解兵時期について権限を持ち、長州の藩邸を没収し、毛利藩主父子に謹慎を命じた。しかし、どのような条件で長州藩に謝罪をさせるかについては決まらなかった。その一方で、徳川慶勝は西郷隆盛の「長州藩降伏の腹案」を受け入れ、征長軍全権を委任された参謀格として交渉に当たることを認めた。西郷のいわば「独走」によって、1864年11月18日（西暦12月16日）、長州藩はその調停案を受け入れた。

長州藩は、福原元僴、国司親相、益田親施の3家老を切腹させ、4参謀（宍戸左馬之助、佐久間佐兵衛、中村九郎、竹内正兵衛）を斬首した。「そうせい候」は忠臣の命を差し出すことで、幕府軍と戦わず、恭順の意を示した。藩主は萩に謹慎し、官位は剥奪され、将軍から賜った偏諱も「慶親」から「敬親」に改めた。長州に追放されていた7卿のうち5卿（一人は病死、一人は天領の生野で挙兵を企てた「生野の変」の総帥に担がれたが敗れ逃亡中）は福岡藩太宰府に移されることになった。そして、長州の藩政は、保守派の椋梨藤太（禄高わずか49石）が握り、政敵の周布政之助を自害へと追い込み（42歳）、尊皇攘夷派（正義派）を大量に処刑し、奇兵隊をはじめ諸隊へ解散令を出す。

西郷隆盛が行った一連の工作を受け入れ、長州藩は取り潰しを免れた。西郷は直前に勝海舟と会談して「徳川幕府はもはや限界」という実態を学んでいた。そこで長州を救う事で恩を売って、後の薩摩藩と長州藩の同盟への布石を打った。若手志士の処刑も行わなかった。

長州藩では、徳川幕府に謝罪恭順する保守派（俗論派）が、3家老や4参謀を処刑したことに怒った高杉晋作が逃亡先の福岡から下関に戻り、俗論派からの藩政奪還を叫んで奇兵隊や諸隊の説得に奔走した。しかし当初は賛同する者は少なく、やっと1864年12月15日（西暦1865年1月12日）下関市防府の功山寺で「正義派」を名乗り挙兵したが、結集したのは伊藤俊輔率いる力士隊と石川小五郎率いる遊撃隊と、義侠心から参加した侠客のわずか84人だけであった。椋梨らが幕府側の意向を受け、次々と正義派の藩士の処刑を行ったため藩内の反発も高まり、領民はおおむね高杉晋作らを支持しており、諸隊の宿泊する家屋や人夫、食料などの提供を積極的に行った。藩政府は幕府への恭順姿勢を示すため、藩兵2000人の鎮静部隊を編成し諸隊解散に乗り出した。ところが、山県有朋の率いる奇兵隊や新たな諸隊も続々と挙兵に加わり総兵力は750人に膨れ上がり、長州藩は内戦状態に陥った。藩政府軍の優勢は続かず次第に後退、高杉晋作らが萩に進軍すると1865年1月30日に、毛利敬親は俗論派の重臣を罷免し藩政改革を行う用意があると正義派に伝え、クーデターに成功した。

征長軍総督府は、家老らの首実検や毛利親子の隠居などを見届けると1864年12月27日解兵令を発した。長州藩の内乱には介入しなかった。しかし江戸の幕閣は翌年1月5日、徳川慶勝へ長州藩主父子及び5卿を江戸まで拘引せよとの命令書を与えた。命令書を受け取った慶勝は「征長について将軍から全権を委任され、降伏条件と解兵は総督府を通じて幕府へ報告した。幕閣の命令の実行は解兵した現在では不可能である」と断った。

◇　◇

幕府の軍命により出兵した諸藩は自己負担を強いられただけで恩賞は無かった。そこで幕府は長州に10万石の返納を命じ、諸藩への恩賞に充てようとした(？)が、長州藩はこれを無視した。幕閣からは徳川慶勝の処置は生ぬるいという批判が高まった。そこで、広島の総督府を通じて、長州藩主親子や5卿の身柄を江戸に引き渡すように、執拗に迫った。双方の仲立ちのため、広島藩の浅野長勲や家老の辻将曹は奔走したが、長州藩の毛利敬親は「病気と称して」一向にこの幕府の挑発に乗らなかった。そこで幕府は天皇の勅許を再び受けて、第二次長州討伐に踏み切った。

第二次征長軍（総督は紀州14代藩主の徳川茂承、将軍に転じた前藩主家茂より2歳年上）は広島に老中の小笠原長行（唐津藩6万石、藩主ではなく嗣子のまま老中となった）を派遣した。浅野藩家老の辻将曹は征長不可を説き、毛利藩主敬親への寛大な処分を求め、これが容れられなかったため、討伐軍の先鋒を拒否した。すると小笠原長行は広島藩家老野村帯刀と辻将曹の謹慎を命じた。これに怒った少壮藩士55名が「小笠原老中を暗殺する」と決起の動きを見せた。さすがに藩主浅野長訓は困惑し、小笠原長行に広島退出を求めた。小笠原長行はやむなく軍艦で小倉城に移った。

1866年6月7日（西暦7月18日）、幕府軍艦の大島口の発砲で第二次征長の戦闘は始まった。

幕府軍は①広島口5万人②山陰口3万人③小倉口2万人④大島口5000人（⑤萩口は薩摩藩の担当であったが出兵拒否）の兵で長州に攻めかかった。迎え撃つ長州兵は①から③に1000人ずつ布陣、④に500人であった。長州藩は最新鋭の銃を大量に購入し、大村益次郎が軍制改革と銃操作の特訓で洋式軍隊を育てており、「長州人は皆殺しにされても戦う」（大村益次郎？）というほど士気は高かった。幕府側は、総督の指揮する広島口は浅野藩の出兵拒否もあり一進一退の膠着状態に陥り、山陰口は津和野藩が中立姿勢をとったため大村隊は一挙に進撃、浜田藩主（6万5000石）松平武聰（徳川慶喜の実弟）は城を捨て飛び地の領国である岡山の美作まで逃走し、幕府側は石見銀山を奪われた。大島口は高杉晋作の夜襲を受けて幕府艦隊は大混乱になり、一度は征服した大島を失った。

九州は外様の有力大名の跋扈する地である。有能な人材として老中に抜擢されたとはいえ唐津藩（表高6万石だが実質は20万石あった）の小笠原長行には、小倉口の戦闘で総督として指揮を執るには荷が重すぎた。小倉藩（15万石）小笠原氏は、西国譜代大名の筆頭として、九州の玄関口を抑える「九州探題」として外様大名を監視する立場であったため、外様大名の協力を取り付けることができなかった。薩摩藩は第二次長征には出兵を拒んだ。黒田藩（47万石）は藩内が勤皇派と佐幕派と割れており、熊本細川藩（54万石）は小笠原の指揮に不満を募らせて戦線を離脱した。鍋島藩（35万石）も中立姿勢を取り出兵しなかった(?)。小倉藩は善戦したが高杉晋作や山県有朋との戦いに敗れ、小倉城は焼け落ち、領地も一部奪われたまま明治を迎えることとなった。

一橋慶喜は徳川幕府の威信をかけて、自らが兵を率いて第三次長州征伐戦争をやる決意を示したが、小倉城の陥落を知り、断念した。この戦いは幕府が敗北を認めたわけでも、長州が勝利を宣言したわけでもない中途半端な状態のまま、14代将軍徳川家茂が1966年7月20日（西暦8月29日）大阪城で、20歳で病死したため、9月2日（同10月10日）に講和に至った。

ネットで色々検索しても、この時の長州藩が3500人で10万5000人の幕府軍を破ったというのは納得がいかない。長州藩がいかに優れていたかを吹聴するために、伊藤博文たちが明治になってつくり上げた「薩長歴史観」の典型ではないかと思う。長州藩は人口50万人、検地結果は98万石であったらしい。人口の10％が武士とすると5万人、半分が男子で2万5000人、老人子供を除く戦闘員が半分とすると1万2500人となる。1万石で兵200人とすると100万石で2万人である。新鋭銃7300挺購入の記録もある。それまでの相次ぐ戦争で多くの兵を失っていたとはいえ、私は、1万人から2万人が戦ったと推計している。

徒然道草56

江戸時代の消滅⑦（孝明天皇の憤死）

江戸時代の有力大名は徳川800万石、前田102万石、薩摩72万石、伊達62万石、尾張

61万石、紀州55万石、細川54万石、黒田47万石、浅野42万石、毛利36万石であり、浅野藩は9番目である。江戸幕府は、将軍家とそれを守る御三家、御三卿、そして松平を名乗る親藩や直参の家臣である旗本から成り立っており、幕政の実務を委ねられたのは、10万石以下の譜代大名であった。

浅野藩は外様大名ながら、長州藩監視のため抜擢されて広島を領地として与えられたことから、徳川幕府への忠誠心の篤い藩であるが、『日本外史』を著した頼山陽を生んだ藩でもあり、藩の気風は尊皇であり、幕末には藩論も「尊皇」と決められた。1827年に『日本外史』は、頼山陽から老中首座を務めたことのある松平定信に献上され、2年後には大坂の秋田屋など3書店が共同で全22巻を刊行し、幕末から明治にかけてもっとも多く読まれた歴史書である。そのためもあって浅野藩は「尊皇」の長州藩に対して、幕末には心情的に近く、毛利氏の擁護に努めている。

11代藩主浅野長訓は、わずか21歳で急死した10代目藩主慶熾の意志を継ぎ朝廷への接近を試みた。1862年、藩の用務で江戸へ向かう執政の野村帯刀に、病と称して途中の伏見に滞在することを命じ、近衛関白に接見させて、次のような内奏を行った（12代藩主の『浅野長勲自叙伝』より）。

「わが藩主は勤皇の諸藩と共に王事に尽力し、天恩万分の一に報い奉る趣旨である」

この陳述を大層喜んだ関白は、孝明天皇に伝えたところ、8月17日に天皇から、「皇国の御為、周旋尽力致す可き」との内勅が浅野長訓に下された。長訓は感激の至りに堪えず、10月25日に広島を発って京都に赴き「天顔を拝し、天盃を賜り、之より大いに国事に尽力致す」ことを誓った。嗣子長勲は江戸から京都に駆け付け、藩政改革のため国元へ帰藩した養父に代わり「決起尽力するに至り」、長州、薩摩、土佐とともに広島藩は、孝明天皇の「宸襟を安んずべき」ために奔走することになる。

天皇親政による「公武合体政体」を目指すため、幕府が大政奉還するという考え方は、幕臣の一部では早くから浮上していたが、浅野長勲はこの「大政奉還論」を朝廷や幕府に働きかける動きに出た。一橋慶喜に会見を求め、「天下のためにも徳川氏のためにも誠に結構である」と説くと、慶喜は「私も同じ考えであるが300年間政権に有って居った幕僚がどうしても従わぬ」と言ってポロポロと涙を流した。江戸幕閣の中には「一会桑」政権を二条城から追い落とすことを狙う企てもあった。

次いで浅野長勲は、薩摩の家老小松帯刀と、土佐の参政後藤象二郎に会って大政奉還建議を話すと、両者はともに賛成した。後藤象二郎がこの案を土佐に持ち帰ると、「酔えば勤皇、覚めれば佐幕」と揶揄される山内容堂は、藩論を武力討伐から公武合体に戻した。しかし山内容堂は、後藤象二郎が求めた土佐藩兵1000人の京都出兵は許さず、建白書から将軍職廃止の条項を削除させた。土佐藩は1867年10月4日（西暦10月29日）付、広島藩は翌日10月5日付で、この建白書を幕府に提出した。徳川慶喜はこの建白書を受け入れた。浅野藩は長勲の奮闘で大きな成果を上げたが、「その功は、土佐藩に帰した。惜しい哉」と自叙伝で述懐している。

◇　◇

西郷隆盛は、島津久光が幕政改革工作のために上京するのに先立って1862年春に鹿児島を出発したが、下関の白石正一郎宅で平野国臣から京大坂の緊迫した情勢を聞き、久光の下関での待機命令を破って、西郷は大阪へ向けて出航して過激派志士たちと接触した。久光はこの勝手な行動に怒り西郷を捕縛させて鹿児島に送り返し、再び島流しにした。島津久光の江戸や京都での尽力で、新しい公武合体政体実現は少しずつ進んでいたが、尊皇派と佐幕派の激しい攻防の続く中で、島津久光の努力は一転、行き詰まり状況に陥ろうとしていた。そのため、久光から実権を委ねられた家老の小松帯刀は、大久保利通とともに西郷の呼び戻しを再び久光に訴えた。島津久光は、渋々それを許し、西郷隆盛は2年余りの島流しから赦免された。小松帯刀は大久保利通と西郷隆盛を連れて上洛した。小松帯刀は薩摩藩邸だけでなく、近衛家から拝借した1800坪もある屋敷「御花畑」を拠点に、孝明天皇と結ぶ慶喜の「一会桑」政権の薩摩排除の動きに対し、巻き返しに暗躍した。

薩摩藩は、会津藩と結んでいた軍事同盟を破棄し、1866年1月21日（西暦3月7日）、京都を追われた長州藩の木戸孝允と小松帯刀邸で密会し薩長同盟を結んだ。さらに1867年

5月21日（同6月23日）小松帯刀邸で土佐藩の板垣退助と薩土密約を結んだ。土佐藩は後藤象二郎と坂本龍馬の公武合体派と、板垣退助の討幕派が別の動きをしていたが、山内容堂は、承知の上であった。山内容堂に命じられて板垣退助は土佐藩の弓隊を廃止して鉄砲隊を組織、坂本龍馬を使って新鋭銃を長崎から入手して長州藩に倣い洋式練兵を行った。坂本龍馬は、双方に関わりを持っていた。

◇　◇

長州征伐のため大阪城に入った将軍家茂が１８６６年7月20日（西暦8月29日）に死去すると、一橋慶喜は徳川宗家の家督を継いだ。しかし、長州征伐や兵庫開港などの多くの「宿題」や言う事を聞かない江戸幕閣、うるさい有力大名との確執を抱える将軍職への就任には難色を示し続けた。およそ4カ月後、孝明天皇の命令を受け入れて、１８６６年12月5日（西暦１８６７年1月10日）に15代将軍を引き受けた。将軍になっても江戸城に入らず、二条城に在ったが、幕政の改革に次々と取り組み、老中首座の板倉勝静を二条城に移し、そのほかの老中は月番制を廃止して、陸軍、海軍、国内事務、外国事務、会計の部局を設け、その長官である総裁にそれぞれ充てた。さらに、旗本の軍役を廃止（銭納をもって代替）してフランス軍事顧問団の指導の下で軍制改革を行い将軍直属の2万５０００人の洋式軍隊を編成するとともに、横須賀に製鉄所や造船所を造らせた。有能な勘定奉行の小栗忠順は長州征伐の軍事費の調達任務を終えた途端に、新たに「幕政改革のための費用捻出」を命じられ、フランスと借款交渉を進めるなど、走り回って働かなければならなかった。

幕府が長州と講和に踏み切る直前の1866年8月30日（西暦10月8日）、岩倉具視は親幕派の関白二条斉敬や朝彦親王の追放を策謀、同志の大原重徳、中御門経之ら22名の公家が朝廷に列参奏上した。しかし孝明天皇はこれを退け、逆に22名に対して謹慎等の処分を下した。

そして12月5日に慶喜が将軍になった直後の12月25日（西暦1867年1月30日）に思わぬ事態が起こった。孝明天皇が天然痘で崩御した（35歳）。慶喜は最大の後ろ盾を失った。岩倉、大久保、西郷ら急進派内だけでなく諸大名や幕閣からも、「破約攘夷にこだわる孝明天皇こそ公武合体政府実現の最大の障害」という不満が出始めていた中で、天皇の急死は毒殺説さえ囁かれた。

私は孝明天皇の急死は「憤死」であったと思う。日本国を一つにまとめるために「孤軍奮闘」してきた天皇は、言う事を聞かないどころか勝手に「偽勅」を出す岩倉らの公家、足並みのそろわぬ雄藩大名や幕府との対応に疲れ切っていた。徳川慶喜や松平容保に深い信頼を寄せていたが、長州、薩摩や脱藩志士たちの暗躍振りに怒りは募り、重い天然痘から立ち直る体力気力はもはや湧いてこなかった。義弟の将軍徳川家茂はわずか20歳で病死してしまい、何とか慶喜に将軍職を引き継がせることまではやり遂げたが、そこから先の国事をどうするか、展望が持てなかったと思う。

開明的諸大名の意見を幕政に取り入れるという決断をした阿部正弘は、日本史に「パンドラの箱」を開けるという大きな功績を残したが、それは江戸幕府終焉の幕開けでもあった。わずか四半世紀の間に、諸藩が分立する幕藩体制から、「日本という統一国家への覚醒」が一挙に進んだ。薩摩、長州、芸州は軍事同盟を結び、幕府や会津、桑名に代わり、天皇の皇居を護衛する「皇軍」となった。そして岩倉具視らは鳥羽伏見の戦いで、鎌倉幕府と戦った承久の乱のときの後鳥羽上皇や、笠置山の戦いのときの後醍醐天皇が使った「錦の御旗」(天皇の軍である印)を密かに用意して、「官軍」と「賊軍」の戦いを演出して、徳川慶喜に「朝敵」の汚名を被せ、260年続いた徳川幕府を壊滅させる。

徒然道草57

江戸時代の消滅⑧(王政復古の宣言)

1867年1月9日(西暦2月13日)に践祚した新天皇は14歳であった。元服、122代天皇即位の礼、大嘗祭という朝廷儀式の流れの中で、岩倉具視は暗躍を続けたが、依然として、国事は幕府が取り組まなければならない課題であり、将軍慶喜は2月6日(西暦3月11日)、

7日、20日とフランス公使のロッシュと会い、さらに3月25日（同4月29日）には各国公使を謁見し「兵庫開港」を確約した。それに対して、大久保利通は5月4日（同6月6日）に四侯会議（島津久光、松平春嶽、山内容堂、伊達宗城）の設定に漕ぎ付け、京都の薩摩藩邸と土佐藩邸で相次ぎ開催した。四侯は布告期限が迫る兵庫開港問題や、保留されたままの長州処分を将軍慶喜と協議することを確認したが、慶喜は四侯会議を制し5月24日に兵庫開港の勅許を得る。長州処分は不明確のままであった。

ついに島津久光は、徳川慶喜との政治的妥協の可能性を最終的に断念した。

一方5月18日に京都東山の料亭で土佐藩の板垣退助らと広島藩の船越洋之助が武力討幕を密談し、21日に小松帯刀邸で西郷隆盛らと板垣退助、谷干城らが武力討幕の薩土密約を結ぶ。翌22日に板垣退助が山内容堂に薩土密約を事後報告。容堂は驚いたがこれを咎めず、武器調達と軍制改革を指示し、これを受けて板垣退助は土佐に帰国して軍事強化の取り組みを開始する。

5月25日に薩摩藩は、四侯会議の失敗と薩土密約を受けて武力討幕の方針を固める。

広島藩（芸州）は、嗣子浅野長勲が大政奉還策を推進する一方で、辻将曹を使って、1867年9月20日に薩長芸3藩の出兵盟約を結ばせた。京都で薩摩の大久保、西郷、品川、長州の広沢真臣、芸州の辻将曹が結んだもので、大久保が書いた草稿の写しが京都大学に残っている。

要目

一、三藩軍兵大坂着船之——左右次第　朝廷向断然之御尽力兼て奉願置候事
一、不容易御大事之時節ニ付為　朝廷抛国家必死尽力可仕事
一、三藩決議確定之上ハ如何之異論被聞食候共御疑惑被下間鋪事

三藩　連名

◇　◇

同じ時期、9月18日（西暦10月15日）に長州藩の毛利敬親は「討幕挙兵」の断を下す。10月6日（同11月2日）には大久保利通と品川弥二郎が岩倉と相談し、幕府との戦争に備えて「錦旗」の製作で合意する。そして、岩倉は「討幕の密勅」（偽勅？）に踏み切る。

日付は薩摩藩に下されたものが10月13日付、長州藩に下されたものが同月14日付で、いずれも廷臣である中山忠能、正親町三条実愛、中御門経之の署名がある。薩摩藩宛は正親町三条が、長州藩宛は中御門が書いたと言われるが、岩倉具視の側近玉松操（錦旗の製作も担当）が起草している。

——詔を下す。

源慶喜（徳川慶喜）は、歴代長年の幕府の権威を笠に着て、一族の兵力が強大なことを

たよりにして、みだりに忠実で善良な人々を殺傷し、天皇の命令を無視してきた。そしてついには、先帝（孝明天皇）が下した詔勅を曲解して恐縮することもなく、人民を苦境に陥れて顧みることもない。この罪悪が極まれば、今にも日本は転覆してしまう（滅んでしまう）であろう。

私（明治天皇）は今や、人民の父母である。この賊臣を排斥しなければ、いかにして、上に向かっては先帝の霊に謝罪し、下に向かっては人民の深いうらみに報いることが出来るだろうか。これこそが、私の憂い、憤る理由である。本来であれば、先帝の喪に服して慎むべきところだが、この憂い、憤りが止むことはない。お前たち臣下は、私の意図するところをよく理解して、賊臣である慶喜を殺害し、時勢を一転させる大きな手柄をあげ、人民の平穏を取り戻せ。これこそが私の願いであるから、少しも迷い怠ることなくこの詔を実行せよ（以上訳文）。

こうした岩倉の画策する討幕の動きを察知したため（？）、徳川慶喜は反撃に出る。10月14日に大政奉還を上奏し、翌15日に朝廷に受理された。このため岩倉たちは討幕の名目を失い、討幕の実行延期の沙汰書が10月21日に薩長両藩に対し下された。

将軍徳川慶喜は、二条城に10万石以上の40藩の重臣を集めて、幕府の政権返上を告げた。これは薩長による武力討幕を避け、徳川家の勢力を温存したまま、天皇の下での諸侯会議であらためて国家首班に就くという策略だったと見られている（公議政体論）。将軍になって1年も経たずして10月24日には将軍職の辞任も朝廷に申し入れた。しかし、将軍職の辞任は許されず、「引き続き大政を委ねられる」形が続くことになる。京都御所の警護には会津藩、桑名藩に代わって、広島藩兵８７６人と薩摩藩兵およそ２０００人が「皇軍」として就いた。

◇　◇

日本をどのような国家につくり変えるか、そのビジョンを示したのは、上田藩士の赤松小三郎である。１８６４年9月に上田藩の武器の買い付けのため江戸へ出た赤松小三郎は、11月より横浜に駐屯するイギリス軍のアプリン大尉より騎兵術、英語を学び、英国陸軍の兵書の翻訳を行う。またオランダ語の原書から新式ミニエー銃の性能を詳述した『新銃射放論』を翻訳出版した。１８６６年10月に薩摩藩から英国兵学の教官としてスカウトされ、京都の薩摩藩邸で私塾を開く。村田新八や東郷平八郎ら約８００人に英国式兵学を教え、練兵も行い、薩摩藩の兵制は蘭式から英式へと変わる。

そして１８６７年5月に松平春嶽と島津久光に日本初の「議会制民主主義」の建白書を提出した。

定数30人の上局と、定数１３０人の下局からなる二院制の「議政局」を設けること。上局は貴族院に相当し、公卿と諸侯と旗本より30人を「入札」（選挙）によって選出。下局は衆議院に相当し、諸藩をいくつか束ねた選挙区から数人ずつ、「人望の帰する人」130人を「入札」により選ぶ。「国事は総てこの両局にて決議」、天皇に建白して「御許容の上」発令する。また議院内閣制度も提言、大閤老（総理大臣）以下6人の大臣を、議会が選出するというものである。

他の項目では、主要都市に大学を設置し全国民への教育機会を提供すること、すべての人民を平等に扱い個性を尊重すること、農民に対する重税を軽減し他の職種にも公平に課税すること、金貨・銀貨を国際的なレートに従って改鋳し、物品の製造にあわせ通貨供給量の拡大を計ること、最新鋭の兵器を備えた必要最小限の兵力で陸軍（2万8000人）と海軍（3000人）を建設すること、西洋から顧問を迎え入れ産業を振興すること、肉食を奨励し日本人の体格を改善すること、家畜も品種改良すること、などが建白された。しかし赤松小三郎は、1867年9月3日（西暦9月30日）、37歳で暗殺された。犯人は中村半次郎（桐野利秋）である（ウィキペディアなどより）。

◇　◇

岩倉具視は反徳川派公家や大久保利通、西郷隆盛らと秘策を練り、孝明天皇の急死により誕生した、「新天皇という最大の玉」を手中に握った。西郷はまだ若い天皇を「黙って言う事を聞かないと、昔のように戻しますよ」と脅した（？）。新天皇は「自分を守ってくれるのは西郷隆盛しかいない」と思い、明治維新で唯一の大将となった西郷隆盛をずっと頼りにした。

岩倉や薩摩の大久保らは、尾張、越前、土佐、広島藩の抱き込みに成功、慶応3年12月9日(西暦1868年1月3日)に小御所会議の開催に漕ぎ付けて「王政復古」を宣言し、新政府を樹立した。

前日8日の夕方から深夜にかけて開かれた朝議で、長州藩主の毛利敬親と世子の毛利定広の官位復活と入京の許可、三条実美ら5卿の赦免、および岩倉ら謹慎中の公卿の処分解除が決定された。翌9日未明、公家たちが退廷した後、待機していた薩摩、土佐、広島、尾張、福井の5藩の軍が御所9門を固め、新天皇臨御の下、御所内学問所において王政復古の大号令が発せられた。そして、摂政、関白と征夷大将軍職の廃止、新たに総裁、議定、参与の3職を置くことが決まった。

新将軍として、孝明天皇とともに新しい国づくりに動き出そうとしながら天皇の死で大きな喪失感に陥った徳川慶喜であったが、新天皇のもとでどのような「公議政体」をつくるか懸命に努力していた。「自分が中枢に居なければこの国の国事は行えない」という自信があったが、「王政復古」で発足した新政府は、徳川慶喜の排除を目論んだものであった。これに反発する会津藩らの怒りが暴発する恐れが一挙に高まった。この時、二条城には徳川慶喜直属の旗本兵約5000人、会津藩兵約3000人、桑名藩兵約1500人などが結集していた。しかし、慶喜は「天皇との戦争」を何としても回避するため、12月12日(西暦1968年1月12日)に水戸藩兵約200人を守備のため残し、京の二条城を出て、松平容保、松平定敬とともに大阪城へ移った。天皇に忠誠を尽くす覚悟であったのに、御側を離れて大阪に移ったことが最大の失敗であった、と徳川慶喜は悔やむことになる。

◇　◇

『浅野長勲自叙伝』によると、9日朝に始まった新設の3職による「王政復古」初の朝議である小御所会議は紛糾し、議論は深夜に及んだ。

「正面の高座には明治天皇、第二の間の右側西向きには親王と公家、左側東向きには諸大名、第三の間には陪臣等が着席」し、大納言中山忠能が開会を宣言すると、まず山内容堂が口火を切り「徳川内府を朝議に参与すべき」と会議に不満を表明、すると公家の宰相大原重徳がすぐに反論した。これに対して山内容堂が英明なる慶喜について長々と持論を述べると、今度は岩倉具視が激しく山内容堂を叱り慶喜排除について語った。次いで松平春嶽が容堂に賛同論を述べ「徳川200年余の太平の世に功ある内府の声を容れるべし」と主張した。広島藩の浅野長勲は岩倉具視を支持し、中山大納言が尾張藩主徳川慶勝に意見を促すと「春嶽容堂に賛成」と答え、次いで薩摩藩主島津茂久に問うと「岩倉の言うようにしなければ王政の基礎を固めること能わず」と述べた。大久保利通と後藤象二郎も激しく藩主を扶けて弁論相対峙した。遂に天皇は「未だ論議尽きず」と中山大納言に休憩を命じた。休憩中に岩倉の要請を受けて浅野長勲は辻将曹を使って後藤象二郎の説得を行った。「恰も内府公が詐謀を懐かるを知り、これを蔽わんと欲する者の如き嫌あり」と説いた。会議が再開されると、容堂は沈黙を守り、それ以上の慶喜擁護をしなかった。

薩摩、土佐、広島、尾張、福井の5藩の兵を率いて御所警護の指揮を執る任にあった西郷は、この会議には出席していない。しかし会議の経緯を聞いた西郷は「短刀一本あれば片づく」と凄んだ。

◇　◇

王政復古により総裁には有栖川宮（かつての和宮の婚約者）が任じられ、議定には皇族2人と公家3人と5藩の大名が就任した。仁和寺宮嘉彰親王、山階宮晃親王、中山忠能、正親町三条実愛、中御門経之、島津茂久（薩摩藩）、徳川慶勝（尾張藩）、浅野茂勲（芸州藩）、松平春嶽（越前藩）、山内容堂（土佐藩）である。参与は公家から岩倉具視、大原重徳ら44人、5藩からは薩摩9人（小松帯刀、西郷、大久保、五代ら）、尾張6人、越前6人、広島3人（辻将曹ら）、土佐2人（後藤象二郎ら）が任じられ、復権したばかりの長州は5人（木戸、広沢、井上、伊藤ら）、佐賀、宇和島、熊本、岡山、鳥取の諸藩など56人、参与すべて合わせると100人という膨大な新政府の陣容であった。

しかしこの新政府は岩倉らの企んだ幻影に過ぎなかった。明治に入り、首都が東京に移ると、公家や大名は力を失い、参与の中から有能な人物が実権を握ることになる。

大政奉還で名目上の幕府が消滅したことにより、岩倉、大久保らは徳川慶喜を討つ大義名分を失った。そこで西郷隆盛は挙兵の機会を狙って関東各地や江戸市中で、猛烈な挑発を企てた。脱藩浪士ら２００人（５００人？）を募集して集め商人や町民を襲わせ、火付け、強盗、辻斬りを働かせ、いつも薩摩邸へ逃げ込ませた。諸藩邸は「治外法権」で守られていたが、江戸警護を担当する幕末最強と言われる兵の庄内藩（譜代16万石）はこの挑発に耐え切れず、１８６７年12月26日（西暦１８６８年１月22日）に薩摩藩を焼き討ちにした。この江戸の喧嘩が上方へも飛び火した。

徒然道草58　江戸時代の消滅⑨（西郷隆盛の陰謀）

徳川慶喜をどう扱うかは、将軍職廃止で総てが決着したわけではなかった。公家の間にも関白廃止などの急進改革に対する不満があったし、在京諸藩にも、薩摩藩の強硬な動きに反発が高まった。松平春嶽や徳川慶勝らは巻き返しに動き、岩倉らは妥協の姿勢を見せた。公家の議定に岩倉を昇格させ、諸大名の議定に慶喜を加えることが決まり、朝廷から大阪城の慶喜に対して軽装で上洛するように命令が下った。慶喜は大阪城で風邪のため臥せっていたが、病を押して、義憤収まらぬ将校や兵士を懸命に説得した。しかし大目付や目付までほとんど半狂乱のありさまで、ついに「お前たちの勝手にしろ」と慶喜もさじを投げた。そして薩摩側の罪を列挙した弾劾書である「討薩表」の作成を許した。慶喜は旗本で陸軍奉行の竹中重固にこの「討薩表」を薩摩側へ持って行かせた。

――臣慶喜、謹んで去月九日以来の御事体を恐察し奉り候得ば、一々朝廷の御真意にこれ無く、全く松平修理大夫（薩摩藩主のこと）奸臣共の陰謀より出で候は、天下の共に知る所、殊に江戸・長崎・野州・相州処々乱妨、却盗に及び候儀も、全く同家家来の唱導により、東西饗応し、皇国を乱り候所業別紙の通りにて、天人共に憎む所に御座候間、前文の奸臣共御引渡し御座候様御沙汰を下され、万一御採用相成らず候はゞ、止むを得ず誅戮を加へ申すべく候。

罪状書

一、大事件は衆議を尽すと仰出され候処、九日突然に非常の御改革を口実に致し、幼帝を侮り奉り、諸般の御所置私論を主張候事。

一、主上御幼冲の折柄、先帝御依託あらせられ候摂政殿下を廃し参内を止め候事。

一、私意を以て、宮・堂上方を恣に黜陟（ちっちょく=官位を上げ下げすること）せしむる事。

一、九門其の外御警衛と唱へ、他藩の者を煽動し、兵仗を以て宮闕に迫り候条、朝廷を憚からざる大不敬の事。

一、家来共、浮浪の徒を語合い、屋敷へ屯集し、江戸市中押込み強盗いたし、酒井左衛門尉人数屯所え発砲・乱妨し、其の他野州・相州処々焼討却盗に及び候は証跡分明にこれ有り候事。

こうして1868年1月3日、旧幕府軍1万5000人は喜び勇んで、京都に向け北上を開始した。朝廷では緊急会議が召集され、参与の大久保利通が「旧幕府軍の入京は新政府の崩壊であり、徳川征討の布告と錦旗の掲揚」を主張し、議定の松平春嶽は「これは薩摩藩と旧幕府軍の私闘であり、朝廷は中立を保つべき」と反論、会議は紛糾した。しかし議定になったばかりの岩倉が薩摩支持を表明し、会議の大勢は決した。この時、小松帯刀、木戸孝允、後藤象二郎は京に居なかった（?）。

◇　◇

江戸での挑発に成功した西郷隆盛は、徳川慶喜の上洛を阻止せんと鳥羽伏見の街道沿いに薩長芸の「皇軍」5000人と新鋭銃と大砲で待ち構えていた。江戸幕府が参勤交代のために造らせた街道は幅2間（3・8メートル）と定められている。京都に入るまでは平穏に行軍するよう慶喜から命令されていた旧幕府軍は、狭い街道を縦に長くなって、銃に弾丸を込めないで進軍した。鳥羽街道の先頭は京都見廻組400名（和装に甲冑、鎖帷子、銃は持たず刀槍のみ）を率いる大目付の滝川具挙で、討薩表を朝廷に提出する使者である。続いて主力の陸軍歩兵第一連隊、歩兵第五連隊、伝習第一大隊、砲6門、桑名兵4個中隊、砲6門が進んだ。総指揮を執るはずの陸軍奉行の竹中重固は会津藩、桑名藩の藩兵、新選組などと伏見奉行所にいた。

3日（西暦1月27日）午前、街道を封鎖するために南下する薩摩軍の斥候と京都見廻組の先発隊が上鳥羽村において接触した。見廻組は通行の許可を求めたが、薩摩軍斥候はそれを認めず可否を京都に問い合わせると回答した。そのため見廻組は鴨川左岸へ引き返した。薩摩軍はこれを追尾して前進し、鴨川を越え、小銃五番隊、外城一番隊、外城二番隊、外城三番隊の4個小銃隊および一番砲隊の半隊砲4門が鴨川左岸に展開した。旧幕府軍は戦闘準備をせず行軍隊形のまま停止した。「通せ」「確認中」と押し問答が繰り返され、午後5時ころ「最早や夕刻ともなる。強行して入京す」と主張し、旧幕府軍は封鎖を突破するため縦隊で行軍を開始した。すると薩摩軍は一斉に射撃を開始した。滝川具挙は騎乗して進軍していたが、大砲が爆発すると馬が逆走し兵列が大混乱に陥った。一方、伏見では戦闘が激化すると、洋式銃に怖れをなした竹中重固は戦線から逃亡した。さすがに夜になると、同士討ちの恐れもあり戦闘は止まった。

朝廷側は1月4日に議定の仁和寺宮嘉彰親王を征討大将軍に任じて、かねて準備した錦旗と節刀を与え、薩摩兵と長州兵が「錦の御旗」を掲げ「官軍」が突然出現した。その時、広島藩の辻将曹は「あれは薩摩と長州の私闘」と述べ、薩長軍からの援軍要請を拒み、藩兵に一発の発砲も許さなかった。薩土密約に従い、1日遅れで参戦した土佐兵には「錦の御旗」が与えられた。戦闘は3日続いたが、旧幕府軍は「賊軍」となったことで戦意が怯み、思わぬ総崩れとなり大阪城へと追い返された。「天皇と戦争をしてはならぬ」という信念の徳川慶喜は、大阪城に留まり床に臥せったまま(?)であったが、薩摩に対し怒り渦巻く城兵を御し切れず、裏門から密かに大阪城を抜け出し、1月6日に大阪湾に停泊中の軍艦開陽丸で松平容保、松平定敬らと江戸へと退避した。軍艦奉行の榎本武揚は取り残された。この日、新政府は徳川慶勝に命じて二条城を接収した。

榎本武揚は大阪城に残された銃器や刀剣、18万両を運び出し、無傷の旧幕府の艦船を引き連れて江戸へ向かった。江戸城無血開城のとき新政府に艦船を引き渡すことになったが、榎本は開陽丸や大阪城から持ち帰った武器、資金とともに逃げ去り、函館の五稜郭に立て籠もる。新政府は「追討令」を出し慶喜を「朝敵」にして、長州藩が大阪城を接収したが、城の金蔵は空であった。

◇　◇

将軍になってから一度も江戸城に入ったことの無い慶喜にとって、徳川宗家の当主として、初の江戸帰還であった。慶喜を迎え江戸城内は「朝敵」にされたことに怒りが沸騰しており、陸軍奉行並兼勘定奉行の小栗忠順や海軍副総裁に任ぜられた榎本武揚らは主戦論を強く主張した。しかし慶喜は「徳川家よりも天皇を守る」この水戸学の教えを貫き主戦論者を次々と解任、2月12日に江戸城を出て上野寛永寺（貫主は孝明天皇の義弟）で謹慎し、天皇に忠誠を尽くす姿勢を変えなかった。

長州藩は、薩長芸3藩の出兵盟約によって、広島藩と薩摩藩の旗を立てた偽装船に兵1300人を乗せ、1867年12月10日に京へ上らせていた。土佐藩は、山内容堂の出兵禁止を無視して薩土密約を守って在京の藩兵100人が鳥羽伏見の戦いに加わった。また解任されていた板垣退助は許されて軍令首脳に復帰し、1月9日に洋式部隊の迅速隊600人を率いて土佐を出発、まず四国各藩を制圧した。そして戊辰戦争では東山道軍（鎮撫総督は岩倉具視）の参謀として目覚ましい活躍をする。

広島藩では、1867年9月19日に、藩士の一部と農民募集兵からなる1200人の神機隊を旗揚げし、洋式練兵に取り組んでいた。その神機隊の船越洋之助は北陸道軍（鎮撫総督は高倉永祐、参謀の一人は山県有朋）の参謀になる朝命を受け京都に上った。しかし鳥羽伏見の戦いで発砲しなかったため「錦の御旗」を貰えなかったことが、薩摩や諸藩から笑いものにされていることに怒った船越は、参謀就任を断り、広島に戻ってしまった。広島藩内は「薩摩や長州に騙された」「天皇の軍隊として参戦すべき」と激論となったが、藩論は、財政難のためもあり、上洛中の藩兵（1000人余り？）を戊辰戦争に参戦させないことを決めた。
神機隊は出兵せずの藩の決定に強く反発し、自ら軍費を調達して326人の精鋭を派兵した。京で「錦の御旗」を授けられ、上野で彰義隊と戦い、奥州戦争では「まともに歩ける者80人」となるほど奮戦した。そこで広島から応援部隊が派遣され諸隊を含め2700人余りが戊辰戦争で戦い、広島護国神社には神機隊大砲隊長の高間省三（21歳）ら78名の戦死者が祀られている。

徒然道草59

江戸時代の消滅⑩（江戸の無血開城）

「錦の御旗」の威力は抜群で、佐幕派の諸藩も次々と官軍に屈し、1868年3月までには近畿以西は新政府に恭順した。しかし会津藩主松平容保らは、奥羽越列藩同盟を結成して、新政府軍を迎え撃つ構えを見せた。米沢藩士・雲井龍雄が全軍の士気を鼓舞するために「討薩の檄」を起草した。

討薩の檄

初め、薩賊の幕府と相軋るや、頻に外国と和親開市するを以て其罪とし、己は専ら尊王攘夷の説を主張し、遂に之を仮て天眷を僥倖す。天幕の間、之が為に紛紜内訌、列藩動揺、兵乱相踵（つ）ぐ。然るに己れ朝政を専断するを得るに及んで、翻然局を変じ、百方外国に諂媚し、遂に英仏の公使をして紫宸に参朝せしむるに至る。先日は公使の江戸に入るを譏（そし）つて幕府の大罪とし、今日は公使の禁闕に上るを悦んで盛典とす。何ぞ夫れ、前後相反するや。是に因りて、之を観る。其の十有余年、尊王攘夷を主張せし衷情は、唯幕府を傾けて、邪謀を済さんと欲するに在ること昭々知るべし。薩賊、多年譎詐万端、上は天幕を暴蔑し、下は列侯を欺罔し、内は百姓の怨嗟を致し、外は万国の笑侮を取る。其の罪、何ぞ問はざるを得んや。

皇朝、陵夷極まると雖も、其の制度典章、斐然として是れ備はる。古今の沿革ありと雖も、其損益する処知るべきなり。然るを、薩賊専権以来、漫に大活眼、大活法と号して、列聖の徽猷嘉謀を任意廃絶し、朝変夕革、遂に皇国の制度文章をして、蕩然地を掃ふに至らしむ。其の罪、何ぞ問わざるを得んや。

薩賊、擅に摂家華族を擯斥し、皇子公卿を奴僕視し、猥りに諸州群不逞の徒、己れに阿附する者を抜いて、是をして青を紆ひ、紫を施かしむ。綱紀錯乱、下凌ぎ上替る、今日より甚しきは無し。其の罪、何ぞ問はざるを得んや。

伏水（鳥羽・伏見の戦い）の事、元暗昧、私闘と公戦と、孰（いず）れが直、孰れが曲とを弁ず可らず、苟も王の師を興さんと欲せば、須らく天下と共に其の公論を定め、罪案已に決して、然る後徐（おもむろ）に之を討つべし。然るを、倉卒の際、俄に錦旗を動かし、遂に幕府を朝敵に陥れ、列藩を劫迫して、征東の兵を調発す。是れ、王命を矯めて私怨を報ずる所以の姦謀なり。其の罪、何ぞ問はざるを得んや。

薩賊の兵、東下以来、過ぐる所の地、侵掠せざることなく、見る所の財、剽竊せざることなく、或は人の鶏牛を攘（ぬす）み、或は人の婦女に淫し、発掘殺戮、残酷極まる。其の醜穢、狗鼠も其の余を食わず、猶且つ、靦然として官軍の名号を仮り、太政官の規則と称す。是れ、今上陛下をして桀紂の名を負はしむる也。其の罪、何ぞ問はざるを得んや。

井伊・藤堂・榊原・本多等は、徳川氏の勲臣なり。臣をして其の君を伐たしむ。尾張・越前は徳川の親族なり。族をして其の宗を伐たしむ。因州は前内府の兄なり。兄をして其の弟を伐しむ。備前は前内府の弟なり。弟をして其の兄を伐しむ。小笠原佐波守は壱岐守の父なり、父をして其の子を伐しむ。猶且つ、強いて名義を飾りて曰く、普天の下、王土に非ざる莫く、率土の浜、王臣に非ざる莫しと。嗚呼、薩賊。五倫を滅し、三綱を破り、今上陛下の初政をして、保平（保元の乱・平治の乱）の板蕩を超へしむ。其の罪、何ぞ問わざるを得んや。

右の諸件に因って之を観れば、薩賊の為す所、幼帝を劫制して其の邪を済（な）し、以て天下を欺くは莽・操・卓・懿（王莽や曹操や董卓や司馬懿）に勝り、貪残厭くこと無し。至る所残暴を極むるは、黄巾・赤眉に過ぎ、天倫を破壊し旧章を滅絶するは、秦政・宋偃を超ゆ。我が列藩の之を坐視するに忍びず、再三再四京師に上奏して、万民愁苦、列藩誣冤せらるるの状を曲陳すと雖も、雲霧擁蔽、遂に天闕に達するに由なし。若し、唾手以て之を誅鋤せずんば、天下何に因ってか、再び青天白日を見ることを得んや。

是（ここ）に於て、敢て成敗利鈍を問わず、奮って此の義挙を唱ふ。凡そ、四方の諸藩、貫日の忠、回天の誠を同じうする者あらば、庶幾（こひねがはく）は、我が列藩の逮（およ）ばざるを助け、皇国の為に共に誓って此の賊を屠り、以て既に滅するの五倫を興し、既に斁（やぶ）るるの三綱を振ひ、上は汚朝を一洗し、下は頽俗を一新し、内は百姓の塗炭を救ひ、外は万国の笑侮を絶ち、以て列聖在天の霊を慰め奉るべし、若し尚、賊の籠絡中にありて、名分大義を弁ずる能わず、或は首鼠の両端を抱き、或は助姦党邪の徒あるに於ては、軍に定律あり、敢て赦さず、凡そ天下の諸藩、庶幾（こひねがはく）は、勇断する所を知るべし。(ウィキペディアより)

◇　◇

新政府は１８６８年１月５日、西国および桑名平定の為に鎮撫総督を各藩に派遣、７日には慶喜追討令が出され、旧幕府は朝敵となった。10日には藩主が慶喜の共犯者とみなされた会津藩、桑名藩、高松藩、備中松山藩、伊予松山藩などの官位剥奪と京屋敷没収、藩兵が旧幕府軍に参加した疑いが高い小浜藩、大垣藩、延岡藩、鳥羽藩などの藩主の入京禁止の処分を下した。11日には、改めて諸大名に対して上京命令が出され、慶喜追討と新政府への恭順を言い渡した。そして2月初旬、東海道軍、東山道軍、北陸道軍の3軍に分かれ江戸へ向けて進軍を開始した。

東征大総督には新政府総裁の有栖川宮親王が任じられ、参与の西郷隆盛が参謀として総指揮を執った。「王政復古」を成し遂げ議定の一人となった徳川慶勝は、かつて家康が徳川幕府を守る要として置いた尾張藩の藩主ながら、戊辰戦争では徳川慶喜の征伐に向かう軍隊を阻止するどころか周辺諸大名に新政府への恭順を強く働きかけた。大阪から逃げ帰った新選組は、旧幕府から甲府城を任され戦う姿勢を見せたが、土佐軍に敗れた。この戦闘の時から土佐の乾退助は板垣退助を名乗るようになる。祖先が武田信玄の家来であった頃の「板垣」を名乗ることで、戦いを有利に進め、徳川家の直轄地の甲府城を奪い取った。近藤勇は偽名を使って潜伏し、会津行きに備えて新選組を再編成し、隊士は227名にまで増加、下総の国流に本陣を構えたが、新政府軍に捕縛され、4月25日(西暦5月17日)中仙道板橋宿近くの板橋刑場で斬首され(33歳)、京都の三条河原で梟首された。

旧幕府の全権を委任された陸軍総裁の勝海舟は、幕臣の山岡鉄舟を派遣して静岡で西郷隆盛と会見させ、江戸では薩摩藩邸で3月13日と14日に西郷と直接交渉を行い、江戸城の引き渡しと徳川慶喜の助命で合意した。江戸総攻撃は回避され、4月4日に東海道鎮撫総督の公家の橋本実梁が西郷とともに江戸城に入り、慶喜の「死一等を減じ水戸での謹慎」の朝命を申し渡した。４月11日には東征軍諸兵が江戸城に入城し、城郭は尾張藩、武器は熊本藩が管理することになり、江戸は無血開城となった。フランスは徳川方に軍事支援を申し入れたが、天皇と戦う気のない慶喜は拒否した。欧州各国は一斉に中立を宣言し、東征軍が３月15日を江戸総攻撃の日と定めると、イギリス公使パークスは攻撃中止を猛烈に働き掛けた。日本側が恐れた外国の軍事介入は無かった。

その後も東北や新潟の各藩は奥羽越列藩同盟を結成し、激しい戦闘は続いた。盟主である会津藩は１８６８年11月６日に敗北し、討伐軍との戦いに一度も負けることの無かった強兵の庄内藩も２日後の８日に降伏し、諸藩の戦いは終わった。函館では旧幕府の海軍副総裁の榎本武揚、陸軍奉行の大鳥圭介、函館奉行の永井尚志、新選組の土方歳三らが最後の抵抗を続けたが、１８６９年６月27日に五稜郭に立てこもっていた約１０００人が投降して、戊辰戦争は終わった。

徳川宗家は取り潰しを免れ、田安亀之助（４歳、徳川家達と改名）に家督を相続させ、駿府70万石を下賜された。徳川慶喜は水戸から静岡に移り、明治30年（１８９７年）11月に東京巣鴨に移り住むまで静岡で過ごした。勝海舟が生活の面倒を見た。徳川慶喜は幕末の出来事は全く弁明せず、銃猟・鷹狩・囲碁・投網・鵜飼やサイクリングといった趣味に没頭し、子づくりに励み２人の側室との間で10男11女を儲けた。

徒然道草60

江戸時代の消滅⑪（官軍へのご褒美）

では、戊辰戦争とは何であったか。官軍の勝利に貢献した諸藩の強い要請で、新政府は「賞典禄」という恩賞を出すことを決定した。明治2年6月2日（西暦1868年7月10日）、支給総額米74万5750石、現金20万3376両である。（ウィキペディアより）

■主な授禄者

10万石：島津久光・忠義（鹿児島藩主）、毛利敬親・元徳（山口藩主）

4万石：山内豊信・豊範（高知藩主）（さらに豊信には終身禄5000石）

3万石：大村純熙（大村藩主）、真田幸民（松代藩主）、戸田氏共（大垣藩主）、島津忠寛（佐土原藩主）、池田慶徳（鳥取藩主）

2万石：鍋島直大（佐賀藩主）、池田章政（岡山藩主）（さらに3年間の年限禄1万石）、井伊直憲（彦根藩主）、毛利元敏（長府藩主）、佐竹義堯（久保田藩主）、松前修広（松前藩主）

1万5000石：大関増勤（黒羽藩主）、徳川慶勝・徳成（名古屋藩主）、前田慶寧（金沢

藩主)、浅野長勲(広島藩主)、戸沢正実(新庄藩主)
1万石:戸田忠恕・忠友(宇都宮藩主)、秋元礼朝(館林藩主)、松平慶永・茂昭(福井藩主)、黒田長知(福岡藩主)、津軽承昭(弘前藩主)、榊原政敬(高田藩主)、六郷政鑑(本荘藩主)、有馬頼咸(久留米藩主)
8000石:毛利元蕃(徳山藩主)(さらに3年間の年限禄5000石)
6000石:阿部正桓(福山藩主)
5000石:三条実美(公卿)、岩倉具視(公卿)、小笠原忠忱(小倉藩主)、前田利同(富山藩主)、堀直明(須坂藩主)、立花鑑寛(柳河藩主)
3500石:徳川昭武(水戸藩主)
3000石:土井利恒(大野藩主)、松平忠礼(上田藩主)、松平光則(松本藩主)
2000石:西郷隆盛(鹿児島藩士)
1800石:大久保利通(鹿児島藩士)、木戸孝允(山口藩士)、広沢真臣(山口藩士)
1500石:仁和寺宮嘉彰親王、中山忠能(公卿)、伊達宗城(宇和島藩主)、中御門経之(公卿)、大村益次郎(山口藩士)
1200石:有栖川宮熾仁親王
1000石:板垣退助(高知藩士)、小松帯刀(鹿児島藩士)、吉井友実(鹿児島藩士)、伊地知正治(鹿児島藩士)、岩下方平(鹿児島藩士)、後藤象二郎(高知藩士)、嵯峨実愛

（公卿）、大原重徳（公卿）、東久世通禧（公卿）、生駒親敬（矢島藩主）
800石：九条道孝（公卿）、澤宣嘉（公卿）、大山綱良（鹿児島藩士）、由利公正（福井藩士）
700石：黒田清隆（鹿児島藩士）
600石：山県有朋（山口藩士）、前原一誠（山口藩士）、山田顕義（山口藩士）、醍醐忠敬（公卿）
500石：成瀬正肥（犬山藩主）
450石：木梨精一郎（山口藩士）、寺島秋介（山口藩士）、河田佐久馬（鳥取藩士）、渡辺清（大村藩士）、前山精一郎（佐賀藩士）
400石：福岡孝弟（高知藩士）
300石：西園寺公望（公卿）、四条隆謌（公卿）、柳原前光（公卿）、西郷従道（鹿児島藩士）、岩倉具定（公卿）、北郷久信（薩摩藩士）
250石：清水谷公考（公卿）、桂太郎（山口藩士）
200石：桐野利秋（鹿児島藩士）、岩村高俊（高知藩士）、船越衛（広島藩士）、四条隆平（公卿）、澤為量（公卿）、橋本実梁（公卿）、久我通久（公卿）、西四辻公業（公卿）、壬生基修（公卿）、鷲尾隆聚（公卿）、岩倉具経（公卿）
150石：中牟田倉之助（佐賀藩士）、曾我祐準（柳河藩士）、山地元治（高知藩士）

100石：土方久元（高知藩士）、江藤新平（佐賀藩士）、島義勇（佐賀藩士）、大原重実（公卿）、万里小路通房（公卿）、穂波経度（公卿）
80石：谷干城（高知藩士）、前田正之（十津川郷士）
50石：烏丸光徳（公卿）、平松時厚（公卿）、五条為栄（公卿）
35石：青山朗（名古屋藩士）
20石：津崎矩子（公卿家来）
10石：村口村吉（佐賀藩士）
8石：別府晋介（鹿児島藩士）、池上四郎（鹿児島藩士）、篠原国幹（鹿児島藩士）、高城七之丞（鹿児島藩士）

■賞典金

5000両：松平忠和（島原藩主）、鍋島直虎（小城藩主）、松平乗謨（田野口藩主）、牧野貞寧（笠間藩主）、大田原一清（大田原藩主）
3000両：細川護久（熊本藩主）、松浦詮（平戸藩主）
2000両：蜂須賀茂韶（徳島藩主）、松平定法（今治藩主）、奥平昌邁（中津藩主）、柳沢保申（郡山藩主）、戸田氏良（大垣新田藩主）、井伊直安（与板藩主）、堀之美（椎谷藩主）、内藤頼直（高遠藩主）、佐竹義理（岩崎藩主）、有馬氏弘（吹上藩主）、鳥居忠文（壬生藩主）、本堂親久（志筑藩主）

■その一方で処分された藩

仙台藩——62万石から28万石へ、34万石の減封。藩主・伊達慶邦は死一等を減じられ謹慎。家老6名のうち2名が処刑、さらに2名が切腹させられた。

会津藩——23万石から陸奥斗南藩3万石に転封。藩主父子は江戸にて永禁固（のち解除）。家老1名が処刑された。

盛岡藩——20万石から旧仙台領の白石13万石に転封。家老1名が処刑された。

米沢藩——18万石から14万石に減封。

庄内藩——17万石から12万石に減封。

山形藩——近江国朝日山へ転封、朝日山藩を立藩。石高は5万石から変わらず、筆頭家老処刑。

二本松藩——10万石から5万石に減封。

棚倉藩——10万石から6万石に減封。

長岡藩——7万4０００石から2万4０００石に減封。処刑されていた家老2名は家名断絶。

一関藩——3万石から2万7０００石に減封。

上山藩——3万石から2万7０００石に減封。

福島藩——3万石から三河国重原藩2万8０００石へ転封。

亀田藩――2万石から1万8000石に減封。
天童藩――2万石から1万8000石に減封。
泉藩――2万石から1万8000石に減封。
湯長谷藩――1万5000石から1万4000石へ減封。
請西藩――1万石をすべて没収。

徒然道草61

江戸時代の消滅⑫（薩長に騙された芸州）

広島藩こそ、江戸幕府から明治政府への大転換を演出し、日本を異国の脅威から救った最大の功労者のひとつである――この思いを抱く私である。しかし明治新政府が行った「賞典禄」を見ると尾張藩の徳川慶勝や広島藩の浅野長勲の評価の低さに驚く。そうした中、嬉しい文章を見つけた。ここにそのまま引用する。（穂高健一ワールドの「歴史の旅・真実とロマンをもとめて」から）

◇　◇

広島藩は徹底して、第二次長州征伐（幕長戦争）を反対した。

「第一次長州征長で、禁門の変に端を発した、長州問題は解決済だ。幕府が二度も戦いに挑む必要はない。正当な理由もない。こんな内戦などしていたら、欧米列強に日本は植民地化される。長州も、薩摩も外国と戦って負けているではないか。この戦争は止めるべきだ」。

広島藩の藩主・世子と、執政（家老）辻将曹、野村帯刀らが大反対を唱えはじめたのだ。京都においては応接係が天皇へ働きかける。大阪では、徳川家茂将軍へと、老中を通じて建言を出す。総指揮の老中小笠原壱岐守が広島に来ているので、何度も長州征伐の反対を言う。さらには、岡山藩、鳥取藩、池田藩などにも反戦運動の仲間に巻き込む。辻と野村は幕府の目や圧力を恐れていなかった。ともかく、戦争回避へと動いた。全国の諸藩は広島藩の成り行きを見ていた。やがて、薩摩藩の大久保利通が、この広島の動きを見て、大阪城の老中に対して出兵拒否をしたのだ。

「勝海舟日記」にも、広島藩の反対運動のすさまじさが記載されている。

小笠原老中が怒って幕命だといい、辻将曹、野村帯刀を謹慎処分にした。すると、頼山陽の流れをくむ藩校の学問所の有能な若者（現役・ＯＢ）たちが怒り、城下の小笠原老中の宿舎を焼き払い、暗殺すると予告したのだ。そうなると、井伊大老暗殺以来の、重大事件になる。広島浅野藩は、赤穂浅野の親藩であり、赤穂浪士の討ち入りもあった。こんど小笠原老中の殺害に及べば、浅野家はいかなる結果になるかわからない。

「ここは広島から退去して下さい」。浅野藩主がみずから小笠原に言い、彼は宇品港から軍艦に乗り、小倉へと逃げていったのだ。広島藩は正式に出兵拒否をした。薩摩も出兵拒否しているから、各藩の寄せ集め部隊など士気は上がるはずがない。長州に勝ったところで、報奨などないし。長州に軍艦を差し向けた諸藩も、大砲を撃てば、それだけ経済的に損をする、藩財政の圧迫になるから、軍艦を沈めるな、極力、大砲の弾を撃つな、という考え方だ。

これでは幕府が勝てるわけがない。将軍家茂が死ぬと、それを理由にして休戦し、和平交渉が行われた。慶喜は仕掛けることはやるが、後始末は苦手で、海軍奉行の勝海舟に押し付ける。広島・宮島が交渉の場になった。幕府と長州との間で、中心になって動いたのが広島藩の辻将曹だった。

「こんな幕府はもう将来がない」。勝海舟と辻将曹の共通認識になった。

幕府と長州藩の和平交渉を成功させたあと、辻将曹がその勢いで、大政奉還運動へとエネルギーを使いはじめたのだ。やがて、薩長芸軍事同盟が成立し、軍事的な圧力で、慶喜将軍に大政奉還を迫ったのだ。大政奉還後の挙国一致（徳川の藩主たちも含まれる）になった。薩摩の下級武士たちは政治の実権が取れない。「西郷隆盛を中心とした軍事クーデターが起きるかもしれないぞ。薩摩の下級藩士たちが政権の座を狙っている。かれらは京都の新御所政権を継続させる気はない。おおかた天皇を京都から連れ出し、別の場所で新たな政府を作るかも知れない。御所はしっかり守れ」。辻はそう認識していた。だから、とくに広島藩の藩士たちには「西郷には動かされるなよ。偽の勅許を平気で出させる男だからな。それも心得よ」と楔（くさび）を打っていた。

辻将曹は小松帯刀とは親密だが、おなじ薩摩でも、討幕派の西郷隆盛にはたえず警戒心を抱いていた。さかのぼれば、第一次長州征討で、西郷が広島城下にきた時から、この男は和平を望まず、戦いで決着をつけたがっていると見抜いていた。その折には幕府側参与の西郷と長州藩との間に割って入り、辻は話し合いで幕長戦争を回避させた経緯がある。実際に鳥羽伏見の戦いが起きた。これは軍事クーデターだった。松平容保らが５、６人の家臣と共に大阪から京都の御所へ直訴にくればよかったのだ。しかし、容保は幕府軍・会津桑名１０００人以上の軍隊を引き連れて京都に上ってきた。

これは禁門の変を起こした、かつての長州藩と同様のミスだった。薩摩の下級藩士たちの思うつぼだった。「待ってました」とばかりに、西郷隆盛は会津・桑名軍に攻撃を命じたのだ。もし、松平容保が５、６人連れならば、鳥羽伏見の戦いはなかっただろう。

西郷にすれば、禁門の変、鳥羽伏見の戦いと、二度も京都で戦った、武闘派の人物だ。

西洋式訓練を受けた軍人で、幕府側を攻撃する。広島藩はまったく動かなかった。薩摩軍や長州軍から、芸州藩の岸九兵衛隊に参戦を促しにきた。岸は399人を引き連れていたが、一発の銃も撃たせなかった。

「御所を守る皇軍だ。西郷たちの軍隊ではない」。ちなみに、岸九兵衛は辻将曹の実弟である。この後において戊辰戦争が始まる。広島藩はここでも藩士を出さなかった。農兵の神機隊に、十数人の藩士が飛び込み自費で臨んだ。彰義隊の戦い、相馬・仙台藩の戦いに挑んでいる。

広島藩としては動かず。明治政府は神機隊の船越洋之助と池田徳太郎を県知事にしただけである。

恥部を握る浅野家の藩主や重臣は、明治政府のカヤの外に置かれた。会津落城（開城）の翌月には天皇を東京行幸で、江戸城に連れて行き、明治軍事政権を作った。戦いを嫌った広島藩の重臣で、この新政府に入りたがる人物はいなかった。勝者が歴史を創る。薩長が都合よく日本史の教科書を作った。討幕の主体が薩長芸なのに「薩長土肥」に変わり、そして幕末史から広島藩は消えていった。

江戸時代は260年間は海外と一度も戦争しなかった。平和裏に大政奉還がおこなわれた。しかし、戊辰戦争から、日本は変わった。富国強兵の政策と徴兵制で10－20年ごとに海外と戦争をする軍事国家に膨張していったのだ。最後は広島に原爆が落ちた。アメリカは戦争を止めさせるためだったという。その論議は別にしても、幕末に戦争を回避しようとした、執政（家老）辻将曹が広島に居たのに……。

あえていう、広島に原爆が落ちて、広島城も、武家屋敷も、大半の幕末資料も焼けてしまった。でも、全部の広島藩の史料が消えたわけではない。ていねいに掘り起こせば、土佐がねつ造した「船中八策」を否定する資料も、薩摩藩が封印したかった資料も残されているのだ。勝海舟は、幕末に全国を見渡してもろくな家老がいなかったけれど、辻将曹は卓越した能力で、特に優秀であったと語っている。

〈追記：辻将曹のその後（ウィキペディアより）**〉**

維新後は慶応4年（1868年）2月に徴士として参与内国事務局判事となり、同年閏4月には大津県知事に転じたが、早くも11月には罷免されている。翌明治2年（1869年）9月、復古功臣34人の一人として永世禄400石を下付され、明治3年（1870年）8月に待詔下院に出仕し同閏10月には辞任した後は、もはや新政府の中枢に据えられることはなかった。明治13年（1880年）には他の旧広島藩家老とともに「広島士族授産所」（のち同進社）を設立、困窮する旧士族の授産事業を進めた。明治23年（1890年）6月12日、元老院議官に任じられ、同月19日従四位、同月27日男爵に叙されて華族に列せられた。同年10月20日、元老院廃止にともない議官を非職となり麝香間祇候を仰せつけられた。明治27年（1894年）1月

4日、死去（享年72）。特旨をもって正四位に叙せられた。

徒然道草62

江戸時代の消滅⑬（安芸の国と備後の国）

福島正則は1600年10月の関ケ原の戦い後に、徳川家康から安芸・備後2国を与えられ49万8000石の大大名になった。毛利輝元の領地を112万石から長門・周防の2国の30万石に大幅減封して、その抑えとして隣国の安芸と備後に配置したためであるが、わざわざ50万石を下回るように領土配分をした。しかし家康の死後1619年に、福島正則は2代将軍の徳川秀忠によって、信濃国川中島の高井野藩4万5000石に減封・転封の命令を受けて、広島城を去った。そして、かつての福島正則の領地は分割され、安芸及び備後北部・西部は浅野長晟（42万石）に与えられ、備後南部には徳川家康の従兄弟の水野勝成が10万石で入封した。

うかつにも目魁影老は、安芸の国が42万石で、備後の国が10万石であると、すっかり勘違いをしていた。それは江戸時代の浅野藩と福山藩（藩主は水野⇒幕府の天領⇒松平⇒阿部と代わった）の石高を指すだけで、律令国家の大きさとは関係ないことに、つい最近になって気付いた。

古代の吉備国は大化の改新（646年）後に、備前、備中、備後、美作の4カ国に分割された。そして律令制度が始まったころの8世紀半ばには、安芸の国と備後の国の広さはほぼ拮抗していた。しかし人口は備後の国の方が多かった。

《安芸の国は8郡66郷からなる》

沼田郡（7郷）、賀茂郡（9郷）、安芸郡（11郷）、佐伯郡（12郷）、山県郡（8郷）、高宮郡（6郷）、高田郡（7郷）、豊田郡（6郷）である。
人口約6万5600人
調（税）綾、白絹、塩など
国力は全国4段階のうちの2番目の上国、距離は奈良の都まで14日（遠国）

《備後の国は14郡65郷からなる》

安那郡（6郷）、深津郡（3郷）、神石郡（4郷）、奴可郡（4郷）、沼隈郡（4郷）、品治郡（7郷）、葦田郡（6郷）、甲奴郡（3郷）、三上郡（5郷）、恵蘇郡（3郷）、御調郡（7郷）、世羅郡（4郷）、三谿郡（5郷）、三次郡（4郷）である。

人口約7万2900人

調（税）白絹、鉄、塩など
国力は全国4段階のうちの2番目の上国、距離は奈良の都まで11日（中国）

つまり広島藩の領土は安芸の国の全部と備後の国14郡のうち半数強を占めており、備後福山藩は深津郡、安那郡、沼隈郡、神石郡、品治郡、葦田郡の6郡と、備中の国の小田郡、後月郡のそれぞれ大半であった。備後の国のうち甲奴郡は徳川幕府直轄領で、倉敷にあった幕府代官所が支配した。

平安時代中期に編纂された延喜式《えんぎしき》によると、国力により諸国は、大国－上国－中国－下国の四等級に分けられていた。

大国＝13カ国
大和、河内、伊勢、武蔵、上総（親王任国）、下総、常陸（親王任国）、近江、上野（親王任国）、陸奥、越前、播磨、肥後
上国＝35カ国
山城、摂津、尾張、三河、遠江、駿河、甲斐、相模、美濃、信濃、下野、出羽、加賀、越中、越後、丹波、但馬、因幡、伯耆、出雲、美作、備前、備中、備後、安芸、周防、紀伊、阿波、讃岐、伊予、豊前、豊後、筑前、筑後、肥前

中国＝11カ国
安房、若狭、能登、佐渡、丹後、石見、長門、土佐、日向、大隅、薩摩
下国＝9カ国
和泉、伊賀、志摩、伊豆、飛騨、隠岐、淡路、壱岐、対馬

徒然道草63

江戸時代の消滅⑭（毛利藩は200万石の大国）

毛利輝元は豊臣秀吉によって、天正19年（1591年）3月に領国を安堵され、その支配地域の石高は、安芸・周防・長門・備中半国・備後・伯耆半国・出雲・石見・隠岐を合わせて112万石とされている。しかし太閤検地は必ずしも厳密に行われたとは言い難く、その領土の広さに加え、石見銀山（50万石相当）の収入などを考慮すると、実高は200万石を超えていたかもしれない。

その後、毛利氏は関ケ原の戦いに敗れ、徳川家康によって周防・長門2カ国に減封され、名目の石高は29万8480石2斗3合となった。その時、関ケ原の軍功によって広島城を与えら

れた福島正則は安芸・備後の領主になったが、毛利氏とのバランスを考慮して、徳川幕府は名目の石高を50万石以下に抑えて、49万8000石とした。

こうして同じ2カ国を持ちながら、毛利氏は福島氏に比べて大きく見劣りする大名に格下げされたが、慶長12年（1607年）から慶長15年（1610年）にかけて新たな検地を行った。少しでも石高を上げようとして、この検地は苛酷を極めたため、農民一揆も起きているが、検地結果で実質石高は、53万9268石余りであることが分かった。50万石を超える検知結果に驚いた江戸幕府は、提出された御前帳の数字をそのまま毛利家の公称高とすることを恐れ、幕閣（取次役は本多正信）は慎重に毛利氏と協議した。敗軍たる西軍の総大将であった毛利氏は50万石の分限ではないこと（特に東軍に功績のあった隣国の広島藩主福島正則とのつりあい）、毛利家にとっても石高が多いと、幕府から多額の普請役負担を命じられる因となること、そして慶長10年に提出した御前帳の石高からの急増は理に合わないことを理由に、幕府は慶長18年（1613年）に石高の7割である36万9411石3斗1升5合を表高として公認した。

この表高は幕末まで変わることはなかったが、その後の新田開発などにより、実高（裏高）は寛永2年（1625年）には65万8299石3斗3升1合、貞享4年（1687年）には81万8487石余り、寛政4年（1792年）の内検高89万4282石1斗、天保郷帳作成時（1831年頃）の内検高97万0941石8斗1升5合5勺1才、明治3年（1870年）に明治新政府へ報告した石高は97万8004石であった。

なお石高というのは米の生産高だけではなく、他の農作物や塩田、一応長州藩の場合は漁業や商工業なども屋敷高として土地生産高に変換して、石高に含めて算出している。1625年の数字で言うと、萩本藩の石高57万5288石余りの内、田方は45万0574石余り（78％）、畑方は6万3749石余り（11％）、屋敷方は2万9385石余り（5％）、その他小物成・塩浜・浦浮役等3万1478石余り（5％）となっている。

それから250年後の、明治初期の周防・長門の実際の米の収穫高は『全国農産表』によると、53万9059石（明治9年）、59万8837石（10年）、64万8426石（11年）、69万5586石（12年）、68万0104石（13年）、71万4389石（14年）、73万9644石（15年）と急増している。これは新田開発によるものではなく、農業の生産性が明治政府の努力によって急速に上がった成果によるものであろう。

もっとも石高は、農業生産高はある程度反映されるが、鉱工業・商業関係の生産高は限定的にしか反映されていない。斎藤修・西川俊作らによる『防長風土注進案』についての研究によると、1840年代の長州藩経済は、ほぼ200万石規模だったと推定している。

長州藩は三白（塩・絹・蠟）の増産に力を注ぎ、下関に藩直轄の廻船奉行を置き、大いに稼ぎまくった。この財力で、京都の公家たちに賄賂を使って接近するとともに、長崎で銃や艦船を購入し、軍の近代化を成し遂げた。島津藩は72万石の領土を持ちながら、米の生産高は35万石もなかった。隣国の浅野藩は徳川家斉の娘を藩主の正室として迎えるために、藩の財政の半分近い41万両もつかい、さらには長州征伐のためにやって来る諸藩の30万人もの兵の受け入れなど、徳川幕府から多額の出費を強いられ続けており、戊辰戦争には浅野藩として藩兵を派遣することができず、明治維新で大きく出遅れることになった。

徒然道草64

江戸時代の消滅⑮（生き延びた長州）

なぜ、長州藩は取り潰しにならず、生き延びたのであろうか。

幕府に睨まれた大名は、将軍の命令により、領地を取り上げられて廃藩になる、それが江戸時代の幕藩体制の掟であった。天皇が長州藩を「朝敵」とみなし、幕府に討伐を命じたことは異例のことであったが、それを受けて将軍は「廃藩命令」でなくて、なぜ「長州征伐」の出陣を諸藩に命じたのであろうか。大坂冬の陣・夏の陣と同じように軍役命令に従い諸大名は、自費で大軍を率いて広島まで進軍した。

長州藩は、第一次征長戦争では、開戦することなく降伏したが、藩主は改易されることもなく、謹慎処分だけで生き残った。廃藩されることはなかったのである。

「国を夷狄から守る」ことは「正義」である。正義を掲げて行動し、たとえ軍事行動に及んでも、幕府も朝廷も、廃藩にできない——これは日本の歴史において、驚異的なことであった。諸大名は、ひっくり返るほど驚いたことだろう。

正義のための行動は、幕府の命令をも凌ぐ、この意識の芽生え——それこそが長州藩がこの時代にもたらした「覚醒」である。憂国の志士たちもこの革命的目覚めによって、脱藩し、実践行動に走り、幕藩体制の転覆を成し遂げ、異国の脅威を跳ね除ける。

廃藩を免れた長州藩は、幕府に恭順姿勢を示すため保守派が藩政を握り改革を進めることになる。この時に高杉晋作は「正義派」が「俗論派」に敗けたと語った。「正義派こそが勝利の道である」という確信を吉田松陰によって刷り込まれた若者たちは、武力蜂起し、俗論派に戦いを挑んでいった。領民は、幕府に恭順する藩政首脳部の編成した「討伐軍」よりも、若者たちの「正義軍」を支援し、軍費も食料も宿舎も提供、さらに農民兵の諸隊まで続々と結成して挙兵に加わった。こうして長州はクーデターが成功した。

開明派の諸大名は、幕府が朝廷と協力して公武合体政体をつくり上げ、挙国一致して異国に対抗する新しい「日本という国家」をめざす努力を続けた。しかし、幕府も朝廷も、諸大名も公家も、話し合いは「船頭が多ければ多いほど山に登る」という思惑が絡みあい、天皇と将軍は信頼関係で結ばれていたが、二人とも排除されるという最悪の状況に陥っていった。

薩摩の小松帯刀は島津久光に家老として重用され、大きな権限（資金や外交、藩兵指揮）を与えられて上京した。大久保利通、西郷隆盛らを使って、有力藩主らの公武合体工作の裏方役として暗躍するが、話し合いの限界を悟り、武力での討幕に向けて長州、土佐、芸州との軍事密約に踏み切る。京を脱出した木戸孝允は帰藩して高杉晋作らと合流し長州兵の京都進軍を進め、広島藩の辻将曹は薩摩と共に京の御所警護役を会津桑名兵から奪う。板垣退助は山内容堂を説得して土佐で討幕軍の準備を急ぐ。ことに板垣は後藤象二郎らの話し合い路線を批判して「武力で出来た幕府は所詮は武力でしかひっくり返せない」と主張した。毛沢東の「政権は銃口から生まれる」という言葉を、80年も前に述べている。

一方、内乱は、異国による侵略の「呼び水」になる、と最も恐れていたのが徳川慶喜であった。

慶喜は天皇の血を引いているが、朝廷との内戦を避けたのは、国家や民族にとっての「正義」の志を持っていたからでもある。フランス革命やロシア革命といった革命戦争では、数万人、数十万人、数百万人が殺された。しかし日本の戊辰戦争で死んだのは、官軍３５５６人、旧政府軍４７０７人、合わせて８２６３人である。

日本人同士の戦いは、徳川慶喜の英慮により、世界の革命戦争とは桁違いに少ない犠牲者で終わった。そして江戸壊滅も、欧米列強の軍事介入も防いだ。

徒然道草65

江戸時代の消滅⑯（慶喜は関白になろうとした）

若者よ、高い志を持て！

高い志とは何であろうか。幕末から明治維新にかけて、日本で最も高い志を持っていた人物は、徳川慶喜であると私は思っている。水戸家から徳川将軍を出したい、そう願っていた徳川斉昭の夢は、その死後7年目にして7男である息子によって達成された。しかし、慶喜にとっては、将軍になることが生涯の目標ではなかった。この時代、もっと高い志が求められていた。それは日本という国を救うことであった。

母親は112代霊元天皇のひ孫である。霊元天皇の第16皇子職仁《よりひと》親王⇒職仁親王の第7王子織人《おりひと》親王⇒織人親王の第12王女登美宮（徳川斉昭の正室）⇒斉昭の7男慶喜と続く天皇の玄孫である。「男系」は母親により途切れたが、天皇とは極めて近い血筋である。幕末に異国を追い払う攘夷論者であった父徳川斉昭は、尊皇思想に凝り固まった頑固者であった。鎖国か、開国か、で日本中が大騒ぎになったとき、水戸学の「尊皇攘夷」の考え方は、憂国の志士を勇気づけ、脱藩、決起に走らせる支えとなった。異国の脅威とどう向き合うか、選択に悩む阿部正弘は開明派の有力大名と協調して幕政を推し進めるが、朝廷の国事介入を招くことにもなった。

孝明天皇は挙国一致して難局に対処する道を懸命に進めようとする。武力で外国を追い払うことの困難さを理解していないわけではなかったが、一度決めた「破約攘夷」の考えを変えなかった。毛利敬親や山内容堂のように、ころころと変わる藩主を信用できなかった。将軍後見職の徳川慶喜や京都守護職の松平容保だけを信頼した。孝明天皇は義弟の将軍家茂が20歳という若さで病死すると、渋る徳川慶喜に将軍職就任を引き受けさせた。慶喜は江戸城ではなく、天皇の御側で忠誠を尽くすことを決心した。しかし孝明天皇は、慶喜が将軍になったばかりで急死した。

徳川家康は、天皇を京都の御所に閉じ込めて「この国の神々の祭事だけを行う」姿にして支配下に置き、徳川幕府が国事を行い「この国の支配権を握る」幕藩体制をつくり上げた。だが慶喜の時代は、もはや世界情勢にこれでは太刀打ちできない。根本から政治の在り方を改めるしかない。その道は、天皇に最も近い臣下になり、天皇の御側にいて、天皇と共に国事を執る、それしかないと慶喜は気付いた、と私は思う。徳川慶喜は天皇の血を引いてはいたが新たに皇室と婚姻関係を結び（正妻は一条忠香の養女美賀子で江戸にいて別居中）、自ら太政大臣に就任して関白になる。徳川宗家の領地は奉還して朝廷の財政基盤を固め、諸藩にも分担金を割り当て徴収する。徳川宗家はせいぜい２００万石の一大名にする。江戸の旗本は朝廷直轄の洋式軍隊３万人ほどに編成し二条城に配備、江戸の官僚も京に引っ越しさせて政務を担わせる。新しい勅許により「破約攘夷」は中止、毛利親子らも赦免して頂く。こうして京都を天皇親政の首都にする。

もしこれを、孝明天皇と共に実現するには、どのように取り組めばいいか。こうした構想や、手順を徳川慶喜は誰にも語っていない。語るほどの側近もいない。しかし、孝明天皇が了解を与えれば、徳川慶喜はこれくらいのことは、やろうとしたのではないだろうか。

天皇と戦う「朝敵になることだけは絶対に避けなければならない」という忠誠心は強かったが、王政復古によって新天皇を奪われ、朝廷から排除され、内乱を恐れて自ら二条城を出て、もっとも警護に優れた大阪城に移った。しかし岩倉具視や大久保利通に騙され、その大阪城から誘い出され、西郷隆盛に謀られて鳥羽伏見の戦いに引きずり込まれた。

総ての失敗のもとは、「天皇の御側を離れてしまったこと」――徳川慶喜は、そのことを深く悔やんでいるが、誰にもそのことを弁明していない。

徒然道草66

江戸時代の消滅⑰（主役を演じた大名と志士）

1868年9月8日（西暦10月23日）に元号が「慶応」から「明治」に変わり、明治元年が始まった。その時に慶応4年1月1日に遡って新元号は適用されるとした。この年は閏4月が有り、1年間は13カ月383日であった。浅野長勲は1869年（明治2年）1月24日に、24歳で養父の浅野長訓から家督を継ぎ12代目藩主になった。2月4日に新政府の参与に任じられ、3月6日には従二位中納言に叙任されるとともに議定に就任した。5月17日には免職となり、6月17日には版籍奉還が行われ藩主から広島知藩事に命じられた。9月26日には正二位に昇進した。明治新政府は目まぐるしく変遷を繰り広げ、1871年（明治4年）7月14日には廃藩置県が断行され、広島知藩事は免官となって、諸藩大名は領国も武士も領民も完全に取り上げられ、太政官令により東京移住を命じられた。

王政復古により明治維新が始まるまで活躍した尊皇派の志士も佐幕派の有能な武士も多くが殺され、それを操ろうとして利用されただけに終わった藩主たちは、浅野長勲より一回り以上年長であり、長勲を支えた家老辻将曹も勝海舟と同じ歳、西郷隆盛より5歳上であった。つまり幕末史の中で主役になるには、広島藩主は若過ぎ、家老を凌ぐ有能志士は育たず、藩財政は困窮していた。

徳川慶喜は1913年（大正2年）11月22日没（76歳）＝将軍でただ一人「神道」で葬式を行った。

岩倉具視は1883年（明治16年）7月20日没（57歳）＝実質的な首相として明治新政府

を牽引した。

島津久光は1887年（明治20年）12月6日没（71歳）＝「西郷と大久保に騙された」と述べた。

毛利敬親は1871年（明治4年）5月17日没（53歳）＝「そうせい侯」と呼ばれ志士には慕われた。

山内容堂は1872年（明治5年）7月26日没（46歳）＝酒と女と詩を愛し自ら「鯨海酔侯」と称した。

松平春嶽は1890年（明治23年）6月2日没（63歳）＝慶喜の復権のため岩倉具視と戦い続けた。

伊達宗城は1899年（明治32年）12月20日没（74歳）＝大村益次郎に「蒸気船」を造らせた。

鍋島直正は1871年（明治4年）1月18日没（58歳）＝明治新政府に多数の有為人材を送り込んだ。

浅野長勲は1937年（昭和12年）2月1日没（94歳）＝昭和まで存命「最後の御殿様」（従一位侯爵）。

勝海舟は1899年（明治32年）1月19日没（75歳）＝明治維新を後押し、成り上がり大風呂敷旗本。

小松帯刀は1870年（明治3年）8月16日没（34歳）＝西郷や大久保を「掌の上で躍らせた」。病死。

西郷隆盛は1877年（明治10年）9月24日没（49歳）＝島津斉彬（50歳で死亡）に引き立てられ薩摩のため軍人を演じ自決。

大久保利通は1878年（明治11年）5月14日没（47歳）＝内務省を設け新国家創設を牛耳る。暗殺。

木戸孝允は1877年（明治10年）5月26日没（45歳）＝五箇条の御誓文作成。西郷説得叶わず病死。

伊藤博文は1909年（明治42年）10月26日没（68歳）＝維新三傑亡き後に辣腕発揮。元勲。暗殺。

坂本龍馬は1867年（慶応3年）12月10日没（31歳）＝姉へ「日本を今一度洗濯」と手紙。暗殺。

板垣退助は1919年（大正8年）7月16日没（82歳）＝凶漢に襲われ「板垣死すとも自由は死なず」。

大隈重信は1922年（大正11年）1月10日没（83歳）＝幕末から大正まで政府・在野を泳ぎ回った。

吉田松陰は1859年（安政6年）11月21日没（29歳）＝「日本救え」志士の心に火をつけ

た。刑死。

久坂玄瑞は1864年（元治元年）7月19日没（24歳）＝松陰の遺志を継ぎ挙兵、禁門の変に敗れ自決。

高杉晋作は1867年（慶応3年）5月17日没（27歳）＝「面白きことも無き世を面白く」生き病死。

山県有朋は1922年（大正11年）2月11日没（83歳）＝首相・陸軍元帥・元老の毛利藩閥の大ボス。

大村益次郎は1869年（明治2年）12月7日没（44歳）＝徴兵制国軍を目指した軍事の天才。暗殺。

小栗忠順は1868年（慶応4年）5月27日没（42歳）＝幕府戦費調達や軍備強化に凄腕。官軍が斬殺。

由利公正は1909年（明治42年）4月28日没（79歳）＝奇策「太政官札発行」で新政府の金欠救う。

岩崎弥太郎は1885年（明治18年）2月7日没（50歳）＝藩閥勢と産軍結託財閥をつくった大奸物。

渋沢栄一は1931年（昭和6年）11月11日没（91歳）＝経済立国の基礎つくる。慶喜を支え続けた。

外様大名の佐賀藩（肥前藩35万石）の10代藩主鍋島直正（正室は11代将軍家斉の18女盛姫）は島津斉彬の従弟であり「蘭癖大名」と呼ばれた。藩財政改革や教育改革を成し遂げる一方で、幕府から課せられた長崎警備の強化のために西洋の科学技術の導入を進め、精錬方を設け反射炉を建設し、西洋式大砲や鉄砲の製造に成功、さらに蒸気船（凌風丸）をつくり西洋式帆船の海軍基地も設置した。そして薩摩の島津斉彬にこの技術を提供した。しかし盟友であった阿部正弘が没した後の中央政界では佐幕、尊皇、公武合体派のいずれとも均等に距離を置き、藩士の勝手な尊皇攘夷運動を禁じている。１８５５年に長崎海軍伝習所が作られると学生を派遣し、後に大隈重信を長崎に派遣して英語を学ばせた。１８６２年12月25日には上京して関白近衛忠熙に面会し、京都守護職への任命を要請した。「長崎警備は他大名でも担当できるが、大阪・京都の警備には実力が必要であり、私であれば足軽30人と兵士20人の兵力で現状の警備を打ち破れる」と発言をしている。鍋島直正が育てた有能人材の中から、副島種臣、江藤新平、大隈重信、大木喬任らが明治新政府に出仕して活躍した。

◇　◇

浅野藩士は戊辰戦争が終わり、東京が首都となった時代、薩摩、長州が牛耳る明治中央政府に加わることをよしとせず（？）、広島へ引き揚げた。そして浅野長勲とともに郷里の興隆に取り組む。討幕に大きく貢献したにもかかわらず、岩倉具視や薩長土肥連携の藩閥の中央政権から排除された悔しさを晴らすために、浅野長勲が知藩事として力を注いだのは、優秀な若者の育成であった。英国人を雇い英国式軍隊を編成して藩兵の練兵を行うとともに、少年67人を英仏に留学させ、文武塾を設けて藩士の子弟300人を寄宿舎に入れて人材育成を推進した。しかし知藩事としての藩主の仕事はわずか2年で終わった。明治政府は明治4年に廃藩置県を断行し、浅野藩は広島県となり、藩校も廃止された。全国の領土も民もすべて天皇の名のもとに新政府が握り、武士は廃刀令により身分的特権を奪われ、断髪令により日本文化の象徴ともいえる髷は禁止され、徴兵制度による国家の軍隊の創設、各藩の象徴であったお城の破却といった、四民平等の西洋並みの国家像の「文明開化政策」が中央政府により強引に進められた。

翌年1872年（明治5年）にはフランスに倣った義務教育制度が導入され、全国にまず国民皆教育を実現する小学校が開設された。その小学校の上に、中学校、高等学校、専門学校、大学校が段々と整備されていったが、この上級学校は国家づくりを担う人材育成を目指すものであったものの、国民の全員が進学できるものではなく選抜方式となった。しかし、近代国家になったばかりの政府に見られる縁故人事は明治中央政府も同じで、官僚や警察や軍隊のポスト争いだけでなく、大学校の入学でも藩閥政府の意向を受けた推薦者が優先される状況にあった。浅野長勲は公立学校を視察し、その人材教育の進め方に不安を感じた。あまりにも画一的な、英語偏重の授業だったからである。広島の有能な若者を教育し、郷里や国家の興隆を担う人材を育てるために、私財を投じて閉鎖となっていた藩校の再開を決意した浅野長勲は1878年（明治11年）に広島藩の泉邸（現在の縮景園）に私学浅野学校を開校し、1881年（明治14年）には校名を修道学校と改めた。

阿部正弘が開校した誠之館は、現在は福山誠之館高校となっており、各地の公立高校の中には藩校の名称を引き継ぐものも多いが、私立学校として藩校の精神を引き継ぐものは無い。

辻将曹は広島で廃藩後の藩士たちの支援に取り組んでいるが、藩士たちの中から横の繋がりを求め「芸備協会」が明治の初めに生まれたらしい。しかし次第に「派閥」が生まれ、宥和を図るために浅野長勲を迎えることになり、「芸備協会」を通して、人材育成のための奨学金の貸し付けを行うようになり、東京大学裏にあった浅野藩邸の一部が東大生らの学生宿舎「修道館」として提供されるようになった。明治30年には芸備協会は「財団法人」になり、理事長は代々浅野氏が務めている。現在の「芸備協会」は公益財団法人の認可を受け、父親から引き継いだ代表理事（名称変更）は浅野藩17代目当主で修道学園の名誉理事長の浅野長孝が務め「広島藩の建学の精神」を守っている。

徒然道草67

異聞「学生寮修道館」物語①

明治元年（1868年）から昭和20年（1945年）まで、人口3300万人の東洋の果ての島国は、海外諸国が驚く速度で富国強兵を成し遂げ、「一等国」へと駆け上がった。国土が狭いという弱点を克服するために領土を広げ、農民を植民させて食料を確保、人口は7000万人に膨れ上がった。しかし民主主義は育たず、軍部独裁に走り国民を塗炭の苦しみに追い込んだ。無謀な世界大戦を東アジアに広げ、原爆2発を浴びて、日本は亡びた。明治維新からわずか「77年」後のことであった。

日本人は戦後復興に立ち上がり、世界第2位の経済大国にまで国力を引き上げた。農業を見捨てて工業力で四つの島に人口1億2000万人が暮らす平和ボケと揶揄される国家を築いたが、バブルが弾けて失速した。2022年7月8日に安倍晋三元首相が凶弾に倒れた。敗戦からわずか「77年」後のことであった。日本はまた「77年」で滅びるのであろうか。

日本を占領して主権を奪ったアメリカは、再軍備を禁じる憲法を押し付け、農業国として「東洋のスイス」になる道を進ませようとした。天皇制の存続は許したが、アメリカは、日本を国破れ隷属する、アメリカのいう事は何でも聞く属国に封じ込めた。新しい支配者は、明治維新がそうであったように、日本文明の価値観をひっくり返した。

唯一の核兵器保有の超大国アメリカの大統領ルーズベルトは、二度と世界大戦の起きない国際秩序を模索した。国際連合をつくり、戦勝国の米英仏中とソ連の5カ国が協調し、武力は国連軍だけが持つ平和な世界秩序を夢見た。しかしスターリンは共産主義イデオロギーの盟主の仮面を被ってソビエト連邦を牛耳り、スパイを使って核兵器技術を盗み取り、決して軍事力を手放そうとはしなかった。それればかりか、植民地から独立するアジア、アフリカや中国は、ソ連の支援と指導のもとに「ドミノが倒れるがごとく」次々と社会主義国になった。アメリカの超大国の座は揺らぎ、東西冷戦が始まった。脅威に晒されたアメリカは「自由主義陣営」を守る盾とするため、日本を再武装させる方向へ大きく舵を切った。それに対してモスクワは日本にイデオロギー攻勢を仕掛け、左翼陣営に膨大な資金を注ぎ、社会主義革命に向け大衆運動を煽った。日米安保条約は締結から10年目となり改定するかどうか、国会手続きの節目の年を迎え、「自由主義」か「社会主義」か、日本の針路を巡る論争が国中を巻き込んで沸き起こった。1960年、国会に押し寄せたデモ隊が警察と衝突し、女子大生が死亡する事故が起こった。岸内閣は「日米安保改定」の国会議決の後、総辞職した。

岸信介は山口県の出身で東大卒業後は農商務省に入った。その後、満州国の官僚に転じて辣腕を振るい「革新官僚」として陸軍からも満州の関東軍からも嘱望された。太平洋戦争を起こした東条英機内閣に商工大臣として初入閣した。敗戦後はA級戦犯として巣鴨刑務所に入れられたが死刑は免れた。公職追放が解除されると吉田自由党に入党して政界に復帰する。しかし、対米追従姿勢の吉田茂と対立して除名、日本民主党の発足に加わり、保守合同で自由民主党が結党されると幹事長そして首相にまでなった。主権国家の確立を目指した郷土の先輩の吉田松陰のように、アメリカの奴隷とされた日本を、真の独立国家にしようとした。それは太平洋戦争により日本を滅ぼした責任を感じていたためかもしれない。安倍晋三は岸信介の一人娘が母親であり、祖父の遺志を継ぎ、アメリカの実質支配から抜け出せない日本を、憲法改正によって「覚醒」させることに政治家として生涯をかけた。その死は、派閥岸派の流れを継いだ父親の安倍晋太郎と同じ67歳であった。

◇　◇

前田藩のあった本郷の敷地に日本初の大学として、1877年（明治10年）4月12日に東京大学が開校した。その裏の弥生町には浅野藩の敷地が有り、かつてこの浅野藩邸の一角には東大生たちが暮らす学生寮修道館があった。その後、そこは東大工学部の拡張に伴い浅野キャンパスになり、学生寮は移転を余儀なくされ、紆余曲折を経て最終的には近くの旅館を買い取って移設された。弥生町のこの「修道館」は20名ほどを収容する古い木造の学生寮で、「芸備協会」の理事との交流もほとんどなく、新入生の募集や選考、食事をつくる小母さんとの雇用契約も寮生自治組織の学生協議会に丸投げの状態であった。

協議会は毎月開かれた。在館生は全員参加で欠席も遅刻も許されず、議長と書記以外は着席順は自由であった。机も椅子も無い畳敷きの部屋に胡坐で円陣を組み、議案については全員が意見を表明した。この部屋は、麻雀部屋になり、囲碁部屋になり、クラシックレコードを聴きながら一人涙する部屋であった。もとは小さな旅館であったため食堂、洗濯場、トイレ、協議会室の他に狭い一人部屋や相部屋が10室ほどあり、風呂は無かった。浅野キャンパスを越えて根津の銭湯に通った。向ヶ丘から下る根津はかつて遊郭があり、「栄華の巷」とうたわれた下町である。東大工学部の敷地ではキャッチボールをした。

寮費は月に8000円、朝食と夕食が用意された。門限は無かった。夜8時を過ぎると、まだ食べずに残っている食事棚のメシはだれが食べても良いルールがあった。この獲得は競争になった。風呂帰りには、仲間同士でポケットの中を探り合い、小銭をかき集めて、根津の「肉豆腐」屋で酒を飲んだ。修道館の部屋で酒を飲むときはサントリーレッドの大瓶であった。寿司屋なんかは無縁の暮らしであった。学生の勉強は大学や図書館でするもので、修道館は学問とは無縁に近い状況にあった。公務員上級職、外交官や司法試験を目指す若者は、入館はしたものの、ほうほうの体で逃げ出した。大学には登校はしたが雀荘に入り浸るもの、地下鉄東西線の掘削工事で深夜に道路下に潜り日銭を稼ぐもの、左翼セクト（社学同、革マル派、中核派、共産党の民青、社会党の社青同など）がマイクでがなり立てる学生集会に顔を出すもの、密かにデートするものなど青春の日々は多彩であった。家庭教師という真面なアルバイトにありつけるものは多くはなかった。

◇　◇

木造の修道館は、玄関に入れば、奥の部屋まで揺れるほど老朽化が進んでいた。さすがにこれ以上放置できなくなり、昭和40年初め、木造の建物を取り壊し、その年の秋には鉄筋コンクリートの建物が完成した。募金で建て替える構想は断念し、建設費用は広島県に頼り、県債で賄われた。新しい修道館は、1階は玄関、管理人部屋、食堂、風呂、協議会室など、2階と3階は学生寮で2段ベッドと机の2人部屋が24部屋で寄宿生は約50人に倍増、4階は洗濯機が据えられ物干しのある屋上であった。協議会室は広々とし畳の香りが素晴らしい。誰もが喜んだ。しかし、大問題が発生した。

芸備協会はこれまでの「放任自治」に代わる新管理規定を定め、署名捺印を要求してきた。さてこれを受け入れるかどうか、学生協議会の論議は白熱した。旧修道館が取り壊された工事期間中も在館生は放り出されることなく、代わりの宿舎を3カ所に確保してもらい、そこに移り住む便宜を受けていた。新しい修道館ができると、全員そのまま受け入れると保証もされていた。何の心配もしていない学生たちは、まさか「完全自治」が覆されて、「これからは入寮選考を理事が行う」ことになるとは予想もしていなかった。建設費用が県から出ることは漏れ聞いていたが、そのことにより、修道館管理に県庁という行政が関与することになる恐れを理解していなかった。

寮生はとりあえず新しい管理規定に署名捺印し新築の修道館に入居した。そして、芸備協会の理事たちが行おうとした入寮選考を阻止し、面接会場を乗っ取って(?)自分たちで選考を強行した。入寮の意志を示した学生は深夜にこっそり入居させた。こうして「完全自治」の継承をめぐって芸備協会理事との紛争が始まった。理事たちは激怒したが、寮生は話し合いを求め、またこれまでと同じように自主選考を進めた。各大学にポスターを貼って入館希望者を募集し、合格した学生を入居させて、新修道館は満杯になった。新しく着任した管理人は、困惑したであろうが、揉めることも、小競り合いも、一切無かった。

徒然道草68

異聞「学生寮修道館」物語②

その当時、学生運動は「70年安保闘争」で10年前のような反米運動の盛り上がりを狙い、頻繁に国会デモを行っていた。日大、早稲田といった大学では左翼セクトが手を組み「全共闘」を名乗る組織を立ち上げ、机や椅子を積み上げて大学封鎖を決行した。授業料引き上げに反対する全学連闘争は多くの大学に伝播し、さらに反米を掲げる「安保反対闘争」に共鳴する高校生たちまでが学園闘争に熱を上げ、国会デモにも加わるようになった。これに対し政府は警察の中に「機動隊」組織をつくって鎮圧しようとした。国会デモ隊を押し潰そうとする盾と警棒の機動隊、それを突破しようとするヘルメットと角材で武装した左翼セクトの先導するデモ隊。このぶつかり合いは遂に「革命前夜」の演出を狙う市街戦に発展し、1968年（昭和43年）10月21日に新宿駅周辺で暴動が起きた。

1969年1月18日に、修道館の建物と目と鼻の先にある東大安田講堂を占拠した大学全共闘と警察機動隊がぶつかった。安田講堂に立て籠もる過激派学生2000人の強制排除を狙う機動隊は催涙弾と放水で攻め立てた。タオルで顔を隠したヘルメット姿の学生は安田講堂から剝ぎ取った煉瓦と火炎瓶を投げて激しく反撃した。攻防戦は終日テレビで中継され、日本中が見守る中、占拠学生は2日後に逮捕、排除された。「60年安保闘争」のような盛り上がりを見せないまま、「70年安保闘争」は国民の支持を失っていった。反米闘争という共通の目標があったにもかかわらず、勤皇と佐幕に分裂して殺し合ったように、極左セクトは激しい主導権争いに陥り内ゲバという殺し合いまで始めた。

若者たちの大学紛争や高校紛争の時代は終わりを告げ、反戦歌やインターナショナルよりもフォークソングや吉田拓郎の歌へ、ヘルメット姿から長髪の軟派の時代へと移っていった。

◇　◇

修道館の寮生たちは屋上から安田講堂の陥落を間近に眺めていたが、機動隊との攻防戦に参加したものは一人もいなかった。学生協議会は理事会側との接触はあったが、退去要求は無視し続けた。管理人とは奇妙な同居をしつつ、平穏な暮らしを続けた。１９６９年春には4年生が卒業し、新たな自主選考を行い新館生が入って来た。しかし芸備協会はかつて入寮を認めた旧寮生が卒業すると、理事会の関与しない選考により入居した新館生の追い出しに動いた。１９７１年（昭和46年）に裁判所の許可を得て（？）強制排除することを通告した。学生協議会は話し合い解決を求めたが、ついに警察機動隊導入が行われることになり、修道館生は乱れることなく一致して行動することを決め、布団や教材は宅急便で送りだし、当日の朝5時、腕組みをして玄関に座って、抵抗することなく機動隊に排除された。その後、芸備協会側は不法占拠をしたとして賠償請求をすることはなかったが、居住権を巡って裁判闘争となった。東京地裁は学生側の居住権を認める仮処分を出したが、理事側はその撤回を求めて裁判闘争は続けられた。結局、学生側の「完全自治」を守る闘争は敗北し、芸備協会はその「学生寮事業」を放棄して学生寮の建物と土地は売却され、浅野家から土地代金1億円が寄付され奨学金貸し付けは続けられることになった。しかし学生寮の修道館は潰れ、再開される望みはない。

◇　◇

修道館生時代の思い出を記す。正確さには自信はないが、50年余り前のかすかな記憶である。

①勲一等の勲章を初めて拝見した。東谷伝次郎さんは金沢の四高、東大、大蔵省と進み、会計検査院長を務められた。晴れやかな勲章姿を、われわれ修道館生に披露された。みんな畏まって先輩にお祝いの言葉を述べたはずだが、その時にどんなお話をお聞きしたか全く覚えていない。

②原爆を落としたトルーマンは絶対に許せない。しかし意外にも、動員学生として呉の軍需工場で働いていた少年は「ああ、これで戦争が終わる。ほっとした」と感じたそうである。東大工学部に進み、電気工事会社の副社長を辞めた後は、95歳まで芸備協会の理事や評議員を務められた。

③その先輩は、修道館ＯＢが20人ほど集まる酒席でこんな70年も前の逸話を披露された。修道館の中庭の向かいに若い夫婦が住んでいた。「ある夏、２階の窓を開けたまま、昼間から、ことに励む様子を見てしまった。さすがに若かったから、こっちも興奮してマスをかいた……」

④東大から国鉄に就職し、分割民営化の改革３人組の一人葛西敬之と共にＪＲ東海に移り副社長を務めた先輩は、芸備協会の理事になり、「江戸城天守を再建する会」事務局長・専

務理事として木造で江戸城の天守台を建てる夢を追い続けている。「歴史的建造物」の認可が難しいらしい。

⑤「〇〇さんが消えた」驚くような珍事が修道館で起こった。広島からお兄さんが上京して、本や布団を整理して持って帰った。物静かな東大生であった。「北朝鮮に渡ったのではないか……」という説が密かに囁かれた。在日朝鮮人の二世であったかどうかも定かには知らない。

⑥相部屋の先輩は、いつも万年床の上に胡坐をかきギターを弾いていた。小柄で顔立ちは爽やかで、ときどき通う本郷のスナックでは格段にもてた。早大工学部を卒業し、なぜか化粧品会社に就職した。きっと超美人を女房にしたはずだと思うが、卒業後は音信の無いままである。

⑦超大企業の社長令嬢が結婚する週刊誌記事を見てびっくりした。相手は、かつて修道館にいたこともある大蔵官僚。新婚旅行にインドネシアを訪れた。そこで世話になった会社の駐在所長のことを義父に褒め称えた。本社に戻った所長は抜擢され、社長にまで昇進、経団連会長にもなった。

⑧一人部屋だった東大生が「泥棒に入られた」と騒いだ。やってきた警察官が、部屋を一目見るなり「こりゃひどい」と思わず漏らした。万年床と紙屑に埋もれた部屋は男臭さにみちていたが、特段荒らされたわけではなかった。失ったものは結局、戻ってはこなかった。

⑨深夜に早大生がうめき声をあげた。相部屋の在館生は背中をさすった。静かになったのでそのまま寝込んだ。救急車を呼ぼうとは全く思いもしなかった。心臓肥大のため心臓麻痺を引き起こし即死であった。簡素な葬儀の祭壇をつくり、尾道から両親を迎え、みんなで泣いた。

⑩恥ずべき喧嘩をしたことがあった。居酒屋で、インターナショナルか、コスモポリタンかで激論していて目の前の薩摩揚げを投げつけた。彼は素早く身をかわした。東大理学部から製薬会社に就職してガンの研究をしていたが、自らガンに罹患して早世した。無念でならない。

⑪デッサン用の石膏オブジェを部屋でたたき割った画家の卵が居た。修道館から東京芸大へは歩いて通える。卒業後はパリに留学したが、なぜか広島市にある父のお寺を継いで僧になった。絵は墨と筆で1メートルもある丸を描くだけ。京都で個展を開いた。その絵の教えを、私は未だ理解できない。

⑫走高跳で中国大会優勝の高校生がいた。推薦入学で早稲田に入ったが、大学では記録が伸びなかった。背の高いナイスガイであったが、中小企業に就職すると、年上の社内一のマドンナと結婚し、優秀な社員をごっそり引き抜いて、独立して社長になった。驚くべき早業であった。

⑬高校球児を夢みて田舎から広島商業に入学したが、歴然とした力の差に驚き野球部を辞め

た。その後中央大学に入り司法試験に挑戦したが、ここでも壁は厚かった。夢を息子に託した。父親の叱咤激励を受けて、その子供は見事に司法試験に合格した。親子2代にわたる奮闘に感心する。

⑭「敗戦後の日本の若者の堕落ぶりは目を覆わんばかりであった」のを憂え1947年に創設されたのが少林寺拳法である。東大少林寺拳法部は南伊豆下賀茂寮で夏の合宿を行った。5キロほど離れた弓ヶ浜で稽古中に可愛い中学生に出会った。商社に就職後も純愛を貫きその娘と結婚した。

⑮細身で長身の中央大生が大型バイクで転倒して入院した。その時の看護師と同棲をはじめ、京都府庁に就職した。子供2人に恵まれたが、悲しいことに妻は病死した。男手一つで子供を育て終え、ある美人と再婚した。局長まで頑張り、次は副知事かという直前に脳溢血で倒れ死亡した。

⑯八王子の野猿峠に大学セミナーハウスが開設された。飯田宗一郎が着想し、先生と学生が泊まり込みで学問する教育施設だ。マスプロ授業に幻滅した早大生にとって多くの大学から100人もの男女が深夜まで論じ合う大学セミナーは、松下村塾の如き理想郷であり入り浸りとなった。

徒然道草69

伊藤博文は31歳で岩倉使節団の副使を務めた

明治維新が始まって間もない明治4年（1871年）12月、西欧列強の実像を探るために、新政府は史上空前の大使節団を米欧に派遣した。右大臣岩倉具視（47）を特命全権大使に、副使4名と各省から選ばれた俊才ら正式メンバー46名、それに若い留学生43名などを加え、総勢108名もの大集団であった。使節団はアメリカの蒸気船で横浜を出発し、太平洋を渡ってサンフランシスコに上陸し、そこから陸路でアメリカ大陸を横断しワシントンD．C．を訪問したが、アメリカには約8カ月もの長期間滞在した。その後、大西洋を渡り、ヨーロッパ各国を歴訪して、明治6年9月に帰国した。

留学生の中には、大久保利通の次男の牧野伸顕（11）、津田塾大学を設立することになる津田梅子（8）、戦前の三井財閥の総帥になった団琢磨（13）、フランスの思想家ルソーを日本へ紹介して自由民権運動の理論的指導者となった中江兆民（25）らがいた。

この岩倉使節団の4名の副使は、木戸孝允（39）、大久保利通（42）、伊藤博文（31）、山口尚芳（33、佐賀藩士で後の初代会計検査院長）であった。長州藩から2人が選ばれ、1年未満とはいえ英国留学経験のある伊藤博文が最も若かった。

使節団は1872年8月にイギリスのリバプールに到着した。ロンドンから始まり、ブライトン、ポーツマス海軍基地、マンチェスターを経てスコットランドへ向かう。スコットランドではグラスゴー、エディンバラ、さらにはハイランド地方にまで足を延ばし、続いてイングランドに戻ってニューカッスル、ボルトン・アビー、ソルテア、ハリファクス、シェフィールド、チャッツワース・ハウス、バーミンガム、ウスター、チェスターなどを訪れて、再びロンドンに戻ってくる。1872年12月5日はヴィクトリア女王にも謁見し、世界随一の工業先進国の実状をつぶさに視察した。

欧州では、イギリス（4カ月）、フランス（2カ月）、ベルギー、オランダ、ドイツ（3週間）、ロシア（2週間）、デンマーク、スウェーデン、イタリア、オーストリア（ウィーン万国博覧会を視察）、スイスを回った。帰途は、地中海からスエズ運河を通過し、紅海を経てアジア各地にあるヨーロッパ諸国の植民地（セイロン、シンガポール、サイゴン、香港、上海など）にも立ち寄った。

伊藤博文は訪問第一歩を印したサンフランシスコで開かれた歓迎レセプションで大演説を行った。

「今日、わが国が熱望していることは、欧米文明の最高点に達することであります。この目的のために、わが国はすでに陸海軍、学術教育の制度について、欧米の方式を採用し、海外貿易はいよいよ盛んになり、文明の知恵はとうとうと流入しつつあります。しかもわが国における進歩は、物質文明だけではありません。国民の精神的進歩はさらに著しいものがあります。数百年の封建制度は一個の弾丸も放たず、一滴の血も流さず、撤廃されました。このような大改革を世界の歴史においていずれの国が戦争なくして遂げ得たでありましょうか。この驚くべき成果は、わが政府と国民の一致協力によって成就されたものであり、この一事をみてもわが日本の精神的進歩が物質的進歩を凌駕するものであることがおわかりでしょう」

「わが使節の最大の目的は、文明のあらゆる側面について勉強することにあります。貴国は科学技術の採用によって、先祖が数年を要したようなことを、数日の間に成就することができたでありましょう。わが国も寸暇を惜しんで勉学し、文明の知識を吸収し、急速に発展せんことを切望しているのであります。わが国旗にある赤い丸は、もはや帝国を鎖す封印の如くみえることなく、今まさに洋上に昇らんとする太陽を象徴するものであります。そしてその太陽はいま欧米文明の中天に向けて躍進しつつあるのです」

伊藤博文の言葉には、吉田松陰の遺志を果たさんとする、明治維新の志士たちの溢れんばかりの気迫が満ち満ちていた。

徒然道草70

徘徊老人のサイクリング①

糖尿病の治療には「運動」が第一である、と主治医に言われている。2カ月に一度、採血してチェックしているが、数値が改善しない。私の親族には糖尿病の人がいっぱいいるから、遺伝であると思っており、だから何を試みても良くなるはずはないのだが、医者の診察時にはちゃんと「それらしく」応えなければならない。ちなみに「血糖値のA1C」は71である。

体重が少し多めなので、久しぶりに思い切って「50キロロード」をやって、減量することにした。

自転車は10年前に買ったアメリカ製のDAHONである。折りたたみ式で重さ13キロくらい、車輪は20インチ、9段変速のかなり老人向きの軽くて乗りやすい自転車である。

江東区の豊洲を朝6時半に出発して、およそ6時間走り、たっぷり水を飲んで汗をかき、体重は1・3キロ減った。2024年7月3日、天気は晴れ、徘徊老人はあわや熱中症に罹るところであった。

車道は避けてできるだけ「自転車道」を走る。豊洲にはかつては石川島播磨重工の造船所があり、太平洋戦争時は朝鮮人が多く働かされており、銀座から見ると地の果てのような不便極まりない工場地帯であった。道路はトラックが走るから広くつくられているが、運河をまたぐのは、太鼓橋ばかりで、住民にとっては甚だ危険な、正に工業地帯であった。かつて戦艦を建造・修理していた広い石川島播磨重工や大砲をつくっていた日本製鋼所の移転跡地は、ここ数年ですっかり再開発され、タワーマンションだらけの街に変貌してしまった。

豊洲交差点から東に向かい「しののめおおはし」を渡ると巨大ショッピングセンター「イオン」、その先の人と自転車専用の「辰巳桜橋」を渡ると地下鉄辰巳駅に出る。この駅には東口に「辰のモニュメント」、西口に「巳のモニュメント」がある。さらに自転車用の高架橋を渡ると辰巳の森緑道公園に入る。松林と桜並木、江東区辰巳区民農園、東京辰巳国際水泳場、夢の島公園（オリンピックアーチェリー会場跡）、新江東清掃工場、東京夢の島マリーナ、少年野球場のそばを走る。江東区の南海岸よりは緑とスポーツ施設が多く、信号の少ない自転車が走りやすい道が整備されている。

ところが難所は江戸川区へ渡る荒川河口橋だ。荒川の川幅の最も広い南端をまたぐ桁下高さは24・9メートルの高速道路橋で大型トラックが猛スピードで走る。橋の脇にはみ出すように造られた歩道は、全く歩行者や自転車に配慮がなされていない。登り坂はやっと自転車が行き交うだけの幅しかない。そこを江戸川区から都心に向けて通勤、通学する自転車が猛スピードで走り下ってくる。危険極まりない。9段変速の自転車といえども、こわごわと端っこを押して上るしかない。橋を渡り終えると螺旋状の道を下って緑あふれる葛西臨海公園に到着する。

東京湾を眺めながらゆっくり一周する。海からの風が心地よい。

千葉県にある東京ディズニーランドを川向こうに眺めながら江戸川に沿ってつくられたサイクリングロードを北上する。途中改修工事中とかでしばしば一般道路へ迂回させられる。直進すると「中川」に入る分岐点で、瑞穂大橋を東へ渡って江戸川沿いを北上する。水辺のスポーツガーデンやプレジャーボートの造船所を走りすぎると、江戸川水閘門に着く。ここから川幅は一挙に開け、盛り土の堤防とその下には少年野球場が延々と整備されている。篠崎ポニーランドから幅10メートルものサイクリングロードを悠然と走り、小岩菖蒲園で休憩して、矢切の渡し、葛飾柴又の「寅さん記念館」を経てやっと水元公園に入った。サイクリングロードには東京湾からの距離が1キロごとに表示してある。18キロ表示を過ぎて堤防の道から降りて、水元公園の高さ15メートルもの古代杉メタセコイア(?)の森の中を走る。水元公園は江戸川が広い三日月湖として残った水辺の公園で、花の少ない季節ではあったがピンクの蓮の花が満開で白いスイレンも咲いていていた。50センチにも満たない細い釣り竿で何か釣っている老人が何人もいた。「小鮒です」というコメ粒ほどの魚がペットボトルに20〜30匹も泳いでいた。手長エビは空揚げにすると美味しいそうだが「この時期は釣れません」とのことであった。

徒然道草71

徘徊老人のサイクリング②

水元公園から東京スカイツリーを目指して南下する。朝方は曇っていたのに、空は青空が広がり、暑くなりそうだ。風はない。小さな橋を渡ると三郷市、さらに進むと八潮市、どうやら埼玉県に迷い込んだようだ。一般道を左に曲がり右に折れ、太陽の角度を頭で計算しながら走るが、一向に東京都に戻れない。やっと東京都足立区の表示を見つけたが、大きな川に行き先を遮られる。どうも荒川らしいが、そこを渡る橋がどこにあるのか、また迷走が続く。ここまで来ると、かなり遠方にではあるが東京スカイツリーが見え隠れする。

榎本武揚の銅像わきを抜け、やっと超格安の八百屋に辿り着く。リュックに入る大きさのスイカを600円で買い、公園でたっぷりコーヒーと水を飲んで休憩。猛烈に暑い。汗だくで我が家に辿り着くと、12時半を回っていた。シャワーを浴びると、クーラーの下で夜になるまで爆睡した。

さて翌日、朝8時半にまたサイクリングに出掛けた。今度は後ろに荷台、前にかご付きのママチャリである。前日と同じ八百屋で、ミニスイカ6個、桃1箱8個入り、アンズ3パック、トマト1箱18個入り、あわせて4500円であった。往復2時間、10時半には家に着いた。

美味くて安い果物を求めて、もう1カ所遠出するところがある。おばあちゃんの原宿と呼ばれる巣鴨である。日本橋から東京ドーム球場脇、白山通りを北上すること1時間余り、JR巣鴨駅を過ぎると旧中山道の巣鴨地蔵通り商店街に辿り着く。線香の煙漂う「とげぬき地蔵尊高岩寺」にお参りする老若男女の姿は、どこか田舎の郷愁を感じる。庚申堂を左折するとそのスーパーは在る。果物は、リンゴ、いちご、ミカン、ポンカン、柿、ぶどう、梨など、季節を先取りする味覚がどれも段ボール箱から取り出して山盛りにしてある。欲しいものをばら売り、パック売りで、リュックサックに入りきらないほど買う。帰りは折りたたみ快速自転車で六義園、上野、両国橋、深川と違う道を走る。

江東区は、江戸時代の水路を埋め立てたり、臨海部を運河に沿って堤防やテラス風に整備したりと、歩道や自転車道路があちこちにつくられている。桜並木も随分と多い。豊洲駅から豊洲魚市場をぐるりと1周する6キロものテラスロードは海を見ながら歩くのはちょっとしんどい距離だが、サイクリングするのには東京で最高のエリアである。

有明テニスの森を走り抜けてお台場に入ると、江戸末期に欧米の江戸攻撃に備えて造られた砲台の品川第三台場史跡が都立公園となっており、そこから続く海沿いは、太平洋の島から白砂を運んできて整備された日光浴やビーチバレーの聖地のお台場海浜公園、水上バスの乗船場、フジテレビ本社、自由の女神像、ヒルトンホテル、ホテルニッコー、都立潮風公園、船の科学館があり、退役した初代南極観測船宗谷（もとは青函連絡船）が展示されている。日本科学未来館や東京国際交流館、ビール祭りなど多彩なイベントが開かれるセントラル広場、そのそばには、高さ18メートルの実物大ガンダム像がそそり立つ。花と緑のプロムナード公園、夢の大橋、国際展示場ビッグサイト、がん研有明病院と続く緑の回廊は、車が全く走らない歩行者と自転車の天国である。ビーチマットを広げて木陰で昼寝したり、家から持参した弁当を食べたり、あるいは東京湾に向かって投げ釣りをしたり、花の公園は植え替え前には、自由に花を摘み取ることもできる。

お台場海浜公園の砂浜には大量にアサリが育ち、大きい貝を5キロから10キロも収獲できた。ハマグリやアオヤギ貝も沢山いた。ところが、東京都の監視員が見回るようになり、今では潮干狩りは禁止されているようだ。

同じ東京都に住みながら、江東区は恵まれすぎており、申し訳ない気もする。徘徊老人は、糖尿病の予防のために、快速9段速サイクルで、銀座、日本橋、上野、東京スカイツリー、浅草、葛西臨海公園、六本木、渋谷、新宿、池袋、羽田まで走り回る。駐輪場は都心には随分増えた。2時間まではどこも無料である。

徒然道草72

徘徊老人のサイクリング③

自転車で徘徊すると、あちこちで思わぬものを発見する。葛西臨海公園を走っていて、緑の森を抜けて、石垣の上に座り込んでお握りを食べていた時、干潮で水の引いた江戸川河口の浜を眺めていると、沢山の小母さん、小父さんが何やら砂をほじくって獲っている。それは立派な「シジミ」であった。大きなバケツや袋にいっぱい、5キロも10キロもの大漁である。早速私も、釣り道具店「上州屋」で熊手と網袋を購入した。

葛西臨海公園の真ん中に架かっている渚橋を歩いて渡ると広いビーチの「西なぎさ」人工島である。ここは子供連れの潮干狩りパパやママで賑わう砂浜である。そこでは、シジミではなくアサリ、潮吹き貝、マテ貝、ハマグリが獲れる。埋め立ての都立公園であるから、漁業権は無く、だれでも午前9時の渚橋の開門以降は入れる。遠浅の砂浜は、引き潮になると幅100メートル、長さ1キロメートルを超す広大な砂洲が姿を現す。アサリや潮吹き貝が大量に育っていて、無我夢中で潮干狩りに没頭すると、すぐに網袋がいっぱい、5キロにもなる。シャベルで薄く砂をすくい取ると小さな穴が現れる。そこに「塩」を注ぐと、驚いて「マテ貝」が飛び出してくる。これが何とも面白いゲームみたいで、1時間も夢中で遊んでいると、2リットルのペットボトルいっぱいに10センチから15センチのマテ貝が獲れる。大きなハマグリが30個も獲れたこともあった。

こうした収穫物は、家に持って帰って食べる。食べきれないものは「つくだ煮」にして、親戚に配る。ところが、暇な小父さん、小母さんがどっと押し寄せて荒らし回るから、2〜3年で獲り尽くされてしまう。

徘徊老人は暇に任せて、羽田沖や、多摩川河口まで「漁場」を探して快速サイクルで遠征するようになった。浜離宮から高速道路の首都高1号線の下をひたすら天王洲アイルまで走り、運河を渡って大井に入り、またひたすら南下すると大井スポーツの森、東京港野鳥公園を通って南の果て城南島海浜公園に着く。ここにはキャンプ場や人工ビーチが整備されている。

目の前は羽田空港である。羽田空港はA、B、C、Dの4本の滑走路がある。西側にあるのがA滑走路で長さ3000メートルでもっぱら着陸用、北側にあるのがB滑走路で2500メートルで着陸用、東側にあるのがC滑走路で3360メートルでもっぱら離陸用、南側の海に突き出ているのがD滑走路で長さ2500メートルで離陸用である。どの滑走路を使って離陸するか、着陸するかは、その日の風向きによって変更する。さらに5本目のE滑走路3000メートルがC滑走路の東側の東京湾に並行してつくられる計画である。旅客の乗り降りするターミナルビルは真ん中にあるのが「第1でJAL」、東側にあるのが「第2でANA」、西側にあるのが「第3で国際線」である。

羽田空港に着陸する飛行機はラッシュ時には3分くらいの間隔で城南島海浜公園の200メートルから300メートル上空をB滑走路に向けて急降下してくる。絶景のビューポイントである。

運河を挟んで羽田空港を眺めるためにつくられた都立公園にはオートキャンプ場、バーベキュー広場とともに、人工的に砂を運び込んで600メートルもの「つばさ浜」がつくられている。黒い泥沼状態ではなく、よく整備された砂浜で、アサリは自然繁殖だがよく育ち、潮干狩りは自由で、一人2キロまで獲ることができる。巻貝のアカニシ、蟹のガザミも獲れる。シャワー施設はないが、何カ所か水道が設けてあり、男性ならば着替えもできる。ビーチは相当込み合っているが、中には10キロも収獲したツワモノもいる。

多摩川の河口には泥沼状態の砂洲があちこちにあり、シジミが獲れる。沖合の東京湾まで進んで、「ハマグリを獲って、居酒屋に売ってきた」と自慢していた老人もいた。さすがに地元に暮らす人しか知らない穴場があるようだ。

徒然道草73

江東区高層田園都市構想

江東区をどのような住み良い所にするか、私案をまとめてみた。

①高齢者が住みやすい「花と菜園」を楽しめる町づくり
②子供が自然に親しめる「水没農村」のある町づくり

武蔵の国と下総の国の境を流れていたのが墨田川である。蛇行を繰り返し、その位置は現在よりも東であった。江戸に幕府が開かれ、無人の地が100万人都市へと発展を始めると、丘陵地に住むことを許されぬ庶民は浅い湿地を埋め立てて暮らすようになった。江戸の町が東へと広がるにつれ、幕府は下総の一部を武蔵へと組み入れて「国境」の変更を行った。その後、深川八郎右衛門らに埋め立てや町づくりをさせ、江戸は東京湾岸へと南に広がり、出来上がったのが深川すなわち江東区だ。両国橋とは武蔵の国と下総の国を結ぶ橋のことである。

もともと、海面すれすれの低湿地であり、多くの水路が掘削されて水運が利用された。江戸湾と墨田川や荒川を結ぶ「海抜ゼロ」が絶対的な生命線の土地であり、わずかにかさ上げされた場所に庶民はしがみついて暮らすしかなかった。幕府の引いた玉川用水は立川市西北の羽村堰から多摩川の水を取り入れて、四谷大木戸までの43キロメートルを素掘りで、１６５２年にわずか８カ月でつくったものが始まりで、江戸市中に分岐して生活用水を供給した。しかし墨田川の東の地域では、庶民は井戸を掘って、工業用水や生活のために地下水を使った。

地下水の汲み上げは、地盤沈下を引き起こした。「海抜ゼロ」の恐怖心が、江東区民には蔓延している。しかしオランダのように、国土の26％が海面より低い国もある。海面よりも低いところに暮らすことは、人類にとって不可能ではない。

この「海抜ゼロ」の呪いから解放された町づくりこそ、江東区の未来である。

〈江東区から運河の追放〉

これからは水運は止める。運河は海水を抜き、真水を荒川から引く。埋め立てはしない。運河の底地跡には「水没村」をつくる。村の真ん中を流れる真水の小川は、土手に薄、萩、雑草を植え、蝶やトンボや昆虫やミミズが棲み、メダカ、ドジョウ、ミズスマシが泳ぐ（運河跡を埋め立てて海水を流してハゼやゴカイの棲む今の水路方式にはしない）。この「水没村」の小川の左右は農地として整えて、区分けして住民に10年間契約で無料開放する。茅葺きの農具小屋を設け、必要なものを用意する。花、野菜、芋など自由に栽培し、収穫物はすべて個人のものとする。１００人ほどの高齢者を集めた「水没村」を数多く設けて、村長、勘定奉行、村方数名を置き、無給で自治を行う。費用はすべて江東区が負担し、花の種や苗、肥料なども補助する。

農具小屋には「この村には泥棒はいません」と告知板を掲げて、便所を併設（男用はさっぱり亭・女用はすっきり処と命名）、地上に上り下りするエレベーターを設ける。水没村のところどころには松林と竹林、地上と繋ぐ階段や公園を設ける。木の枯葉や松葉は回収して火付け用に使い、筍は小学校の給食に提供する。農地で使う水は水道水でなく「手押しポンプ」で汲み上げる。

〈老人介護は止め、生きがい溢れる町に〉

介護施設や介護士を増やして、「寝たきり老人」で最期を迎える老人福祉は止める。いつまでも元気で医療費や介護費用の負担を気にしなくて済むように、人生を「ワクワクどきどき」「面白おかしく」暮らせる、そんな仕組みを考えるべきである。「水没村」は老人の生きがいの場である。太陽のもとで、自然に触れ、楽しく花や野菜を育て、子供たちと触れ合い、収穫を喜び合う祭りを開く、日本中にかつてあった「農村」の面影を復活する。

しかし老人にとって外を自由に出歩く生活はいつまでも続かない。どうしても手助けが必要になる時期が来る。そこで三輪自転車を無料でリースする制度を区がつくる。

江戸時代から続く水運用の運河、明治時代以降の工業開発による水路だらけの江東区は、全く高齢者にとって優しい街ではない。運河に架かるのは勾配の急な「太鼓橋」だらけであり、歩道も狭いところが多い。この坂の上り下りは歩くのも、乳母車を押して通るのも、自転車をこぐのも、苦痛であり危険である。「太鼓橋」は江東区内からすべて追放し、坂道の無い平面の町にする。さらに橋の上の歩道部分は3倍に幅を広げ、三輪自転車の駐輪場や水飲み場や公園とする。花や収穫した赤カブ、トマト、摘まみ菜、イチゴなどは橋の上に露店を広げて販売しても良い。プラスチックの駕籠や紐やビニール袋は禁止して、「水没村」で育った竹や稲わらで、籠、縄、草鞋、ゴザ、人形などを手づくりする教室を整え、いろいろと老人の知恵を出し合い、小遣い稼ぎを許す。

スーパーや公共施設には老人用の三輪自転車駐輪場の設置を義務付ける。運河の既存のテラスも、老人用の三輪自転車の通行と駐輪を認める。

〈高層住宅から子供たちを解放する〉

学校から20階以上もあるタワーマンションの住宅に戻った子供たちには、電子ゲーム以外に遊ぶ場所がない。蝶やトンボやコオロギやミミズやメダカを見たことも触れたことも無い子供たちが、将来、果たして豊かな自然や地球環境を守ろうとする人間に育つであろうか。

「水没村」は老人に生きがいを提供するだけでなく、子供たちが泥遊びをし、昆虫たちを追い回し、小鮒やオタマジャクシを掬い取れるように、様々な仕掛けを考える。海面の広がる運河跡地には「水田」をつくる。その水田は老人にではなく地元小学校に割り当て、「米の成る木＝稲」を植え、案山子《かかし》を立て、麦や粟や稗といった雑穀や芋を育てる。農具小屋には水車を設け「脱穀」も学ぶ。収穫した穀物は野鳥の餌とする。都内の公園や学校にも無料で配る。枯葉や小枝や収穫の終わった花や野菜くずは集めて回収し、年の暮れに稲を刈り取った水田跡で藁や籾殻や案山子とともに燃やし「焼き芋祭り」を開催する。灰は肥料にする。都民以外にも参加を呼びかけ、皆で杵つきした餅や焼き芋や干し柿や藁人形を無料で配る。

老人介護には無縁で、太陽を浴びて農作業に汗を流し、子供たちと焼き芋祭りや泥んこ遊びで触れ合い、めいっぱい疲れて我が家に帰って風呂上がりに倒れ、寝たきりにならずにそのまま人生を終わる――そんな生き方が農村にはあった。

〈水没村は大雨水害時には巨大排水路にして、住宅街を守る〉

東京の地下に巨大な貯水トンネルを設けて、大雨水害から住宅地を守る試みが広がっている。しかし江東区ではそんな無駄な投資はしない。「水没村」は大雨や高潮が派生した時には、水害から人々を守る巨大排水装置となる。太陽光発電でポンプを回し、通常は「水没村」の雨水や余剰真水は、東京湾に排出する。そして異常時には、農地を犠牲にして、大水をため込み、江東区民の命を救う。

高層ビルの谷間には桜ばかりが植えられる傾向にあるが、桜は止める。代わりに公園や道路わきの空き地には果物の「アンズ」を植える。アンズは一斉に花が咲き、一斉に熟す。果実は高齢者に収穫してもらい、「アンズジャム」にして保管して、学校給食で活用する。「水没村」には渋柿も植える。柿の実はゆっくり熟す。収穫した実は老人が皮をむき、稲わらの縄に吊るし「干し柿」にする。これを祭りで配ったり、露店で売って利益を村の補助にしたりする。

〈釣り船・屋形船は豊洲市場の東側の無人島に移す〉

運河を全廃すると釣り船や屋形船は営業できなくなる。これらの業者は、豊洲魚市場の東側にある運河の無人島を再開発して移転する。豊洲魚市場や食堂街の営業時間は早朝から午前中であり、駐車場の込み合うのも終日ではない。釣り船や屋形船の利用客の込み合う時間帯と、魚市場の込み合う時間帯とは真反対である。魚市場や食堂街の閑散とする時間帯を、釣り船や屋形船の利用客の駐車場として利用し、午後から夕方にかけて観光客を呼び込み、豊洲市場の賑わいを演出する。

徒然道草74

情報社会を拓いた円城寺次郎の物語①

江戸時代に日本の庶民は文字が読めた。しかも銭を払って「新聞」を買って読むことまでした。

かつてヨーロッパ人は文字が読めないので、キリストの十字架の像や絵を使って教会は布教した。民衆に教典の内容が知れわたることを教会や聖職者が忌避し、聖書は一部の聖職者だけの物だったが、15世紀中頃にグーテンベルクが活版印刷を発明し、聖書を出版して以降、一般にも広く読まれるようになった。しかし日本人は、中国語の漢字から、平仮名や片仮名を生み出し、9世紀の平安時代初期から「文字」を書いたり読んだりする文化が発達していった。

瓦版《かわらばん》は、江戸時代の日本で普及していた「新聞」のことで、時事性・速報性の高いニュースを扱った木版一枚摺りの印刷物である。天変地異、大火、心中などに代表される、庶民の関心事を盛んに報じた。街頭で読み上げながら売り歩いたことから、読売（讀賣）ともいう。妖怪出現ものや娯楽志向のガセネタもあり、享保7年（1722年）には「筋無き噂事並に心中の読売を禁じる」という幕府の命令も出ている。

その後、明治時代になると100余りもの新聞が全国で発行されるようになるが、正論新聞か、文芸娯楽新聞ばかりであった。そんな中で、殖産興業に取り組む政府の要請と支援で、明治9年（1876年）に発刊された唯一の「経済紙」があった。永い低迷期や幾多の変遷を経て発展していった『日本経済新聞』である。

日経現代史は円城寺次郎社長（1968年＝昭和43年就任）によって始まった。日経新聞社の進むべき針路を「経済に関する総合情報機関」と高らかに掲げた円城寺社長は、コンピューター時代の先駆者として、「必要な情報を、必要なところに、必要な形式で、より速く」届けるために、さまざまな経営ビジョンに挑戦を開始し、多くのメディアを育成し、高度情報時代を切り拓いていった。マクロ経済だけでなく、ミクロ情報に特化した専門紙の発行、日経ビジネスという店頭販売をせずに読者に直接郵送する高級経済誌や数十誌に及ぶ専門誌を発行する出版社や科学雑誌社の設立、テレビ会社やラジオ短波放送会社の経営、株式指数を素早く証券会社などに配信する情報通信会社やテレホンサービス会社の発足、集めた経済情報を蓄積・分析・加工するデータバンクの開発、経済情報を分析予測する専門家を育てる経済研究センターの新設、各種ニューズレターの発行など、どれもアメリカ企業と提携したり、ユーザーを獲得したり、広告市場を切り拓いたりと、猛烈な経営を展開した。若い大卒を大量採用して、オン・ザ・ジョブ・トレーニングで素早く育てるために、社員はみんな猛烈に働かされた。人間も、情報も多重活用されたが、経営赤字で窮することは無かった。

「日経は将来、新聞も発行している会社になる」というのが円城寺社長の目指した針路であった。

◇　　◇

19世紀半ば、植民地争奪競争に明け暮れる欧米列強は、いよいよ眠れる獅子中国や黄金の国ジパングを狙って狡猾な侵略攻勢を仕掛けてきた。極東の島国は鎖国が破られ、不平等条約を押し付けられ、イギリス、フランス、アメリカ、ロシアといった帝国主義列強に翻弄され、領土を奪われる存亡危機にあった。徳川幕府や朝廷や諸藩を結集して武力で対抗しようとする攘夷論は、火縄銃でライフル銃と戦うようなもので軍事力の差を知らない井の中の蛙の妄想に過ぎなかった。分国支配の封建制に替えて中央集権国家を樹立して国力強化を図るしかないと目覚めた下級武士たちは、徳川幕府や有力大名や朝廷による「公武合体政権」や「公家中心の復古政権」を早々と見限り、明治維新という列強に敗けない統一国家づくりに邁進した。欧米に学ぶために有能な若者を留学させ、外国から高給をもって学者や技術者を招聘し、学校や工業や鉄道や郵便通信の整備に力を注ぎ、士農工商という身分制度を無くして武士に頼らない国民皆兵の富国強兵の国づくりを推し進めた。

明治9年3月には廃刀令が公布され、近代国家づくりが次第に形を整えつつあったが、追い詰められた不平武士の最後の抵抗が相次いで暴発した時期でもあった。10月に熊本神風連の乱が起きると、萩の乱、秋月の乱が呼応して発生、翌明治10年1月には、ただ一人の明治天皇の陸軍大将である西郷隆盛を担ぎ上げた西南の役が起こった。徴兵制で育成した政府軍は大久保利通らの指揮で総力を挙げて鎮圧に乗り出し、9月になって西郷隆盛の自刃により西南の役は終結、名実ともに武士の時代は終わった。

西郷を新政府から追い出して、太政大臣三条実美や右大臣岩倉具視を操り、実質的な明治政権の首相役を演じた大久保利通は、明治5年に内務省を新設し警察権をはじめ産業振興や鉄道、通信まで含めた内政全般を支配下に置き、明治9年5月に内務省に勧商局を設けた。翌々7月に三井物産が発足し、井上馨の推薦で益田孝が社長に就任した。益田孝28歳、社員16人のスタートであった。この三井物産は井上馨や渋沢栄一の支援もあり、明治21年には官業払下げによって三池炭鉱を手に入れ石炭輸出を握ることで飛躍、明治40年代には日本の貿易の2割を担うまでになる。

明治政府にとって国力増強のためにまず取り組むことは、国内各地の特産品の生産を増やし交易を活発にすることであった。そこで勧商局の初代局長である河瀬秀治は手元に集まる内外の商況報告や資料を活用して実業界を発展させるため、「商業知識を普及する新聞をつくれ」と益田にしきりに勧め、内務省内の大田原則高を編集者に推薦してくれた。当時すでに東京日日新聞、郵便報知など全国で100余りの新聞が発行されていたが、正論新聞か文芸娯楽の小新聞で、経済知識の普及や実業振興の助けになるものではなかった。

貿易会社の若い社長となった益田孝は内外の物価動静を正確にいち早く伝える経済情報が、

商機判断に欠くべからざるものであることを熟知していたから、大蔵省勤務時代の上司である渋沢栄一に相談した。渋沢は井上馨とともに明治政府を下野して実業界に転じ、明治6年に創立した国立第一銀行を皮切りに次々と会社を興し、また優秀な実業家を数多く育成し、日本経済の発展を牽引した殖産興業の最大の功労者である。渋沢は益田を激励するとともに、福地源一郎を紹介してくれ、福地が社長をしている日報社が印刷を引き受けてくれることになった。

徒然道草75

情報社会を拓いた円城寺次郎の物語②

江戸時代の末期、開国を余儀なくされた日本は、ヨーロッパとの交易によって、大量の金が流出した。日本では金と銀の交換比率が、金1に対して銀5であったが、ヨーロッパでは金1に対して銀15であった。この「為替の格差」を江戸幕府は知らなかったため、日本の小判はどんどんとヨーロッパへ持ち去られる事態となった。

貿易立国の礎を築かんとする明治政府の内務省勧商局により、いわば「国策会社」として発足した三井物産会社は、「正確なモノの値段を把握する」仕組みづくりの重要性を分かっており、経済情報を伝える新聞をいち早く渋沢栄一の支援の下にスタートさせた。その新聞は「中外物価新報」と名付けられ、三井物産会社の中外新報局で発行された。中外とは国の内外を意味し、交易のためには国内の特産品の価格だけではなく、それを売り込む海外市場の動きを知ることにも重点が置かれた。

〈明治9年12月2日㈯に「中外物価新報」発刊〉

創刊号は当時の慣行で欄外日付は印刷日となっているが、週1回、日曜日発行のタブロイド版よりやや大きめの4ページ建ての紙面である。1面トップ記事は東京景況で、米、油、塩、酒、鉄などの相場を掲載、次いで横浜、大阪。2面には各地の物産品相場(長崎、新潟、水戸、佐原、静岡、名古屋、四日市、信州上田、岐阜、二本松、姫路、仙台、石巻など)と横浜商事報告の見出しで輸入状況を掲載。3～4面はロンドン商況電報、米英通信、香港通信、上海通信、横浜輸入品相場などを報じている。

紙面は5段組み、1段20字詰め37行であり、購読料は1部売り5銭、1年分前払い2円40銭、半年1円25銭であった。発刊費用は三井物産からではなく、益田が「自分の金を出してつくった」と語っているが、「勧業に関する海外報告その他の材料を世に公にするため」との理由で、内務省から毎月272円の保護金が支給された。発行当初の推定平均部数は571部とみられ、1回の総売り上げは571部×5銭=28円55銭、毎月4回発行として総売り上げは28円55銭×

4回＝114円20銭に過ぎない。情報の提供も財政支援も受けた政府丸抱えの新聞が実態であった。この保護金は財政改革を断行した大蔵卿松方正義のデフレ緊縮政策によって、明治14年1月には月額150円に減らされ、さらに同年9月を最後に打ち切られた。

このころには発行部数も1100部と創刊当時の2倍にまで増えていたが、明治11年1月からは週2回発行に踏み切り、1部当たり価格は3銭に引き下げていた。そこで増収を図るために広告掲載に本格的に乗り出し、明治15年8月17日の紙面に広告料金を公示して申し込み受付を開始した。広告料金は1行から10行までは1行につき14銭、11行から30行までは同3銭5厘、31行以上は同3銭、ただし6回以上掲載は1割引き、13回以上は1割5分引き、25回以上は2割引きとした。広告は最終面4ページに掲載した。明治17年には1ページの半分から4分の3を占めるほどになった。当時の月間収入を計算してみると、販売収入は1100部×3銭×8回＝264円となる。広告収入は1ページの3段分、1行4銭と仮定すると、3段×37行×4銭×8回＝35円52銭となる。これは月間収入297円52銭の11％を広告収入が占めている計算になる。

報道強化策の一環として、松方正義により明治15年10月に日本銀行が設立され新しい紙幣が発行されると、記事特約を結び「商業社会の耳目を以て任とする本紙としては、日銀に関する事は大小となく報じる」旨の社告を出した。こうして中外物価新報は、内外の商況情報や政府の経済政策を報道し、国民の経済知識の涵養や殖産興業の推進に貢献してきたが、すすんで論説や政策提言を行い、益田孝も自ら筆をとって「海外保険会社設立論」や「貨幣改革論」など経済産業界を指導する提言を行っている。

徒然道草76

情報社会を拓いた円城寺次郎の物語③

明治維新から77年後、昭和20年に日本は建国以来、初めて滅んだ。かつてのポーランドのように、世界地図から消え去ることは無かったが、アメリカが占領支配する「保護国」となり、連合国軍最高司令官総司令部ＧＨＱ（General Headquarters）の統治下に置かれた。東条英機大将をバカ者呼ばわりして日本陸軍から排除された石原莞爾中将が考えた通り、早すぎた太平洋戦争の突入により、最後の強敵であるアメリカの最強兵器「原爆」に敗れたのである。明治維新以来、日本がめざしてきた欧米に追いつき、アジアを植民地支配から解放し、その盟主になるという日本の夢は砕け散り、アメリカ軍の空爆により国土は焼き尽くされて多くの庶民の命が犠牲になり、海外に派兵された兵を含めると３３０万人が戦死した。総ての海外領土と沖縄と千島を失い、台湾、朝鮮、満州から引き揚げてきた者も含め７０００万人が、四つの島に押し込められ、国民はどのように生きていくのか。

アメリカの4選目の大統領ルーズベルトは、ドイツ、イタリア、日本が、3度目の世界大戦を起こさないように、国際連合という新たな世界秩序づくりを推し進めた。アメリカを中心に、イギリス、フランスが結束し、ソ連と中国を加えた「五大国による国連軍」を創設して世界を安定支配するという考えである。そして、第二次世界大戦で最後まで戦った日本は再軍備を禁止して、スイスのような農業国にする道を押し付けようとした。しかし「ソ連はけっして自国の軍事力を国連に委ねることは無い」と見抜いていた英国のチャーチル首相の見立て通り、戦後は冷戦時代へと突入していった。日本の軍事力を徹底的に挫くため、ドイツ戦に勝利したばかりのソ連最高指導者スターリンを「日ソ中立条約」を破棄して日本との戦争に引きずり込むことに成功した米大統領トルーマン（ルーズベルトが1945年4月12日に急死したために副大統領から大統領に昇格）であったが、見返りに北海道割譲を要求したスターリンに対して、ソ連の北海道支配までは認めなかった。

「日本を降伏させるために原爆投下は必要であった」と信じているアメリカ世論は詭弁である。私は、「国際法違反である」アメリカの核兵器使用を決して認めてはならないと考えている。しかし連合艦隊司令長官の山本五十六の仕掛けた「真珠湾攻撃」の大きな戦果に「狂喜」した日本国民は、次第にアメリカ軍に追い詰められて、沖縄戦に完敗した日本陸軍の「本土決戦」に、希望を託していたわけではない。

「あなたは戦時動員学生として呉の軍事施設で働いていて、原爆投下で20万人も日本人を殺したアメリカを憎まなかったのですか」

「原爆という新型爆弾により広島が壊滅したと知り、ああこれで戦争が終わるとほっとした」

敗戦後70年余り経った時、今は亡き先輩に聞いた声である。

〈昭和21年（1946年）3月1日『日本経済新聞』と名称を変えた〉

中外物価新報⇓中外商業新報（明治22年1月7日改名）⇓日本産業経済（昭和17年11月1日から内閣情報局指令で日刊工業と経済時事紙などを吸収して変更）と変わった新聞の題字は、戦後昭和21年3月1日に新しく『日本経済新聞』と改めた。同じ日に、円城寺次郎編集局長が誕生、38歳であった。半年後の10月末には取締役に就任した。3月13日には社名も日本経済新聞社と改めた。

この年昭和21年にはＵＰＩと経済電報特約（2月20日）、ＡＰ（3月20日）とロイター（6月3日）それぞれと経済通信特約を結び、また大蔵省の委嘱を受けて大蔵省公報掲載を3月19日から開始、5月12日からは閉鎖機関委員会と特殊整理委員会の公示事項、次いで10月1日からは物価庁公報の掲載を始めた。さらに昭和23年1月22日からは日本銀行公報も掲載することになった。

昭和22年4月10日には小汀利得社長の発案で日本経済新聞社の社是を決定した。「中正公平、わが国民生活の基礎たる経済の平和的民主的発展を期す」と社のめざす針路を掲げ、戦後復興への道を新しい政府とともに歩み始めた。日本を立て直すために進むべき道は「三つ」あった。①アメリカを盟主とする自由主義経済を選択、②ソ連の主導権のもとで急速に膨張し始めた共産主義陣営に加わる、③スイスのように永世中立の小国となる――である。戦勝国は、敗戦国に対して戦争責任を追及する東京軍事裁判を開廷し、東条英機ら7人を絞首刑にし、賀屋興宣ら16人を終身禁固刑、禁固20年と7年を一人ずつの判決を下した。1948年12月23日、皇太子15歳の誕生日に死刑は執行された。遺灰は密かに米軍機から太平洋に「散骨」された。

GHQは、農地解放で大地主から農地を取り上げ小作人に分配した。独占企業や財閥には解体を命じた。特高警察の廃止、教育改革、新憲法制定といった日本の新しい国家形成策を次々と実施したが、中でも日本国民に大きな影響を与えたのが、21万人にも及ぶ「公職追放」であった。

1946年1月1日、昭和天皇は年頭に当たり、「新日本建設に関する詔書」を発表し、現《あら》人神《ひとがみ》であることを自ら否定した（人間宣言）。そして1月4日にGHQは「公職追放令」（第1次）を通達した。追放の該当者は、A項が戦争犯罪人、B項が陸海軍軍人、C項は超国家主義・暴力主義者、D項は大政翼賛会指導者、E項は海外金融・開発機関の役員、F項が占領地の行政長官、G項はその他の軍国主義者や極端な国家主義者。追放の対象となる在職期間は、日中戦争の発端とされる盧溝橋事件の起こった1937年7月から、終戦の1945年（昭和

20年）8月までとされた。

日本人にとって最も怖いのがG項で、「軍国主義政権反対者を攻撃した者。言論、著作、行動により好戦的国家主義や侵略の活発な主唱者たることを明らかにした一切の者」などが含まれ、GHQの判断で誰でもが追放対象者にされた。後に首相になる鳩山一郎や石橋湛山ら大物政治家らも、次々と追放され、昭和20年7月30日から社長を務めていた小汀利得氏も追放該当者に指定されて、昭和22年12月2日に社長を辞して日経新聞社を去った（昭和25年10月3日に追放解除）。

新聞紙面は昭和9年（1934年）9月11日から朝刊10ページ、夕刊4ページとなったのを最高に、その後は戦争経済の進行で用紙不足に陥って減ページが相次ぎ、昭和20年5月1日から昭和24年11月までは朝刊のみ2ページの時代が続いた。1カ月の購読料は100円であった。

昭和26年5月に新聞統制令は廃止され、新聞用紙の供給は自由化され、購読料や販売に関する規制も無くなった。するとたちまち新聞業界は激しい部数拡張競争に走った。昭和13年以来13年間にわたって続けられた共販制度は一挙に崩壊し、朝日、毎日、読売は27年12月1日、東京都内と大阪府内で専売店制度に踏み切った。日経はこれに追随する力は無く、朝日新聞の販売店で扱ってもらう複合専売店制度を布いた。しかし日経も昭和30年5月1日、都内は単独専売店を断行した。65店舗であった。その後、関東、東北、甲信越に専売店を広げ、31年12月には95店となった。

日経新聞は昭和33年（1958年）1月に増紙3カ年計画をスタートさせて、50万部の販売部数を50％伸ばして75万部にすることを目指した。昭和35年（1960年）7月に池田内閣が誕生して、所得倍増政策を掲げると日本経済は空前の岩戸景気が沸き起こり、日経新聞も年末には72万部を超え、36年1－3月期は75万5000部となった。すぐさま「昭和39年中に100万部」という目標を掲げ、昭和39年4月には102万7454部を記録した。

日本経済新聞社の社屋は、昭和39年3月に千代田区大手町に完成した。それまでは、明治以来の日本の商工業の中心地であった東京都中央区茅場町にあった。都心にありながらも新聞社は最も近代化の遅れた手作業ばかりの「きつい、汚い、危険な、3K工場」であった。新聞記事は記者が1枚60字しか書けないザラ紙に4B鉛筆で殴り書きし、それを1文字ずつ判読して木箱に並べていく。1行15字（つまり原稿用紙1枚で4行）のマッチ棒とほぼ同じ長さ太さの活字を見出しと一緒に新聞紙面1ページの型枠に大組して（重さ30キロ）、そこから紙型取り、鉛版鋳造（18キロ）、輪転機に装着して印刷、重ねて折り畳み、で新聞は出来上がる。これを夕方から午前2時まで行う。この「活字」「鉛版」は毎日ドロドロに溶かして再利用する。この腕1本の技を持つ職能集団の確保と労働組合対策は新聞社にとって大きな課題であった。鉛中毒という職業病も抱えていた。

徒然道草77

情報社会を拓いた円城寺次郎の物語④

進化し続ける日経現代史の原点を築いたのは、円城寺次郎氏である。円城寺専務は主幹・企画担当として日経の将来構想を膨らませつつ、満を持して昭和43年（1968年）2月28日、60歳で社長に就任した。40年代初期は東京オリンピック後の反動不況で、経営体質の強化と100万部安定確保に追われた。新聞社という「鉛の呪縛」から抜け出せない企業を、いかにして体質改善するか。円城寺社長は、コンピューターに着目した。新聞社が持つ記事は、毎日溶解される鉛の活字とともに消えてなくなる。それを蓄積することで「情報」という新たな価値を生み出す道を模索した。それを可能にする「ツール」こそコンピューターであると考えた。当時、電子計算機はソロバンに代わり数字を猛スピードで処理する道具に過ぎないと考えられていた。

〈円城寺ビジョン「経済に関する総合情報機関」に挑戦始まる〉

「これからは波風の立つ経営を進める」

「マクロ情報だけでなくミクロ情報にも強い新聞社にする」

「いずれ金を出して情報を買う時代が来る」

「必要な情報を、より速く、より安く、多様な媒体で提供する」

「情報を蓄積し、分類し、加工する仕組みをつくる」

「データバンクを構築して情報の多重活用を図る」

「理論と実際の経済運営を実証的に研究し、人材育成を図る場をつくる」

「コンピューターを使って新聞を作る。コンピューター化は人減らしが狙いではない。これまでできなかった不可能が可能になる」


円城寺哲学は、こうした言葉で次第に会社幹部の口から語られ始めたが、必ずしも全社員がすぐに総合情報機関の意味を理解したわけではないし、そうなれると信じたわけではない。しかし円城寺社長は、次々と手を打った。それは波風どころか、暴風のごとき疾風怒涛の経営の始まりであった。

社長に就任するや否や、新聞記者の大量採用に踏み切った。昭和44年春入社の円城寺チルドレン一期生は120名を超えた。昭和40年春には自らが委員長になって社員教育委員会を発足させ、技を盗んで記者を育てるやり方から脱皮して、組織的に人材を育てる制度づくりに着手していたが、大量の若者を支局にバラ撒いてじっくり育成する余裕はなかった。いきなりミクロ取材現場に放り込んで鍛えた。戸惑いや反発も起きた。政治部や経済部や社会部を夢見ていた記者の卵たちの中には、商品相場や会社回りの現場取材を拒否して、「釘記者は嫌だ」と言って早々と退社する者もいた。

昭和45年、46年、47年と大量採用を続けた。当時は40年不況から立ち直り、日本はインフレが進み、賃上げが2ケタに乗る状況であった。促成栽培のヨチヨチ歩きではあったが、若手記者には記事を書いても新聞に掲載される紙面がないというフラストレーションが高まっていた。新しいミクロ情報紙の発行を急がなければ、急増した記者たちを養えない。ミクロ情報の新聞としては様々な業界紙が存在するが、日経がめざす企業ミクロ新聞には、日刊工業新聞と日本工業新聞という強敵が存在していた。特に日刊工業新聞は戦中の用紙不足のため日経と統合させられたこともある有力紙で、自称50万部を誇っていた。日経大手町本社は地階から3階までは輪転機や鉛版や活版や活字の文選といった鉛工場で占めており、日経本紙に加えて、10ページもの専門紙を製作することは不可能に近かった。社屋を増築して手狭な活版工場を広げることも多難な選択であった。円城寺社長は鉛を使わないで新聞を作るコンピューターによる新聞制作（製作ではない）の技術開発に昭和42年から取り組んでいたが、まだ、海のものとも、山のものとも分からない状況が続いていた。

徒然道草78

情報社会を拓いた円城寺次郎の物語⑤

新聞社の本社は千代田区に集中している。大手町に読売新聞社、日本経済新聞社、産経新聞社、やや離れた一ツ橋に毎日新聞社。朝日新聞社は有楽町にあったが、中央区築地に移転して、跡地は有楽町マリオンになっている。この界隈には、国会議事堂、中央官庁、警視庁、経団連、銀行や大企業の本社、日本銀行、証券取引所、防衛省などがあり、日本の政治経済の中枢となっている。国民に伝えるべき公報は総てここから発信される。その中に新聞社が本社を置くのは必然である。しかし何しろ新聞製作は職種のデパートと揶揄されるほどの労働集約で深夜労働で、腰痛や鉛中毒といった職業病の発生する「3K工場」で、この改善は新聞社にとって焦眉の急であった。

熱い鉛のホット・タイプに対して、鉛を全く使わないコールド・タイプ・システム（CTS）としてまず実用化されたのがサプトン方式であった。原稿を文字盤でパンチャーが入力し、それを1行15字幅の紙テープに打ち出す。その紙をカッターで切り分け、見出しや写真とともに、1ページの紙面にレイアウトして貼り付ける。その1面をフィルム撮りして、アルミ製の軽い刷版に転写する。そのアルミ製の刷版を輪転機に装着して印刷する。

この方式だと「平版印刷」のため「凸版印刷」の輪転機は使えない。刷版の厚さが平版は1ミリ、凸版は1センチ以上のためである。新しく平版輪転機を導入するか、凸版輪転機を改造する必要がある。

かつての新聞社の編集局には、政治部や社会部といった取材部門、整理部門、校閲部門、写真部門、速記部門があった。取材記者は記者クラブや事件現場から原稿を電話で本社に送った。それを受け取るため速記者が働いた。整理部門は原稿を読んでニュースを価値判断して見出し付け、その原稿を製作部門に送って、文選工が1文字ずつ鉛活字を拾って1行15字の「小組」にする。それを刷って、原稿とともに再び編集局の校閲部門に戻す。原稿通り小組が出来上がっているかチェックし、間違いを「赤字」として書き込み製作部門に送り返す。整理記者は、見出し、記事、数表、グラフ、写真などをレイアウトし、1ページの紙面に仕上げる。それを製作部門の植字工と30分ほど掛かって、マンツーマンで鉛活字の紙面に組み上げる。

サプトン方式でも、編集部門の作業は変わらなかったが、新聞製作を支える「技能集団」の文選工と植字工が不要になった。文字盤パンチャーや、サプトン切貼作業に職種転換されたが、人員は大幅に縮小した。新聞製作工程の後半の紙型取りや鉛版鋳造作業は無くなり、フィルムから露光してアルミ製の刷版をつくる新たな作業は自動化機器の開発で極めて少人数の職種になり、新聞印刷も重い鉛版作業から解放された。全く鉛を使わなくなったおかげで、鉛中毒、腰痛といった会社も労働組合も悩んだ職業病は新聞社から消えた。

〈IBMコンピューターの導入でフルページCTS化に挑戦〉

サプトン方式では、集めたニュースを蓄積して「情報」として、再利用することはできない。新聞製作をCTS化する最大の狙いは、職業病の追放や、高卒、中卒従業員の大幅削減でもない。かつて新聞社は都心にある近代的なオフィスとは、真逆な「きつい、汚い、危険な3K工場」の会社であり、社員は記者や事務職の何倍もの高卒、中卒技能工によって支えられていた。それは、ドロドロに溶かした鉛から、活字、印刷版を鋳造して何回も再利用する必要があったからである。一番大切なのは、記者の書く「記事」ではなくて、職人たちの扱う「鉛」というのが実態であった。印刷工はプライドが高くストライキでは最大の動員力を誇り、腕のいい植字工は「ピンセット1本あればどこでも働ける」と転職することも厭わなかった。

日経の目線は、最初から総てをコンピューターで処理するCTS（コンピューターライズド・タイプセッティング・システム）であり、どんなに開発が困難でもブレることは無かった。その当時の国産電算機メーカーは、新聞編集ソフトの開発など不可能であると考えていた。唯一、日経の構想に挑戦してくれたのがIBMであった。日本の新聞を見たことも無いし、漢字も読めないアメリカ人が「数値計算の化け物」を使って定性情報（文字や言語）の処理ソフト開発を引き受けてくれたのである。米ソ冷戦時代、宇宙開発競争で後れをとったアメリカが、起死回生戦略として打ち出したのが月に人類を送り込むアポロ計画であった。アメリカの見事な勝利を支えたのがIBMのコンピューター精鋭部隊であったが、大仕事を終えて手持ち無沙汰となっていた。このソフト開発チームが文字処理という新たな挑戦をして開発したのが、日本語の新聞編集ソフトＪＰＳ（ジャパン・パブリッシング・システム）である。開発費はタダであった。今では考えられない事であるが、当時のＩＢＭの電子計算機ビジネスは、ハードのリースで稼ぐためにユーザーの希望するソフトは無料で開発してくれるというものであった。開発コストは日経の年間収入の３分の1から4分の1にもなる50億円と噂された。

このＪＰＳで、直ぐに日本の新聞を制作できるわけではない。新聞記事の入力、文字の多様化、紙面編集のいろんな機能を盛り込んだ「応用ソフト」を開発する電算機技術チームを社内に立ち上げた。コンピューターに強い技術者と新聞編集に強い整理部記者らが中心を担った。出来上がったのがANNECS（オートメイツ・ニッケイ・ニュースペーパー・エディティング&コンポージング・システム）である。しかし、このANNECSで実際に新聞紙面をつくり上げるには混迷を極めた。円城寺チルドレンたちは、怯むことなく基本ソフトの改善を要求しながら、実用化に挑んでいった。

活字を全く使用しない電子と光による最初のANNECS紙面は昭和46年12月26日付の日経新聞最終ページの文化面である。

鉛は融点が低く３２８℃で溶解できる。余熱を使って風呂を沸かした。地下３階には何十人も入れる風呂がいつも沸いていた。編集記者はほとんど使わなかったが、インクで汚れる作業をする職人にとって、着替えのロッカーや風呂は必要不可欠であった。本社ビルは、地下２階から地上2階までの大きな空間に印刷用の巨大な輪転機が据えられ、巨大なロール菓子のような新聞用紙の貯蔵庫やインクタンクが設けられ、大型トラックで毎日、用紙やインキが運び込まれた。刷り上がった新聞の束を運び出す専用のトラックが夕刊印刷時間帯と未明の朝刊印刷時間帯に集中して都心を走り出した。新聞本社はオフィス街に有って、正に異端児の工場そのものであった。

徒然道草79

情報社会を拓いた円城寺次郎の物語⑥

編集局の記者育成もANNECSも開発途上にある状況で、どうすれば新しい新聞発行を実現できるか。かつて明治初期の交易振興のために商品の取引情報を報じた日経は、戦後日本の経済復興のためには商品の「物流」が重要であると着目していた。昭和41年11月の紙面改革で夕刊に「流通けいざい」面を登場させ、物流情報の報道を始めており、本格的なミクロ経済紙の発行に向けた地ならしのために「日経流通新聞」を先行して発行することにした。昭和46年（1971年）5月4日、週1回水曜日発行、24ページ建て月額200円の全く新しい専門紙の発行に踏み切った。本社編集局内の工業部が取材を担当したが、整理部以外の製作工程は本社ではなく子会社の日経印刷で、鉛の活字を使って行った。

整理部キャップ小松正賢の斬新な紙面づくりは、コピーライターも注目するほど好評で、競合紙の全くない「日経流通新聞」の部数は当初8万部を目標としたが、18万4000部余りでスタート、半年後には20万部を超えた。当時の日本経済新聞の部数は24ページ建て140万5000部であったから、流通新聞の成功は際立っていた。昭和49年11月からは16ページ建て月、木の週2回発行、62年6月には3回発行になり、創刊30周年（2001年）には「日経MJ」と名称を変えた。

日経は流通新聞創刊から2年半経った昭和48年（1973年）10月1日、いよいよミクロ情報の日刊紙である工業新聞の創刊に漕ぎつけた。題字は時代を一歩進めて「日経産業新聞」と命名した。紙面は16ページ建て、日曜を除く週6日発行、購読料は月額1000円であった。取材記者も整理部員も円城寺チルドレンばかりであったが、流通新聞キャップから産業新聞キャップに転じた小松正賢は、「情報の蓄積と多重活用」に備えた仕組みを、紙面づくりに盛り込んだ。総ての記事は、見出しの前に企業名の「柱」を建てた。新聞記事を情報として蓄積⇒検索することを意図したものであった。また、ミクロ企業の記事は、本紙よりも早く昼間に出稿されて、編集から印刷まで夕方9時までには終了し、日本経済新聞の編集作業とは時差運用された。前もって印刷された日経流通新聞と日経産業新聞は、日経本紙と同じトラックに積んで販売店まで配送された。

工業部記者は一挙に16ページもの紙面が増え、取材対象企業も3000社に広げて、ミクロ情報の発掘に向けて走り回ることになったが、同時に、本紙、流通、産業と3紙に記事を書き分ける作業に神経をすり減らした。販売部員も広告部員も全く新しい対応に追われた。特に広告部員は、同じ紙面スペースを営業しても、売り上げ単価が全く違う効率の悪い新媒体を売り込むことになった。販売部員も個人向け読者とは違ったビジネス向けの営業モデルやクライアントを開拓しなければならなかった。総合情報機関とは「情報の多重活用」を目指すものであったが、それは「人材の多重活用」そのものであった。編集局の集める情報は、データバンク、ニューズレター、速報と各種メディアに提供され「ニュースはまず新聞報道」という言論報道機関としての使命は揺らぐことはなかったが、「新聞記者の名刺で、タダで情報を集め、新聞以外のメディアでも稼ぐ日経」に対する厳しい批判を招く恐れを内包していた。

日経新聞社は昭和47年3月の組織改革で、編集局工業部は産業1部、2部、3部、科学技術部、流通経済部の5部に分割再編され、産業新聞創刊に向け助走が始まっていた。しかし産業新聞16ページすべてをANNECSで制作することは難しく、フロント面など一部は活版で大組した。

この昭和48年は10月6日に中東戦争が勃発し世界中を第一次石油ショックが襲った。石油価格が2倍に高騰し、新聞用紙の入手も困難になり、日本経済新聞も12月から翌2月まで減ページを実施した。もし、日経産業新聞の発刊が5日遅ければ、用紙難の直撃を受けていたが、何とか発行部数は15万部を確保した。

徒然道草80

情報社会を拓いた円城寺次郎の物語⑦

労働者にとって、職場が無くなるという「合理化」は絶対に受け入れることのできない事である。

ANNECSで新聞制作を行うという、日本新聞業界で最先端を行く円城寺ビジョンに反発を感じながらも、それを阻止する労働争議には日経労組も慎重であった。そこで会社の合理化提案には「対置要求」を出して、合理化のメリットは労働者も享受すべきであると訴えた。配置転換による社員教育には3カ月間を要求し、新しくつくられる職種の人数についても充分かどうか会社側と交渉した。解雇による退職者は一人も出さなかった。

円城寺社長が種を撒き育てた、新聞事業以外の主なものを拾ってみる。

①日経マグロウヒル社（現在のＢＰ社）設立＝昭和44年４月５日、社長就任
米社と提携し、日経ビジネス誌発刊＝昭和44年９月、以後次々と専門誌創刊
②テレビ東京の経営引き受け＝昭和44年11月１日、社長就任
財界の要請で経営難に陥った東京12チャンネル再建に乗り出す
③QUICK（市況情報センター）設立＝昭和46年10月１日、社長就任
株式情報を専用端末を使ってオンラインサービス開始
＊この３社の企業規模は日経グループの御三家とも言える
④日本経済研究センター設立＝昭和38年12月23日、理事長に就任
昭和39年４月には大来佐武郎経済企画庁参与が専務理事から理事長になる
昭和46年３月に軽量研究部門を設け、マクロ経済分析モデル開発スタート
⑤データバンク構築＝昭和42年11月に委員会発足、昭和43年９月にＩＢＭ３６０導入
昭和44年３月に電算機本部発足⇒昭和50年にデータバンク局を新設
昭和45年４月にデータ開発センター創立。同年９月にNEEDS発足
⑥月刊誌ショッピング創刊＝昭和44年２月
書店に置かずスーパー店頭で販売、50円
⑦米誌の日本語版サイエンス創刊＝昭和46年９月、月刊
⑧テレホンサービス開始＝昭和46年７月

東京株式概況や産業ニュースを伝える
⑨店舗ショウ「ジャパンショップ」開催＝昭和47年8月5日－9日、毎年開催
⑩日経ダウ平均株価の公表スタート＝昭和51年5月1日⇓現在の日経平均株価

こうした多彩なメディア開拓を可能にした素地はどこにあったのだろうか。昭和40年10月20日の役員会で円城寺常務は専務に就任、自らが中心となって長期経営計画（3年後までの経営目標を立て毎年計画と実績の調整を行うというローリング・プラン）づくりを開始した。翌年1月に決定された「41計画」では、「経済を中心とする全国紙の立場を堅持しつつ将来の飛躍的発展に備えて徹底的に地固めする時期」と前書きで謳い、二大基本目標に①借入金返済による資本構成の是正②社員の能力開発、少数精鋭等による業務遂行の近代化——を掲げている。42年春には電子計算機の活用による事務合理化・新聞製作・経済データ高度利用の推進を決定、社長室に電子計算部を新設した。8月には導入機種をＩＢＭ３６０モデル40とすることを決定し、9月には技術実験室を設け開発をスタートさせた。責任者には石田信一整理部長が就任した。

東京オリンピック後の40年不況の時、日経は「まさかの倒産か」という危機に直面したが、円城寺次郎氏は動じることなく将来を見据えて万全の地固めに精力を注ぎ、社長就任とともに長年にわたって考え続けた「総合情報機関」構築に向け、怒涛の如く走り出した。円城寺チル

ドレンたちは、先輩社員を巻き込んで、猛烈に働き始めた。

徒然道草81

新聞社は消えて無くなるだろうか

良薬は口に苦し――という言葉がある。高度情報社会になったいま、その副作用が人々を苦しめている。情報の発信者が限られていた時代は、メディアも社会に溢れてはいなかった。産経新聞社がタブロイド版の夕刊フジを発刊し、週刊誌という雑誌メディアが急速に発達し、フライデーやフォーカスという写真週刊誌が猛烈な取材競争で「個人のプライバシー」の壁を破壊する。そんな多彩なメディアが、読者獲得を競う時代が到来したが、情報の発信源は「記者」や「カメラマン」であることに変わりはなかった。

円城寺次郎氏が示した日経の針路「高度情報社会の実現」とは、政治や経済や社会で起きていることを国民に「正しく伝える」ことであり、「必要な情報をより早く多彩なメディアでより安く報道する」ことをマスコミの責務としていた。言論報道機関の「核」を担う記者は、憲法に保障されている「国民の知る権利」を守る志を身に付けることが求められていた。

しかし、電子計算機や通信インフラの急速な発達は、「記者の仕事」の壁を破壊させた。誰もが情報の発信者になれるし、誰もが情報の受け手になれる、企業や国家の機密情報にアクセスし盗み出すことも可能であり、個人のあらゆるプライベート情報を暴くことも、個人を騙して詐欺行為に引きずり込むこともできる——そのような驚くべき超情報社会に陥ってしまった。

人間は、技術発展の主導権を奪われ、ＡＩ（人工知能）や電子機器やロボットに振り回されることになってしまった。個人個人の興味や才能により新しく生まれる「発明」を規制することは、国家にも肉親にも、良識ある知識人にも、誰にもできない。新しいツールを使って、社会に溢れる情報は、まるで「泥水」であり、色も臭いも耐え難いものばかりである。噂や悪質な情報氾濫の中で、本当の情報源に迫り、使命感を持って「真水」の情報を報道する、それは「記者」にしかできない。その記者を育成し、責任をもって「発信」する企業が新聞社である。目指すべきは「純正情報社会」である。

新聞社の存立を支えるのは、民主主義国家、社会主義国家、独裁国家という国家の形態の違いを超えた、世界の人々の支持であり、国際的な連帯であり、世界標準をめざす「針路」の共有である。

記者が発掘した「真水」を、集め、価値判断し、分類し、加工して、多様な媒体で、無料で発信するのが新聞社の務めであるとしたら、その経営基盤を支えるのは何であろうか。ＮＨＫのような組織の在り方もあるであろうが、「広告」収入を活用するのが最も優れた方法であると思う。

「泥水・汚染水」が氾濫するネット社会にこそ、「純正情報」の発信が求められるであろうし、何が正しい情報かを人々は考える。企業の発信する情報をチェックし正しく人々に伝えるのが「広告」であり、その「選択」をできるのは新聞社である。新聞社は広告収入と販売収入がほぼ半分ずつを占める。読者は、購読料で新聞社の経営は支えられていると思っているが、実際は、全くそうではない。新聞記者がニュースを集める。そのニュースを文字を使って原稿を書く。その原稿を、編集して新聞を作って報道する。この一連の流れの中で、最も金食い虫は、新聞の印刷と、トラックを使い販売店まで送り届けて宅配する経費である。新聞印刷には巨大な印刷工場の建設と輪転機購入という設備投資が必要である。大量の新聞用紙や新聞インキの購入、印刷工の確保や電気代。新聞発送の要員雇用やトラック輸送費、50万人に及ぶ新聞配達の人々の賃金、それに加えて新聞社販売局の社員の出張旅費や部数確保のための拡材費の投入——こうした経費を合算すると、購読料収入は吹き飛ぶ。編集局の記者や、本社管理部門の人件費や必要経費は、全く購読料金に依存できない。

アメリカには印刷工場を閉鎖した新聞社もある。紙メディア依存をやめ、電子メディアに特化した経営に踏み切ったわけである。日本でも電子メディアに取り組む新聞社が増えつつあるが、難題は電子媒体でいかに広告を確保するかである。「面白おかしく」情報を発信するテレビ会社とは、棲み分けはできるが、購読料をテレビ会社のように「無料」にすることができるかどうかである。

徒然道草82

田中角栄首相は民主主義の守護神か

民主主義国家とは、国民の命と財産と平和を守る国家である。そのために、「まつりごと」が民意に基づいて行われる仕組みでなければならない。立派な国王や宗教聖者や独裁者が国家や国民を支配する歴史的経験を経て、「議会」というものが生まれた。国民は選挙によって「議員」を選び、当選した代表者が国家の進路や政策を議論し、全会一致で、あるいは「多数決」で政策を決め、行政の長である首相を選び、それを実行する、こうした議会制民主主義が西欧を中心に育っていった。それに対して、国民が直接投票によって国家の代表を選び、その代表者が国政全般の運営を担い、それとは別の直接選挙で選ばれた国会議員が政策をチェックするのが、大統領制民主主義国家である。

日本は議員内閣制の民主主義国家である。かつて天皇が国民の上に神として君臨する国家であったが、アメリカによって日本の歴史文化は破壊され、天皇は国家元首ではなく、政治に関与しない国民の「象徴」とされた。この天皇と国政を切り離す新しい民主主義は、日本人の意志として選択したものではないが、選挙により選ばれた議員が国会を組織して国政を遂行する、今の民主主義の形態は日本に定着していると言えよう。

戦後の首相は36人誕生した中で、傑出した人物は田中角栄氏である。54歳で1972年7月7日に就任し、1974年12月9日までその座にあった。

豊臣秀吉の「検地」によって、律令制度でつくられた日本中の分国支配の国力は実態がほとんど把握できていなかったが、それぞれの支配する国力を米を生産する石高で表示するという基準が定められ、封建制の支配構造が刷新された。それに匹敵するほどの「日本列島改造」を掲げて首相になったのが、田中角栄氏である。田中角栄氏は雪国の新潟県を地盤とする政治家であり、郷土の苦境を跳ね除けるだけの勇気を持った政治家であった。大正時代、新潟の人口は東京を上回っていた。その後の経済発展で、新潟県はあっという間に追い抜かれてしまった。米の生産高から、工業力に比重が移り、人口増に大きく響いたからである。新潟の最人の悩みは、雪国という呪縛である。なぜ新潟は北極圏に近いわけでもないのに、世界で最も雪が積もるのか。それは地球が丸いからである。

地球は反時計回りに自転している。赤道の周囲は4万キロある。北極点と南極点はゼロである。つまり赤道から離れるほど円周距離は小さくなる。地球は24時間で1回転する。赤道の回転速度が最も大きい。海水も風もそれによって、東から西へと流される。ドロドロのマグマに乗っかっている大陸プレートも地球の自転によって流されて割れて、ユーラシアプレート、アフリカプレート、南北アメリカプレート、インドプレート、アラブプレート、オーストラリアプレートと七つの大陸が生まれた。最初の五大陸はなぜか逆三角形である。このため地球の自転によって流される海水は、北半球では、陸地に突き当たると西から北東へと方向を変える。大西洋では北アメリカ沿岸からヨーロッパへと流れるメキシコ湾流となる。島によって遮られることのなくアイスランドまで達し、赤道から運ばれた温かい海水は、偏西風によってヨーロッパ内陸深くまで温暖な気候をつくった。

太平洋では温かい海水はフィリピンの東を流れ、日本にぶつかり、黒潮となり東北の沖合で北から流れる寒流とぶつかる。九州の南で分かれた対馬海流は、北から流れる寒流の勢いが弱いため日本海を北海道沖にまで達する。一方、日本の上空を流れる偏西風は、冬にはシベリアから南下する極寒令の高気圧を運び込む。この強風が温かい対馬海流の上に吹き込むと、その温度差で大量の水蒸気が発生して雲となり、日本列島の３０００メートル級の山脈とぶつかると猛烈な上昇気流となって、大雪を降らせる。このような天気図は世界中で日本の山陰や北陸、東北地方にしか発生しない。

田中角栄氏は、道路をつくり、トンネルを掘り、新幹線を走らせて新潟を雪から救う政治を推し進めるとともに、東京だけが突出して発展するのではなく、北海道から沖縄まで、庶民が豊かになれる政治を目指し、「コンピューター付きブルドーザー」「今太閤」と呼ばれた。

徒然道草83

田中角栄逮捕の闇にキッシンジャー国務長官

日本は独立国である。しかし日本は、アメリカの支配から完全に自立したイギリスやフランスとは違う、と私は考えている。敗戦により日本は滅亡したが、植民地になることはなかった。しかしアメリカの支配下に置かれた「保護国」であった。

サンフランシスコ平和条約は1951年9月8日、国連加盟国で結ばれ、1952年4月28日に発効した。これにより日本は独立国となったが、ソ連は署名せず、未だロシアと日本は平和条約を結んでいない。この会議にインド、ビルマは欠席したが、その後、日本との平和条約を結んだ。

日本は独立回復と同時にアメリカに日米安保条約を結ばされた。米ソ冷戦で危機感を強めるアメリカにとって、東アジアの日本は手放すことのできない「軍事拠点」である。主権回復を認めたとはいえ、第三次世界大戦のような危機が発生すれば、いつでも米軍は日本の軍事基地を自由に使える仕組みは維持しなければならない。それが日米安保条約の狙いであり、アメリカ軍は日本のどこにでも米軍基地を設けることができるし、米軍が指定した空域は民間機といえども日本は飛行できない。沖縄の軍事基地や、横田や岩国や三沢の空軍基地も横須賀の空母基地も返還する考えは、さらさらない。日本の自衛隊は、国土防衛のために戦う事態に陥ったときにはアメリカ軍の支援を受けることができるが、軍事行動の指揮権はアメリカが握る。アメリカが戦争を始めた時に自衛隊の支援は必要としない。そもそも日本はアメリカがつくった新憲法によって、海外派兵はできない。

日本の文化を完全に破壊して、日本をアメリカの「番犬」として飼いならすため、GHQは様々な政策を強制し、国民の心の中まで侵入し、政治・文化・経済の刷新を推し進めた。新憲法にはアメリカの精神が盛り込まれた。アメリカ人もアメリカの軍人も心の底では日本人を見下している。

日本の政治家も官僚も首相も「アメリカの影」を踏んではいけないと常に慎重に行動している。

ところが田中角栄首相は、アメリカに対する気配りよりも、日本の国益を優先する姿勢を示した。アメリカが、ソ連を牽制するために中国と国交回復に動くことを察知すると、首相就任直後に素早く大平外相を中国に派遣して、日中国交回復を為し遂げ、キッシンジャー国務長官の逆鱗に触れた。世界中が石油ショックで右往左往すると、アメリカの石油メジャーに挑戦することを厭わず、独自の石油輸入ルート確保を狙って中東産油国やソ連、ノルウェーとの直接接触に動こうとした。

この田中角栄首相の決断力に、アメリカは「たまげた」に違いない。「この男は日米安保体制にも切り込んでくるかもしれない」と危機感を強めたのが、国務長官キッシンジャーであった、と私は思っている。首相在任中に軽井沢のホテルで会談したこともある二人だが、キッシンジャーの警戒心は消えなかったのではないだろうか。

「日本列島改造」ブームで日本中が沸き、公共事業に膨大な資金が注ぎ込まれた。そのため、日本は狂乱物価と呼ばれるほどのインフレに陥った。田中角栄氏は「政治は数、数は力、力は金」を政治信条とし、自民党の総裁選で福田赳夫氏を破って首相に就任したが、週刊誌の「田中金脈」追及をきっかけに金権政治という批判を招き、1974年12月9日に首相在任2年半で退陣に追い込まれた。後任の新首相には自民党内で最も小さな第4派閥の三木武夫氏が就任した。これは自民党の分裂を回避するために、自民党副総裁の「椎名裁定」によるものであった。

それから1年半後、日本の前首相が逮捕されるという前代未聞の大事件が1976年7月27日に起こった。全日空の新機種導入を巡り、商事会社の丸紅から、田中角栄氏が5億円のワイロを受け取った容疑によるものであった。ことの発端は、アメリカ議会上院の外交委員会多国籍企業小委員会の公聴会で、その年の2月4日に明るみに出た巨額疑惑である。アメリカの航空会社ロッキード社が航空機売り込みを狙って世界中でワイロ攻勢を行い、その中に日本の政治家が含まれているというものであった。事件のすべての証拠はアメリカ側が握っていた。日本の検察はアメリカに検事を派遣して嘱託尋問により証拠入手を試みたが、どの資料を日本に渡すかはアメリカの判断次第であった。田中角栄嫌いのキッシンジャー国務長官の意向が働いたことを本人は認めている。

アメリカではボーイング社、ダグラス社、ロッキード社と3社が航空機製造を競っていたが、ベトナム戦争の終結で軍用機中心のロッキード社は経営赤字に陥っていた。そこで軍用機の先端技術を使って民間航空機L－1011トライスターを開発し、世界中で売り込み工作を行っていた。ロッキード社の日本での売り込みは丸紅が行っていた。L－1011トライスターは騒音が低く、そのことの評価で購入を決めたが、全日空社長らに多額リベートが支払われた。一方、丸紅にとっても大きな取引の成功であった。丸紅はロッキード社に30億円の工作費を用意させ、その内から21億円を右翼の大物である児玉誉士夫にコンサル料として支払った。その狙いは、自衛隊のP－3C（対潜哨戒機）の受注であった。

P－3Cは国産の方針が決まっていた。国産では商事会社に出番がない。輸入ならば手数料が入る。

丸紅は、なんとしても国産化を阻止したいと、政界に大きな影響力を持つフィクサーの児玉誉士夫に大きな期待を寄せていた。田中角栄首相は日米首脳会談でアメリカ大統領に輸入にする方針を伝えた。児玉誉士夫の工作活動が疑われる事案である。丸紅は、L－1011トライスター導入を決めた全日空の社長らにも働きかけて、田中角栄首相に5億円のお礼を送るようにロッキード社に要求した。明らかにこのワイロの真の狙いは自衛隊のP－3Cであったと思われる。このロッキード社⇒全日空⇒丸紅⇒田中氏への5億円ワイロ受け渡しは、首相在任中に、丸紅の専務と首相秘書との間で現金で行われた。ロッキード社の工作費30億円の一部であったとしても、児玉誉士夫に渡った21億円との関連はどうなのか、さらに全日空へのリベートは30億円の一部なのか。三木武夫首相は検察に徹底的に解明するように命じた。

アメリカからの証拠資料の提供を受けて検察は総力を挙げて捜査に乗り出し、この疑惑は児玉誉士夫とその周辺、自民党の元運輸大臣や政務次官、全日空の社長、丸紅社長や専務、田中角栄氏の秘書や運転手まで広がりを見せた。自民党内では「はしゃぎすぎる」と三木首相降ろしが巻き起こったが、国民の批判を盛り上げて政権延命を狙った三木首相は検察に「田中角栄逮捕」を許可した。逮捕された児玉誉士夫は病気と称して裁判所出廷を拒み続け、田中角栄首相の盟友の小佐野賢治は法廷では「記憶に御座いません」一辺倒で、何人かの自殺者が出て、橋本登美三郎元運輸大臣、佐藤孝行運輸政務次官、全日空の若狭社長、丸紅の桧山会長、伊藤専務、大久保専務らに対して有罪判決があったが、児玉誉士夫も小佐野賢治も病死して、「30億円疑惑」は、ほとんど解明されることはなかった。三木首相は退陣し、田中角栄氏の政治的「天敵」の福田赳夫氏が首相になった。

東京地検特捜部は受託収賄と外為法違反容疑で、田中角栄氏を起訴し、公判は１９７７年（昭和52年）1月27日に東京地方裁判所で開始され、日本国内はおろか世界各国から大きな注目を集めた。この「ロッキード裁判」で田中角栄氏は無罪を主張し続けたが、１９８３年（昭和58年）10月12日には懲役4年、追徴金5億円の有罪判決が下った。田中角栄氏はこれに対して「判決は極めて遺憾。生ある限り国会議員として職務を遂行する」と発言し控訴した。国会議員は辞めず、国政選挙には無所属で立候補し常にトップ当選を果たし、自民党員でもないのに、１４０人もの自民党最大派閥を率いた。無罪判決を勝ち取ったら、再び首相に就任する意欲を示し、政界の「闇将軍」を演じた。

しかし、１９８７年（昭和62年）７月29日に控訴棄却、上告審の最中の１９９３年（平成5年）12月16日の田中角栄氏の死により公訴棄却（審理の打ち切り）となった。アメリカをも恐れさせた不生出の政治家であった田中角栄氏は、75歳で生涯を終えた。従って有罪判決は確定していない。賄賂の5億円は多分「没収」されなかったはずだ。しかし国税庁は、「収入」とみなし、遺産相続税を課したのではないかと見られる。同じように「21億円のコンサル料」に対しても。

徒然道草84

ラストベルトからラストネイションに転落したアメリカ

アメリカは第二次世界大戦で国内の産業は戦争に巻き込まれることはなかった。ドイツやソ連やイギリスやフランスといった欧州の産業施設は壊滅的な被害を受けた。戦後世界の生産高の50％をアメリカが握った。アメリカは民主主義国家の盟主として、国際連合をつくり、ＩＭＦや世界銀行をつくり、政治の世界でも、経済の世界でも、世界の復興を助けた。

その涙ぐましい「奉仕の精神」は世界中の人々に注がれたが、この80年に及ぶ貢献は、必ずしも世界各国から感謝されたわけではない。「民主主義を押し付ける」上から目線は、社会主義イデオロギーのソ連や中国からの挑戦もあり、世界中に紛争を巻き起こした。その危機の打開のために、莫大な戦費を注ぎ続け、多くのアメリカ人の血も流した。この戦後、日本はアメリカに支配され続けたが、「平和憲法の制約を盾に、ほとんど「世界秩序の維持」のためにアメリカを助けることをしないで済んだ。しかしアメリカはもはや「世界の警察として振る舞う力は無い」と認め、日本や欧州に応分の負担を求めている。

アメリカは産業政策に後れをとり、自動車や鉄鋼生産で繁栄を極めた中西部は、日本製品やドイツ製品や中国にまで追い上げられて、いまやラストベルト（錆びた工業地帯）になってしまった。そして、国中の工業力が錆に蔽われる「ラストネイション」の危機に陥るほど国力が落ちている。

アメリカは多民族国家である。宗教的迫害を逃れ、自由で民主的な国家をつくる、そう願うヨーロッパ人が建国した。アメリカの民主主義は世界中の人々のあこがれとなり、アメリカに行って成功する「アメリカンドリーム」を達成するために、貧困から逃れようとするヨーロッパ人や多くのユダヤ人が移民した。ベトナム戦争やユーゴスラビア内戦や中東戦争などで生まれた世界中の難民もアメリカは受け入れた。メキシコから流入する不法移民は国境の壁を越え、今やアメリカの白人比率は50％を下回る状況になった。

アメリカの国力を復興させる、アメリカの経済力を再び蘇らせて、アメリカ人の豊かな生活と誇りを取り戻す、そう叫ぶトランプ氏は「アメリカ第一」を掲げ一度は大統領になった。しかし再選は叶わず落選、４年後の大統領選に再び立候補している。アメリカ国内の危機は、経済にとどまらず、民主主義の危機でもある。大統領選は「共和党部族」と「民主党部族」の激突する内戦の様相を示している。国民の経済格差が広がり、ますます富める層と、ますます生活が落ち込む層と二分され、その亀裂は遂に修復できない「部族対立」を招いてしまっている。

アメリカは世界中の人々のあこがれる「輝ける国」であったが、決して拭うことのできない「暗い過去」を持つ。先住民アメリカ・インディアンを95％殺して土地を奪い、奴隷貿易で黒人をアフリカから買ってきて綿花栽培や広い農地で働かせ、新興貴族のような豪華な暮らしを手に入れた白人がつくった国である。これはスペインが中南米大陸で行ってきた暗い過去にも負けない蛮行である。白人に殺されたインディアンの「怨念」が深く眠っている。それを私は感じる。

世界の交易で最も大切な商品は、車でも半導体でもパソコンでもない、「お金」である。ネット取引で瞬時に大きな利益を獲得できる、「お金でお金を売り買いする」のは、いまや銀行だけではない。世界の富豪たちは、株式取引や債券取引だけではなく、次々と新たな金融取引や闇取引を生み出し、その取引を国家といえども把握もコントロールもできない。

その最強のお金はアメリカドルである。ドルを印刷し発行できるのは、アメリカだけである。かつてイギリスのポンドは世界最強の通貨であり、ロンドン金融街は世界の覇権争いの上に君臨した。今やその「主権」はアメリカが握っている。資産保有を競う超富豪たちはアメリカに集まる。アメリカは世界の頭脳を金で買い集め、新技術開発で、世界経済の発展をリードする。そしてエリートたちだけが際限のない大金持ちになる。額に汗して働く産業は、アメリカでは廃れていく。

徒然道草85

ＡＩロボットが地球を支配し、人類は亡びる⁇

なぜ人類だけがこの30万年で進化し、文明を持つようになったのだろうか。ゴリラやチンパンジーは、同じように進化し、火や道具を使う脳を発展させないのであろうか。ネアンデルタール人はなぜ滅び、ホモ・サピエンスを凌ぐ類人猿が生まれてこなかったのはなぜであろうか。

他の星から、人類よりも優れた宇宙人がこの星にやってきて、地球を支配する時代は来ないであろうか。

しかし、そんな悠長なことが起こらなくても、この地球の新たな支配者は、人類みずからが作り出していく可能性の方が大きいと思う。人類にとって代わるものはＡＩ（人工知能）である。動くものはすべて、車も、電車も、船舶も、飛行機も無人運転になるだろう。ドローンも、戦闘機も、戦車も、潜水艦も、空母も、戦争する武器はすべて人間が操作する必要がなくなる。農業も、漁業も、商業も、芸術も、戦争さえも、何もかもロボットが担う時代が来るだろう。核兵器の使用さえ、ロボットは躊躇しないであろう。放射能汚染によって死ぬことは無いし、壊れても修理して再生可能である。

太陽の光によって、地球上に生物が誕生し、水の在るお陰で進化してきた。光にはエネルギーはないが、光子によって、物理作用や様々な化学反応を引き起こした。その光は1秒間に30万キロの速度で直進する。人類はいまや、光速に迫るほどの半導体の開発を進めようとしている。

ＡＩはその内、人間の支配を超えて暴走する恐れはないだろうか。人間は、太陽の光をコントロールできないように、半導体に恐るべき「速度」を与える挑戦をしてはいないだろうか。ＡＩは情報社会に君臨し、人類は、犬のように品種改良されて、ロボットの愛玩動物になってしまい、文化を奪われてしまう——そんな悪夢の来ない事を祈る。

◇　◇

２０２１年６月現在、地球上に存在する核弾頭の総数は推定１万３１３０発である。近年少しずつ減っている。核戦争が起きれば、地球上の人類は滅亡する。

核保有の超大国の支配者の意思により核戦争は起こるのではない。イスラエルや北朝鮮や、あるいはテロ集団によって偶発的に核戦争は起きる恐れの方が高いと思う。そのことに世界中の知識人や支配者は気付いているが、平和を訴えながらも、核兵器の廃絶も、そのプロセスを始めるための国連での意思統一さえできない。核兵器をアメリカが使用して80年、その残酷さは世界中に知れ渡っているが、「広島、長崎の悲劇を繰り返さない」という核兵器廃絶の試みは、「半歩」さえ前進していない。人類とは愚かな生き物である。

◇　◇

宇宙はどのようにして生まれたか、絶対に解明できない謎であるが、科学者たちは様々な仮説を立てている。地球の成り立ちについては、宇宙観測や、地質の分析などで、色々分かってきている。その中に、地球が他の星との衝突により、月が生まれたり、恐竜が絶滅したりという地球の歴史も含まれている。再びいつか宇宙から飛んできた星が地球に衝突する可能性について、どんな科学者も、預言者も語っていない。月や火星も、大きな隕石が衝突した過去があったことは分かっている。

地球上でも毎日、無数の隕石が流れ星を描いている。幸い、隕石が小さいだけだ。大きな星が地球に衝突すれば、人類は滅ぶ。

――以上の三つが、人類滅亡のシナリオだと、私は思っている。3番目は防ぐことのできない禍である。しかし、2番目は防ぐことができる。最も厄介なのが、1番目である。果たしてどうすれば科学技術の暴走を止められるであろうか。

人類よ、高い志と勇気を持て！　あと10万年は生き続けよう！

徒然道草86

宇宙とは何か、目魁影老の寝物語①

１３８億年前に、突然の大爆発＝ビッグバンによって宇宙は誕生した、ということのようである。

「空」も「時」もない「無」から、幻のごとく大きさゼロに限りなく近い「宇宙の卵」が現れた。太陽の1兆倍のさらに10兆倍の高温の「卵」は割れて1センチほどの「ヒナ」になり、1秒のマイナス34乗という瞬時に大爆発を起こして、最初の1秒で、重力・電磁気力・核力が生まれ宇宙の原型がつくられ、粒子と反粒子が存在したが反粒子が一瞬速く消え去り、38万年後には「原子」が生まれた。この理論をビッグバンという。この「宇宙に始まりがあった」というモデル理論は、20世紀に入って生まれたもので、今では多くの支持を集め、豊富な宇宙観測データにより、さらに裏付けとなる研究が続けられている。

宇宙になぜ、重力、光、時間、陽子、中性子、電子、原子、分子、元素、ガスやチリ、星、銀河が生まれたのか。そして、直進するヒカリはなぜ重力により曲がるのか。ヒカリは減衰することもなく直進するはずだが、無数に散らばる星の重力に引き付けられて、いつしか３６０度曲がるはずである（例えば10万光年で？）。人間の目が捉えるヒカリは、その直進するヒカリと、360度曲がったヒカリと、その前のヒカリと、その前の前のヒカリと、何回も地球に戻って来るはずである。つまり宇宙に数億個もヒカリを放つ星が無くても、たった1個の光源であるヒカル星がありさえすれば、人間の目には無数の星として観測されるのではないだろうか。

人間の目は光が無いと、何も見えない。見えるものは総て目の前を通りすぎるヒカリである。

天文学において赤方偏移《せきほうへんい》という言葉が使われる。遠方の天体から到来する電磁波の波長が、ドップラー効果によって長くなる（可視光で言うと赤くなる）現象をいう。赤方偏移による波長のずれは、天体のヒカリを分光し、フラウンホーファー線を観察することによって調べることができる。観測可能なほぼ全ての銀河のヒカリに赤方偏移が見られることから、宇宙が膨張していることを示す証拠であると考えられている。

私は、これが不思議でならない。ヒカリは森羅万象を計測する数式の「決め手」であり、ヒカリよりも速いものは無いと、アインシュタインは唱えた。人間の目が捉えるヒカリはすべて通り過ぎる過去であり、それより速く人間の視覚が捉えるものはない。つまり「赤方偏移する前の接近する未来のヒカリ」を人間は感知できない。従って、人間に見える宇宙のヒカリはすべて赤方偏移するのは当然ではないか。宇宙から届くヒカリはすべて遠ざかる、このことから「宇宙は膨張」していると説く理屈は納得がいかない、と思っている。

ビッグバンが起きた時のスピードは、ヒカリをはるかに凌ぐものであった。人間が宇宙の謎に向かって挑戦する時、天体望遠鏡でヒカリや電磁波を観測するしか手段はない。これでは永遠に人類は宇宙の謎を解明できないのではないだろうか。

徒然道草87

宇宙とは何か、目魁影老の寝物語②

原子には重力がある。光には重力はない。原子から分子や元素が生まれ、宇宙のあらゆる物質は重力によって引き付け合い、回転運動をしている。回転運動は遠心力を生む。ではそもそも重力とはどんな力であり、なぜ生まれたのか。

精子と卵子がくっついて卵が生まれる。宇宙が誕生する前の「無」の時代に、精子と卵子が存在したのかどうかは、宇宙物理の理論でも解明できていないようである。受精した卵が「殻」の中で成長するように、進化するモデルは「インフレーション理論」によって説明され、「殻」を破って「ヒナ」になる大爆発ビッグバンが続く——と、拙い頭で理解したつもりである。しかし、「超高温の火の玉」が爆発したのだと物理学者は説くが、誰一人「卵からヒナ」になったと表現する学者はいない。どうして「無」の時代に精子と卵子を持った「卵」の「親」が存在したのか。そこまで考えると私の「卵」の理屈など吹き飛ぶからである。超高温の火の玉が、超高速の爆発で広がり、宇宙というものが生まれると、急速に温度が下がり、ヒカリの速さで「計測」すると、10億年後に銀河が生まれ、54億年後に地球が生まれた、となる。ヒカリとは何か。これがまたさっぱり理解できない。ビッグバンの時のスピードは、途方もなく大きいものであったろうが、それはヒカリの速度に比べてどれくらいのものであったのだろうか。

宇宙の大きさを測るのに、光速という考えをアインシュタインはなぜ導き出したのだろうか。ヒカリとは「光子」のことであり、重力もエネルギーもない。「核」が壊れると「光」になる。宇宙誕生の初期には、乱れ飛んでいたようであるが、原子が生まれると「直進」するようになる。直進すると、その「スピード」が計算できるようになる。

太陽のヒカリが当たると、地表は暖かくなり、地球上に木が茂る。木は枯れる。枯れた木が何千万年（?）も蓄積されると、地殻変動により陸地プレートの中に埋もれる。すると埋もれた木の層は重圧で固い石になりマグマの熱で炭化して石炭になる。こうして石炭の膨大な層が地球のあちこちにできる。同じように貝や魚の死骸の溜まったところには油田ができる。私が訪れたニュージーランドの海岸には砂浜の砂が見えないほど貝が層をなしていた。石油が生まれる訳はこれだと納得した。

石炭や石油が溜まると、その分、地球は重くなる――と思ったが、ある科学者に、全くの間違いで地球の重さは変わらないと教わった。もともと地球にある分子が化学反応を起こして変わっただけである。

太陽のヒカリが地球に届くのは「エネルギー」ではない。エネルギー反応を起こす「光子」である。赤道が熱く、北極や南極が冷たいのは、太陽からの距離の差が原因ではない。太陽から降り注ぐ光子の差である。真上から降り注ぐ「光子」の量に比べ、斜めから降り注ぐ「光子」の量は、例えば赤道から45度傾いた地表では半分になり、北極や南極の付近ではゼロに近くなる。この光子によってエネルギー反応が起きる。

焚火に当たると温かい。これは輻射熱である。太陽光に当たると温かいのは、太陽の熱が伝わったからではない。光子に空気がエネルギー反応を起こし、温かくなるからである。太陽光発電は、この光子が起こしたエネルギー作用を電気として取り込むものである。

徒然道草88

宇宙とは何か、目魁影老の寝物語③

すべてのものの究極の姿は原子であり、それは原子核と電子、中性子からなり、電子の数の違いによって118種の元素を形成する。原子の中心にある核子は陽子と中性子から成っている。核子は正の電荷を帯び、その周りを負の電荷を帯びて回転しているのが電子である。電子が回転するとすべての原子は丸くなる。ぶつかり合って潰れることが無いように丸いものは回転する。宇宙も、銀河も、太陽も、地球も、月も重力によって引き付け合い、自転し、公転する。回転すると遠心力が働き、微妙な距離間隔を保つ。しかしなぜ、宇宙が生まれ、宇宙にはガスが有り、それらが引き付け合って結合し、ヒカリ輝く火の玉の太陽や、ドロドロのマグマが固まった星となり、表面が冷え、やがて様々な鉱物や岩石、水素と酸素の結合で水が生まれ、海と陸地に分かれて地球となったのだろう。

〈地球にはなぜ、海と陸が有るのだろうか〉

月は他の星の衝突によって、地球から分裂した岩石の塊である。月が誕生した時は、地球と月の距離はもっと近かった。地球は24時間で1回転するが、月は29日ほどで地球を1周し、地球からその裏側は見えない。重力で地球と引き付け合い、月という衛星を持つことで地球は安定した自転バランスを保っている。しかし遠心力により少しずつ遠ざかっており、地球と月の距離は、毎年3センチずつ広がっている。そのうちに、月が地球からどこかへ飛んで行ってしまうと、地球は自転のバランスが崩れ、赤道が安定しなくなり、北極も南極も無くなり、地場は荒れ狂うかもしれない。逆に、地球と月がもっと接近していた数億年も前には、相互の引力によって引き起こる海水の干満はもっと激しく、数十メートルの大波と暴風が陸地を浸食していただろう。この力で地表は削られて山々ができ、水に流された土砂は大陸棚や河口の堆積平野を形成した。

宇宙のなかには太陽のようにガスでできた星もあるが、地球は岩石の星であり、表面は7割が海（平均の深さ4000メートル？）、陸地（平均の高さ800メートル？）が3割を占める。ドロドロの火の玉がマグマとして表面が冷えるときマグマの表面にまるで豆乳の表面に湯葉が浮かぶように硬い地殻が生まれた。その地殻からさらに岩石と、水素と酸素が結合して水が生まれ、重い岩が沈み、水が地球の表面を覆った。マグマで熱せられた高温の岩石は水と反応し重力で押し固まり新しい種類の鉱物や岩石がつくられた。高速で自転する回転運動により、比重の大きい玄武岩は下に沈み込み、軽い花崗岩や石灰岩は上に浮き次第に大きなプレートを形成していった。こうして低いところに海水が溜まり、飛び出た部分が陸地となった——と勝手に想像してみたが自信は無い。陸地プレートは深さ30キロから70キロもあるが、マグマと海水を隔てる海底プレートは深さ10キロしかない。なぜそうなのかが、いくら考えても理解できない。地球の表面をすべて海水が覆い、陸地はすべて海底に沈んでもいいと思うが、なぜか地球はそうなっていない。

マグマは粘性のある流体であり、地球は東回りの回転運動をしているために、マグマの上の太平洋プレートは西回りに流されて、ユーラシアプレートにぶつかるとその下に潜り込む（なぜ乗り上げない？）。その境界線は深さ1万メートルの海溝となる。陸地プレートは割れて分裂し、インドプレートはユーラシアプレートにぶつかり、その下に潜り込み9000メートルも陸地を押し上げて、ヒマラヤ山脈をつくった。アフリカプレートは海を囲い込み地中海をつくった。またプレートの歪みによって生まれたアンデス山脈も6000メートルを超す山脈となった。しかし火山活動によって地球内部のマグマが地殻を破って噴き上げて海面から陸地が生まれる場合は、水と岩石の比重により、その高度に限界がある。富士山も、台湾やニュージーランドやインドネシアやイタリアやハワイの火山性の山々も、せいぜい高さは3000メートル級であり、海水が地表の70%もある地球では標高1万メートルの山が生まれることは無い。

徒然道草89

世界の海の不思議、目魁影老の寝物語④

地球は球体である。赤道は一周4万キロ、24時間で1回転している。しかし、全くの丸い玉ではなく、この自転により赤道がやや膨れており、南北よりも赤道の方が一周の距離は長い。地球は10個ほどの惑星の衝突によって、46億年ほど前にできたとされているが、ドロドロの火の玉が自転、公転によって丸い球になり、様々な元素が高温と高圧によって誕生し、岩石が生成され、水素と酸素の化学反応により水が生まれた。水の総量は現在の地球の総体積のわずか0・13%の14億立方キロに過ぎない。その内、海水が97・47%であり、淡水は2・53%である。淡水のうち南極と地球の氷河等が1・76%、地下水が0・76%、河川や湖が0・008%、土壌、大気、生物中が0・002%を占めている。

地球の表面の71・1%が海であり、平均深度は3729メートル、3割弱が陸地であり、平均高度は840メートル。

海水は平均3・4%の塩分を含んでおり、海水全体の塩分は、地表全体を高さ180メートル(?)で覆うほどの量になる。ちなみに人間の体は成人で60%から65%が水分で、血液中の塩分濃度は0・9%であり、海水の3分の1にも満たない。さらに地球は高度100キロメートルまで大気に覆われている。チッソが78%、酸素が21%、アルゴン0・9%、二酸化炭素が0・03%程である。大気は高度が増すほど薄くなり、富士山（3776メートル）の山頂では酸素濃度は13%しかない。逆にマイナス433メートルと世界一海抜の低いヨルダンとイスラエルにまたがる死海では、酸素濃度が1割ほど高くなる。

死海は、アフリカ中部の大地溝帯が、紅海、アカバ湾、ヨルダン渓谷と続く最北端にできた塩水湖であるが、もともとは海であった。地殻変動により海から切り離されたが、北側のヨルダン川から流れ込む淡水しか水が供給されない砂漠地帯にあり、パレスチナやヨルダンの灌漑用水の急増もあり、蒸発する水蒸気に比べて補給される水量が少なく、どんどん湖面が小さくなっている。今では毎年1メートルも水面が下がり続け、1960年代には1000平方キロメートルあった湖の面積は605平方キロメートルになり、琵琶湖の9割の大きさしかない。そのために塩分濃度は海水の10倍もある34・2％であり、最も深い298メートルの湖底には43％もの濃い塩が蓄積されている。国際海洋法上は「海」ではなく「湖」であり、真ん中に国境があり、東半分がヨルダン領、西半分がイスラエル領である。

湖のそばに造られたホテルは、今では遥か丘の上になってしまい、観光客は100メートルもビーチサンダルを履いて斜面を歩いて行って、やっと死海の湖面に辿り着く。この高濃度の塩分のため、魚はもちろん生物は棲みつくことができず、わずかに海藻と菌類が生息しているそうだが、お陰で、湖は澄み切っている。湖岸には木は茂らず、民家も無く、漁業も水運も行われていない。濃い塩分のお陰で、死海の水は浮力が大きく、湖面に寝転がって新聞や本を読むこともできるし、あちこちに盛ってある泥を体に塗って健康浴もできる。しかしそんなに長く「泳ぐ」事はできない。せいぜい「入浴」する程度である。しかも海抜が世界一低く、酸素濃度が高いこともあって、健康に良いリゾートとして、ヨルダン側で年間40万人、イスラエル側200万人もの観光客が訪れている。

世界中の海水に溶け込んでいる塩は、77％が塩化ナトリウムであるが、死海の塩は、塩化マグネシウムや塩化カリウムが周囲の温泉水などから流れ込んでいる。塩化マグネシウムからは臭素が抽出され、かつては世界一の臭素産地であり、今でも大量に輸出されている。また塩化カリウムは肥料として日本に輸入されている。

死海は水位の低下によって、湖面の4分の1ほどの南エリアは完全に分離されてしまい、鉱物資源を取り出すための「塩水蒸発池」となっており、グーグルマップではっきりと確認できる。30年もすれば、死海全体も干上がってしまうと懸念されている。そこで水蒸気として蒸発し続ける水を補給するために、紅海と死海までの180キロメートルを運河やパイプラインで結ぶ計画が進められている。淡水化設備を設けて真水をつくり、残った塩分濃度の高い海水を死海に注ぎ込む。事業規模は3000億円から4000億円とみられ、ヨルダン領内に整備することになるようである。

◇　◇

死海の周りには、西に地中海、南に紅海、東にペルシャ湾、北にカスピ海と黒海がある。カスピ海は外洋と繋がらない陸地に囲まれた「湖」であるが、国際海洋法では「海」とみなされる。永い間、周囲5カ国のロシア、イラン、アゼルバイジャン、トルクメニスタン、カザフスタンの間で争いが続いたが、2018年8月12日に署名した協定で、完全に領海が確定した。

カスピ海は世界一大きい湖で、面積はほぼ日本と同じであるが、世界全体の湖水の40%以上の水量を占める。流入河川は130ほどあるがその内の80%の水量は北部のヴォルガ川から注ぎ込み、カスピ海の北側は浅い湿地帯であり冬には70センチも氷結する。東岸一帯は砂漠地帯であり、流入する淡水以上に水蒸気となって蒸発するため、湖面は海抜マイナスで25~29メートルで上下している。塩分濃度が1・2%であるが、ロシア側とイラン側ではその塩分濃度は大きな差がある。イラン側の最も深いところは1000メートル近くある。

なぜ、カスピ海が塩湖であるのか。もともと地球の大陸プレートの移動によって、海洋の一部が閉じ込められて、黒海やヨーロッパ地中海と同じようにカスピ海もできたが、黒海や地中海とは分離して「湖」になった。そのカスピ海は一度、干上がって、海水中に含まれた3・4%の塩分はすべて「岩塩」になってしまった。その後、地球の気候変動(?)により、「湖」として甦ったが、かつての塩分が溶け出して、塩湖になったようだ。湖の地中には豊富な石油資源が眠っており、かつては世界一の石油産出量を誇り、今でも盛んに開発が続いている。チョウザメなど外洋とは違う漁業資源も豊富である。

黒海は、かつてはカスピ海と繋がっていた。同じように一度、干上がってしまったが、再び内海として甦り、南岸のトルコのボスポラス海峡により、マルマラ海を経てエーゲ海、地中海に繋がる。ブルガリア、ルーマニア、ウクライナ、ロシア、ジョージアに囲まれており、ドナウ川、ドニエストル川、ドニエプル川などの東ヨーロッパの大河が注いでいる。最大水深は2206メートルあり、硫化鉄により海水が黒味を帯びているために「黒海」と呼ばれる。ヨーロッパ地中海からの海水の流入はなく、塩分濃度はカスピ海よりやや濃い1・7%しかない。地政学的には地中海には含まれない。

ヨーロッパ地中海も大陸プレートの地殻変動により、アフリカプレートとユーラシアプレートにより大西洋から切り離された内海である。しかし、その後のプレート移動により大西洋とくっついたり、離れたりしたため、この地中海は一度、ほぼ干上がってしまった。そのため、海水中の塩分の多くは「岩塩」となってしまった。再びジブラルタル海峡ができたとき、猛烈な激流となって大西洋の海水が流れ込み、ヨーロッパ地中海をかき回したため、もともとあった死海のように濃い塩分濃度の水と大西洋の海水が混ざり合い、塩分濃度が3・8%という地中海が出来上がった――と考えられているらしい。現在でもジブラルタル海峡は表層部は塩分濃度3・5%の太平洋の海水が流れ込み、その下には塩分濃度の濃い地中海の海水の流出が続いている。

アラビアプレートはアフリカプレートが裂けて出来上がり、紅海は今でも拡張を続けている。乾燥地帯に囲まれ、流入する河川がないために、水蒸気となって蒸発する海水は、塩分濃度が4%もある。ペルシャ湾も似たような状況であるが、インド洋と繋がっており、塩分濃度は3・6%である。ちなみに、東京湾は3・1%であるが、流入河川の多い北部は大雨が降れば、10%近くにまで塩分濃度が下がることもある。

ヨーロッパ北部は氷河期に3000メートルもの氷に覆われ、ノルウェーは多くのフィヨルドがあるが、氷床が溶けて消えた時にバルト海が出来上がった。バルト海は大西洋に繋がっているが海水の流入は少なく、塩分濃度が5分の1ほどしかない。特にフィンランド西側はマットを洗えるほど淡水に近く、魚も60種類ほどしか棲んでいない。サーモンは獲れずノルウェーから輸入している。氷床の重みが無くなったため海底は上昇を続けており、やがてバルト海北部は陸地になるとみられている。

◇　◇

世界の海の塩分濃度は、外洋と繋がっていてもバラバラであるが、太平洋と大西洋でも違いがある。大西洋は3・5％、太平洋は3・4％である。なぜ、太平洋は塩分濃度が低いのであろうか。

温かく膨張した赤道付近の海水がメキシコ湾流となり、北アメリカ東岸を北上してグリーンランドやスカンジナビア半島にまで流れ、ヨーロッパは緯度の割に温かい。北極海の冷たく重い海水はメキシコ湾流の下に沈み込み、ゆっくりと太平洋を南下し、南アメリカからインド洋や南極海から太平洋に達し、南アメリカの西岸を北上して北米のカリフォルニア沖にまで北上する。この1000年にも及ぶ大きな海水移動が地球の現在の気候の大元になっている。

赤道周辺の大西洋の海は地球の自転によって西に流されるが、太平洋に流れ込むことはできない。しかし温かく膨張した大気は、パナマや中米を越えて、太平洋の上をさらに西へと流れる。地球の表面は71％が海であるが、水蒸気となって蒸発して雲になるのは海洋が80％である。

大西洋から太平洋の上空を流れる風は、ユーラシア大陸のヒマラヤなどの高地にぶつかり、大量の雨を降らせる。河川から流入する淡水の量の多い太平洋は、こうして塩分濃度が大西洋よりも0・1％分低くなった。

人間の体液には0・9％の塩分が含まれるが、海に棲む魚も人間と変わらない。ではどうして、海に棲む魚と、淡水に棲む魚は生きているのであろうか。そのカギは「鰓《えら》」にある。塩類細胞を使って、川では塩分イオンを取り込み、海では塩分を体外へ排出している。従って、世界中の海の塩分濃度が多少違っていても、多様な魚が棲むことができる。

塩分濃度の違う水は、そのままでは混ざり合わず、上に淡水、下に海水が分離したままであることが多い。海流によってかき回されて混ざり合うが、特に暖流と寒流がぶつかり合う場所は、多くの魚が集まる。河川が陸地から流入する場所では豊富な栄養素によって植物プランクトンが発生し、それを餌とする動物プランクトンが生まれ、それを食べる小魚が爆発的に増え、食物連鎖によって大型の魚も集まってくる。地球上でこうした環境に恵まれているのは、日本近海が世界一であり、3700種もの魚介類が棲む。インド・太平洋3000種、西大西洋1200種、東太平洋1000種、東部大西洋500種、地中海500種、北極海250種——と、考えられている。サンマが大量に獲れる三陸沖は正に最も恵まれた世界一の漁場である。

徒然道草90

いかに生きるか、日本よ強くなれ！

ヨーロッパツアーに参加すると、あちこちの王宮や教会といった歴史的遺産を巡ることになる。

どこも荘厳な建物で、金銀や宝石で埋め尽くされている。この莫大な富はヨーロッパの金山や銀山から掘り出されたものであろうか。それとも、世界交易によってもたらされたものだろうか。

１４９３年にローマ教皇が、スペインとポルトガルに世界を半分ずつ支配することを認めて地球上に線引きして以降、ヨーロッパは世界中を荒らし回り、インカやメキシコの王朝を滅ぼし、人々を殺戮し、キリスト教に改宗させ、多くの宮殿や神殿を破壊して、金も銀も宝石も根こそぎ奪い取った。その戦利品を持ち帰って自国に王宮を建て、教会を飾り立てた。この輝く建物を自分たちの文化を誇る世界遺産として、これでもか、と言わんばかりに見せつけるヨーロッパ人ガイドたちに、辟易するのは日本人のひがみであろうか。

日本人の誇りとは何であろうか。四つの島国に暮らし、他国から攻められたことも無く、王朝が滅びたことも無い、平和な国土に恵まれた人間のつくった「くに」である。スペイン、ポルトガルの侵略を跳ね除け、鎖国した江戸文明の中で悠然と暮らしていたため、ヨーロッパの覇権争いの主役がイギリス、フランス、ロシア、アメリカに移ったことに気付かず、あわや植民地に転落かの危機に陥った。

欧米列強の侵略を防ぎ国内の混乱を乗り越えて、日本は中央集権国家に衣替えして明治維新を為し遂げた。しかし、四つの島だけでは「くに」を守れないと考えて、防禦堤として台湾と朝鮮を植民地にしたが、ロシアの南下を防ぐにはなお不安であった。また、日本を侵略国家として非難するアメリカとはいつか戦争になると考える軍部は食糧確保のために、満州に目を付け、日米戦争に備えようとした。ロシアとアメリカへの警戒が日本の満州獲得の動機であった。日本政府は世界中から非難を浴び、日本は国際連盟を脱退し、ドイツ・イタリアと三国軍事同盟を結んだ。そして明治維新から77年後、日本軍はアメリカ軍とソ連軍に敗れて、日本という国家は滅んだ。

日本は有史以来、平和な国であり、欧米のような殺戮国家でも、植民地獲得に狂奔する覇権国家でもなかった。それなのになぜ、周辺国家に攻め込み、戦争を繰り広げたのであろうか。日清戦争、日露戦争に勝った明治政府は「天皇を神として崇拝する武士道精神で不敗の軍事大国」になったと国民に一等国という誇りを植え付けた。軍事力を過信し、傲慢になった日本人は、アジアの国々だけでなく、欧米さえも見下すようになった。

軍部首脳や政治家たちに騙し操られて、国民は舞い上がった。戦火で国土は壊滅し、

330万人もの命を失い、初めて戦争の怖さを人々は知った。国民は総懺悔《ざんげ》し、東京裁判を受け入れ、アメリカの民主主義に無条件で従い、「二度と戦争をしない国」になることを誓った。
私は敗戦直後に生まれ、日本中が餓死するほどの苦しい時代に育った。戦争を知らない子供たちであり、80年近く兵役に服する恐れも無く、平和ボケの時代をつくってきた世代である。アメリカの素晴らしい面も、日本を「番犬」にする醜い面も知っている。アメリカから決別して日本は生きていけない国際情勢も多少は分かる。体力の続く限り、徘徊老人を演じ、吉田松陰のように世界を見て回りたい。そう思いながらヨタヨタと生きている。

日本人よ強くなれ!
懸命に働き、いい国をつくれ
けっして戦争してはいけない。心に「研ぎ澄まされた日本刀」を秘め平和を守れ
——目魁影老の願いである。

(参考文献:『日本経済新聞』・ウィキペディア・雑誌その他拾い読み)

目魁　影老（めさき　かげろう）

子供のころは「のろま」で
大人になれば「まぬけ」続き
立身出世どころか「落ちこぼれ」
50歳そこそこで「たそがれ」
いつしか気力体力衰え「老いぼれ」
せめて「痴呆」にならぬうち
80歳の心に「感謝の炎」かざします

徒然道草

2025年2月8日　初版第1刷発行

著　　者　目魁影老
発 行 者　中田典昭
発 行 所　東京図書出版
発行発売　株式会社 リフレ出版
〒112-0001　東京都文京区白山 5-4-1-2F
電話（03）6772-7906　FAX 0120-41-8080
印　　刷　株式会社 ブレイン

ISBN978-4-86641-839-1 C0095
Printed in Japan 2025